케이트

마르크

레티아

데이지

린

릴리

준 남작위를 받은
데이지를 위한 축하 파티!

"우와, 귀엽다!"

정말, 여자아이라면 좋아하지 않고는 못 배길 만한 것들로 가득했다!

방한 장비 쇼핑하러 출발!

왕도 변두리의 연금술사

느긋하게

~망한 직업에 담첨됐으니 가게나 경영하겠습니다~

글＝**yocco**

일러스트＝**쥰스이**

3.

The alchemist on the outskirts of King's Landing
Author:yocco Illustration:Junsui

CONTENTS

제1장 다녀왔어!

나는 데이지, 열 살이다.

자르텐부르크 왕도 외곽에서 연금술 아틀리에를 경영한다.

연금술사라 하면 실험실에만 틀어박혀 있는 이미지가 떠오르려나?

의외로 그렇지만은 않다.

연금술에 필요한 소재를 꼭 마을에서 얻을 수 있는 건 아니다. 마을 밖으로 나가서 소재를 채집해야 할 때도 있다.

그런 연유로 나는 현자의 허브와 치유의 이끼라는 소재를 채집하러 나갔다가 방금 막 아틀리에로 돌아온 참이다.

내 아틀리에는 연금 공방과 빵 공방을 함께 운영 중이다.

내가 가게를 비울 때는 연금 공방 담당인 조수 마커스와 빵 공방 담당인 미나가 각각 아틀리에를 착실히 지킨다.

""안녕히 다녀오셨어요!""

활기차게 맞이하는 그들에게 인사하고 두 사람에게서 내가 없는 동안 있었던 일을 보고받은 뒤, 나와 아리엘은 아틀리에 뒷마당에 있는 밭으로 향했다.

"다들, 나 왔어!"

나는 밭으로 나와 열심히 소재를 돌보고 있는 정령과 요정들에게 인사했다.

"데이지! 어서 와!"

"데이지, 그 아이는 누구야?"

요정들이 입을 모아 물었다.

"나는 해의 엘프 아리엘이야! 다들, 잘 부탁해!"

그러자 아리엘의 주위로 요정들이 모여 함께 장난을 쳤다.

아리엘은 이번 소재 채집 여행에서 만난 엘프 소녀. 외모는 일곱 살 정도로 보인다. 여행길에서 예상치 못하게 엘프 마을에 들렀는데, 그곳에서 만난 아이다.

"데이지 님의 밭에는 정령과 요정들이 있군요!"

아리엘이 주위에 있는 정령과 요정들을 보며 미소 지었다.

여자아이 정령이 새로운 동료를 축복하듯이 웃으며 우리 주변을 빙글빙글 날아다녔다. 그런 그 아이에게 나는 밭에 온 또 다른 목적을 말했다.

"이 아이들을 새로 밭에 추가하고 싶어. 앞으로 돌봐 줄 수 있을까?"

핸드백에서 채집해 온 약초와 세계수의 가지를 꺼냈다.

"이 아이, 세계수잖아! 대단해!"

아무리 정령이라도 세계수를 가져온 것에는 놀랐는지, 눈을 동그랗게 뜨고 깜빡거렸다.

"실력 발휘 좀 해야겠네! 맡겨 줘!"

모처럼 본격적으로 바깥에서 모험을 하며 채집해 온 소재니까 내 손으로 심고 싶은걸.

그렇게 생각한 나는 아리엘과 정령들과 함께 비옥한 흙과 영양으로 가득한 밭에 소재를 심기로 했다. 아, 치유의 이끼가 나 있는 바위는 그늘에 세워 두기로 했다!

나와 아리엘은 손에 흙을 묻히며 밭에 새로운 동료를 심었다.

"물도 줘야겠지."

"뿌리를 내리는 소중한 시기니까 물을 듬뿍 주는 게 어때요?"

아리엘이 제안했다.

"그래. 아리엘 말대로야. 그럼 영양제도 섞는 게 좋겠다. 아리엘, 마커스한테 물어봐서 공방의 보관고에서 영양제를 가져와 줄래?"

"네!"

아리엘이 영양제를 가지러 달려 나갔다.

나는 돌아온 아리엘에게서 영양제를 받아 들었다. 그리고 우선 물 마법으로 순수한 물을 만들어 물뿌리개에 채운 뒤 그 안에 영양제를 넣었다. 내가 신입들을 포함한 소재에 물을 주는데 주변에서 정령과 요정들이 즐겁게 춤췄다.

"자, 이제 안으로 들어가자."

아리엘을 데리고 아틀리에로 돌아가려 했을 때, 마침 카츄아가 아틀리에를 향해 걸어왔다.

카츄아는 이 나라 상업 길드장의 외동딸이자 자기 힘으로 상회를 세운 능력자다. 대단하지? 나랑 나이 차이도 두 살밖에 안 난다고!

카츄아와는 인연이 있어서, 지금은 비정기적이기는 하지만 내 아틀리에의 장부를 확인하러 오는 관계가 되었다.

"어머, 데이지. 어서 와!"

"카츄아, 다녀왔어!"

나는 카츄아에게 인사한 뒤, 조금 쌀쌀하니까 안에 들어가자고 권유하며 셋이서 아틀리에로 들어갔다.

"그런데 그 아이는 누구야?"

"이 아이는 여행길에서 만난 아리엘이라고 해. 아리엘, 이쪽은 카츄아야."

안에 들어오자 카츄아가 질문해서, 나는 각자에게 두 사람을 소개했다.

"나는 데이지네 아틀리에의 회계 관리를 돕고 있어. 잘 부탁해, 아리엘."

"아리엘이에요. 잘 부탁드립니다. 데이지 님이 저희 고향을 구해 주셔서 그 연으로 데이지 님을 도와드리고 싶어 따라왔어요!"

"데이지 님, 돌아오셨네요."

그때, 마커스가 다가왔다.

"데이지 님, 여행길 이야기를 들려주세요!"

미나도 손이 비었는지 이쪽으로 다가왔다.

마침 잘됐다 싶어서 다 같이 앉아 여행길에서 있었던 모험담을 이야기하기로 했다.

갖고 싶었던 현자의 허브와 치유의 이끼라는 소재를 무사히 손에 넣었다는 이야기.

그 도중에 현자의 탑에 너무 오르고 싶어서 그 탑에 올랐다는 이야기. 하지만 그 탑의 45층에는 용의 아종인 드레이크가 있었고 준비가 부족했던 우리는 재도전을 맹세하며 후퇴해 귀로에 올랐다는 이야기도.

아리엘 이야기는 미안하지만 살짝 얼버무려서 설명했다.

엘프는 희귀해서 일반인에게 공공연히 알려져 있지 않기 때문이다. 아리엘은 엘프라는 사실을 들키지 않도록 위장이라는 스킬로 뾰족한 엘프의 귀를 동그란 인간의 귀 모양으로 바꾸었다.

그래서 당연히 그녀의 고향인 해의 엘프 마을에서 시들어 가던 세계수를 구했다는 이야기도 모험담에서 생략했다.

그런 아리엘에 거취를 두고 남은 방이 있지 않냐며 주로 가사를 담당하는 미나에게 상담했다.

"3층의 빈방을 아리엘에게 주면 어떨까 하는데……."

내가 그렇게 말하자, 미나가 신음하며 생각에 잠겼다.

"방이 그렇게 더럽지는 않지만 가볍게 청소하고 싶고 침구를 햇볕에 말려 두고 싶은데요……."

미나는 그대로 방을 쓰는 건 가사 담당으로서 납득이 안 가는 모양인지 눈썹을 늘어뜨렸다.

"으음, 본가의 객실에서 묵을 수 있을지 부탁하고 올까. 그럼 이따가 옷 갈아입고 나서 아리엘이랑 같이 본가에 부탁하고 올게."

그런 이야기를 나누고 있는데 연금 공방 쪽에서 호출용 종소리가 들려왔다.

"아, 손님이네요. 제가 갔다 올게요. 아, 맞다. 어제 본가의 레무스 님이 오셔서 데이지 님이 돌아오시면 한번 친가에 얼굴을 비췄으면 좋겠다고 전언하셨어요. 레무스 님치고는 보기 드물게 상당히 당황하신 모습이던데요."

마커스가 그렇게 전하더니 일어서서 연금 공방으로 빠르게 걸어갔다.

뒤이어 빵 공방 쪽에서도 손님이 말을 걸었다.

"어머. 손님인가 봐요! 다녀올게요!"

미나가 황급히 빵 공방으로 향하자, 카츄아도 의자에서 일어났다.

"그럼 나도 장부를 확인하러 가 볼까."

그렇게 다들 뿔뿔이 각자의 자리로 이동했다.

남겨진 나와 아리엘은 본가에 가기로 했다.

제2장 오라버니와 언니의 시련

우리 남매 중에 가장 침착한 레무스 오라버니가 당황했다는 얘기를 들은 나는 바로 본가에 가기로 했다. 물론 아리엘도 함께.

그러나 나는 집 앞에서 우뚝 서고 말았다.

안에서 엄청난 폭발음이 들려왔기 때문이다. 아마 저쪽은 마법 연습장이 있는 방향일 텐데.

"어서 오십시오, 데이지 아가씨. 손님도 같이 오셨나요?"

집사 세바스찬이 현관 앞에서 굳은 나를 맞으며 말을 걸었다.

다음으로 세바스찬이 시선을 아리엘에게 향하더니 가볍게 인사했다. 아리엘도 인사에 응했다.

"응. 내 아틀리에에서 맡기로 한 아리엘이라는 아이인데 아직 아틀리에의 방이 준비가 안 됐거든. 그래서 며칠만 이쪽 객실을 빌릴 수 있을까 하는데…… 그건 그렇고 이 소리는 뭐야?"

"그건 제 입으로 직접 설명해 드릴 만큼 가벼운 내용이 아닌지라……. 자, 아리엘 양도 같이 거실로 가시지요."

우리는 세바스찬의 안내를 받아 거실로 이동했다.

안내받은 곳에는 어머니가 계셨다.

"어머머, 데이지! 오랜만이구나. 귀여운 친구도 어서 오렴."

어머니가 "자자, 앉아." 하고 자신이 앉은 소파 맞은편에 앉으라고 재촉했다. 우리는 그 말에 따라 소파에 앉았다.

"오랜만이에요, 아가씨."

싱긋 웃으며 우리에게 홍차를 준비한 건 예전에 내 담당 시녀였던 케이트였다.

"와! 케이트!"

나는 그리운 얼굴을 보고 기뻐서 그만 힘차게 일어설 뻔했다.

"정말. 그러시면 안 돼요, 아가씨. 여전하시네요⋯⋯."

케이트는 나를 제지하며 차를 끓였다. 하지만 말과는 달리 밝게 웃고 있는 게 기뻐 보였다.

케이트는 가볍게 인사하고 아직 할 일이 있는지 자리를 떴다.

"아 참. 어머니, 이 아이는 여행길에서 만난 아리엘이라고 해요. 제 아틀리에에서 맡기로 했는데 방이 준비될 때까지 여기 객실을 빌릴 수 있을까요?"

어머니가 홍차를 한 모금 마시고 입을 열었다.

"데이지가 맡기로 결정했다는 건 신원에 문제가 없다는 뜻이겠지? 그럼 상관없어. 하지만 부모님의 허락은 구했는지 나중에 자세한 사정을 알려 주렴. 지금은 마음 편히 지내, 아리엘."

어머니가 아리엘을 향해 싱긋 미소 지었다.

"네! 잘 부탁드립니다!"

아리엘은 기운차게 대답하며 고개를 숙였다.

그건 그렇고 이렇게 대화하는 동안에도 엄청난 기세로 소리가 들려오는데⋯⋯.

"어머니, 저 소리는⋯⋯."

"아, 맞다. 데이지, 큰일이야! 저번에 교회에서 급히 '전직 계시가 내려왔다' 면서 레무스와 달리아한테 연락이 왔지 뭐니. 레무스한테는 현자, 달리아한테는 성녀로 전직하라고 지시했어."

"에엑! 전직이요?"

나는 놀라서 마시려고 들어 올렸던 찻잔을 떨어뜨릴 뻔했다가 간신히 잡았다.

왜 이렇게까지 놀라냐면, 기본적으로 직업은 다섯 살 때 정해지고 그것이 바뀌는 일은 들어 본 적이 없었기 때문이다.

게다가 한 나라에 한 명 있을까 말까 한 현자와 성녀가 우리 가문에서 각각 나오다니 이게 무슨 소리야?!

"그래서 레무스랑 달리아 전에 현자와 성녀였던 아이들은 신께서 '적합하지 않다' 면서 직업을 거둬들이셨대. 그래서인지 그 아이들이 도리어 레무스랑 달리아한테 원한을 품었나 봐. 둘 다 예전 아이에게 결투를 신청받았어."

……본가에 뭔가 엄청난 일이 벌어졌네.

신께서는 대체 무슨 생각을 하시는 걸까?

어머니에게서 사정을 듣고 있는데, 연습장에서 아버지와 오라버니, 언니가 돌아왔다. 그 세 사람과 어머니, 나와 아리엘이 거실 소파에서 대면했다.

"직업신께서 신탁을 내리셨다는 연락이 급히 들어와서……."

"갑자기 현자와 성녀가 되라는 말을 들었어."

아리엘의 소개가 끝나자, 화제가 바뀌고 오라버니와 언니가 사정을 설명하며 한숨을 내쉬었다.

오라버니는 열두 살, 언니는 열한 살.

다섯 살 때 마도사 직업을 하사받고 부끄럽지 않은 마도사가 되기 위해 노력했는데, 또 다른 시련이 내려온 모양이다.

확실히 현자와 성녀는 무척 명예로운 직업이긴 하지만……. 보통은 다섯 살에 신탁을 받고 성인인 열다섯 살이 될 때까지 노력한다. 그런데 열 살이 지나 갑자기 직업이 바뀌더니 열다섯 살까지 바뀐 직업에 숙련되라는 건 상당히 가혹한 신탁이지 않나?

"나는 마도사여서 원래 성녀가 사용하는 빛 마법과 성(聖) 마법에는 소양이 없었어. 그래서 지금부터 성인이 되는 열다섯 살 때까지 마법을 습득해야 한다는 생각에 기합을 넣는 중이었지."

"그건 큰일이네."

"그런데 그게 끝이 아니었어. 원래 성녀였던 분이 '정당하게 성녀를 정하기 위해 결투를 신청한다'면서 나한테 장갑을 던지지 뭐야……. 심지어 '성녀니까 결투에는 성 마법과 빛 마법만 사용하는 걸로 해도 되겠죠?!' 라니……!"

언니가 무릎 위로 쥔 주먹이 부들거리며 떨렸다.

"나는 전직해서 빛 마법과 성 마법의 적성을 얻은 지 아직 일주일밖에 안 됐다고! 너무하지 않아?"

언니가 그렇게 말하며 손톱을 깨물었다. 귀족 영애가 해서는 안 될 행동이다. 하지만 그만큼 분한 거겠지. 옆에 앉아 계신 어머니가 언니를 달래듯이 어깨를 쓰다듬으며 반대쪽 손으로 손톱을 깨무는 손가락을 살며시 내렸다.

"어라? 성녀의 직업을 박탈당한 분도 빛 마법이나 성 마법을 쓸 수 있는 거야?"

직업과 함께 마법 적성도 빼앗긴 줄 알았던 나는 잘 이해가 되지 않았다.

"직업을 박탈당하는 건 전례가 거의 없어서 자세히는 모르지만 아무래도 쓸 수 있나 봐. 그렇지 않으면 달리아의 결투 조건인 성 마법과 빛 마법 제한이 성립되지 않잖아? 아, 그렇지. 소문에 따르면 두 사람 다 마도사(魔道士)가 된 모양이야."

그렇다면 성녀 계열 마법은 상대가 더욱 강력한 상급 마법을 사용할 수도 있다는 건가.

왜냐하면 다섯 살 때부터 계속 마법 적성이 있었다는 뜻이니까. 그리고 직업을 박탈당하기 전까지는 직업신의 은혜로 마법 행사 능력도 효율이 올라가 있었을 것이다.

참고로 마도사(魔導師)와 마도사(魔道士)는 미묘하게 다르다. 마도사(魔導師)는 '도사(導師)'라는 한자 뜻 그대로 '사람을 이끄는 자'로서 관리직이 될 수 있지만 마도사(魔道士)는 명령에 따르는 마법병까지만 될 수 있다.

"학교에서 제일 높은 학년 중에 행실이 안 좋은 후작 가문의 선배가 있었거든. 그 선배랑은 1년 정도 거리를 두려고 했어. 그런데 신탁으로 그 선배의 현자 직업은 박탈당하고 내가 지명되더라고. 정말 곤란하다니까. 덕분에 그 선배도 나한테 장갑을 던져서 결투를 신청하는 꼴이 됐지."

"그건…… 오라버니도 큰일이네."

"그렇다니까. 그 선배는 현자나 극히 일부의 사람만 적성을 얻는 중력 마법을 쓰는데, 싫어하는 상대를 억지로 무릎 꿇게 만드는 걸 좋아하는 사람이거든……. 그런 게 마음에 안 들어."

오라버니는 어이가 없다는 듯이 어깨를 움츠렸다.

"뭐, 그런 가정 사정도 있어서 나도 아이들을 위해 휴가를 갖는 걸 허락받았어. 그래서 연습장에서 두 사람을 특훈시키고 있었단다."

그때, 아버지가 대화에 끼어들었다.

"애초에 우리는 자작가잖니? 그 아이들의 부모가 우리 애들을 하급 귀족의 신분으로 격이 높은 가문의 아들과 영애의 직업을 빼앗은 것처럼 말하고 다니는 바람에 나도 직장에서 고개를 들기 힘들었어. 보다 못한 군무경께서 쉬라고 말씀하셨지……."

아버지가 지친 모습으로 한숨을 내쉬었다.

원래대로라면 기뻐해야 할 일인데…….

결투 운운하는 일이 없었다면 큰일이기는 하지만 오라버니도 언니도 성인이 될 때까지 노력했을 것이다.

성가신 건 신탁에 원한을 품고 결투를 신청한 두 사람이다. 이야기에 따르면 한 달 후가 결투 날이라고 한다. 너무하잖아. 특히 언니 쪽 상대가 제안한 속성 제한 조건은 솔직히 말해 괴롭히거나 분풀이를 하고 수치를 주고 싶다는 목적이 훤히 보였다.

기본적으로 직업은 신탁을 통해 결정되기 때문에 신만이 바꿀 수 있는데 말이다.

"으음, 나는 그런 어른 귀족의 사정은 잘 모르지만…… 결투를 거절할 수는 없었던 거야?"

분명 장갑을 던져도 줍지 않으면 결투가 성립되지 않을 텐데.

"나는 시녀와 함께 거리에 나갔을 때, 전 성녀와 그 패거리한테 둘러싸여서 장갑을 줍지도 않았는데 '주웠어! 결투다!' 라면서 억지로 거짓 결투를 성립시켰어……. 도대체 한 달 만에 뭘 어쩌라고……."

기가 센 언니가…… 아니, 오히려 기가 센 탓인지 아니면 이기고 싶은데 승기가 보이지 않아 분해서인지 눈에 눈물을 글썽이며 무릎 위에 올려놓은 주먹을 꽉 움켜쥐었다.

"뭐, 내 경우도 장소가 학교였을 뿐이고 나머지는 대강 비슷한 상황이었어. 아무래도 그 둘이 결탁한 것 같아."

레무스 오라버니가 기가 막힌다는 듯이 어깨를 움츠렸다.

"데이지 님의 가족분들 이야기에 끼어들어서 죄송하지만……뭐 하나 여쭤봐도 될까요?"

지금까지 조용히 있던 아리엘이 갑자기 대화에 참가했다.

"아, 아리엘은 빛 마법과 성 마법이 능숙하지! 뭔가 아이디어라도 있어?"

그래, 언니보다 더 숙달됐으니 좋은 생각이 있을지도 몰라!

"데이지 님의 언니분은 지금 성 마법과 빛 마법 스킬을 어느 정도 쓸 수 있으신가요? 그리고 총 마력량이 풍부한가요?"

"지금은 힐이랑 라이트 볼, 홀리 라이트…… 기본 마법을 쓸 수 있게 된 참이에요. 하지만 마력량은 꽤 풍부해요."

언니가 그게 어쨌냐는 듯이 고개를 갸웃거렸다.

"과연……. 그렇다면 아직 승기는 있을지도 몰라요. 데이지 님의 오라버니, 언니분. 저는 데이지 님에게 고향을 구원받은 몸입니다. 그러니 데이지 님의 가족분들이 곤란하실 때 돕는 건 은혜를 갚는 거나 마찬가지예요. 그러니 힘이 되겠습니다."

싱긋 웃는 외모 나이 일곱 살의 여자아이.

나를 제외한 가족들이 당황스러운 표정을 지었다.

뭐, 그럴 만도 하지.

가족의 표정을 본 아리엘이 잠시 멈칫하더니 알았다는 듯이 말을 덧붙였다.

"아아! 어린아이로 보여서 놀라셨군요! 종족이 종족이라 이런 외모지만 전 엘프고 쉰 살이에요! 아, 이건 비밀로 부탁드려요!"

빙긋 웃으며 종족과 진짜 나이를 밝히는 아리엘. 그녀는 쉬잇, 하고 입술 앞에 검지를 갖다 댔다. 그걸 들은 가족들이 입을 떡 벌렸다.

아리엘은 언니와 오라버니의 특훈을 도우면서 그동안 본가의 손님으로 취급받았다.

◆

"으음. 내가 도울 수 있는 게 없을까?"

나는 아틀리에로 돌아왔다.

하지만 오라버니와 언니가 특훈하는 한 달 동안 뭔가 지원할 수 있는 게 없나 싶어 애를 태우던 나는 아틀리에의 동료에게 상담했다.

"분명 마법 훈련을 하신다고 하셨죠?"

"맞아."

마커스와 미나에게는 아리엘이 한 달 동안 본가에 머무르게 된 것과 그 이유를 알렸다.

"그럼 마나 포션을 선물하면 기뻐하시지 않을까요?"

"뭐, 그렇겠네."

오라버니와 언니는 총 마력량이 풍부하긴 하지만 마력을 잔뜩

소비하면 피로를 느낄 것이다. 그렇게 생각하니 마커스의 제안은 적절해 보였다.

"그리고 마법 훈련이면 체력을 쓰지는 않겠지만 벌꿀 레몬 절임을 선물하는 건 어떨까요? 그걸 물에 타서 마시면 산뜻해서 피로가 풀린다고 들었어요."

미나다운 제안도 선물하기에 좋을 것 같았다.

"그래! 그렇게 하자. 둘 다 고마워!"

그렇게 선물을 주러 갔더니 이번에는 "자는 시간도 줄이고 연습하나 봐."라고 어머니가 두 사람을 걱정하는 말을 들었다.

"애초에 건강에 좋다고는 말하기 어렵겠지만…… 최소한 피로 회복용으로 포션을 선물하는 게 괜찮지 않을까요."

다시 아틀리에로 돌아가 상담하니 마커스에게서 그런 대답이 돌아왔다. 그렇게 선물에 새 목록이 추가되었다. 그리하여 나는 한 달 동안 정기적으로 본가에 들러 선물을 주며 응원했다.

◆

드디어 결투 당일이 되었다.

장소는 왕성 안에 있는 투기장.

원래는 사적인 결투 따위에 쓰는 곳이 아니지만 전 성녀, 현자 측이 '한 나라의 성녀와 현자에 더 적합한 자를 결정하는 결투니 그에 걸맞은 장소에서 시행해야 한다'고 주장했단다.

몇 번이고 말하지만 직업을 결정하는 건 신인데요?

내부 사정을 듣자 하니 그들의 부모가 격이 높은 귀족 가문이라서 국왕 폐하도 결탁한 두 가문을 말리기 힘들었던 모양이라 어쩔 수 없이 이 장소에서 결투하는 걸 허락했다고 한다.

그리고 그 명목과 입장상 왕가 사람들이 다 같이 관전하게 된 듯했다.

신탁을 내리는 교회도 전 현자와 전 성녀에게 매우 화가 났다고 한다. 신탁에 불만을 제기하는 건 신의 결정에 불만을 제기하는 거나 마찬가지니까. 심지어 인간의 몸으로 '결투에 따라 걸맞은 자를 결정하겠다' 니, 솔직히 오만불손하다고 생각하는 모양이었다.

교회 입장에서는 결투 결과가 어떻든 현자와 성녀를 바꿀 생각은 없는 듯했다.

아니, 바꿀 수 없을 것이다.

그러나 국왕 폐하와 같은 이유로 두 가문을 말리지 못했고 그 결과, 이 나라 최고위 성직자인 추기경도 관람하게 됐다고 한다.

넓은 원형 투기장의 관객석은 사람들로 가득했고, 그 사이에 나와 아버지와 어머니, 아리엘이 오라버니와 언니를 지켜보려고 앉아 있었다.

우선은 성녀 대결부터다.

열네 살인 전 성녀의 일방적인 주장에 따라 빛 속성과 성 속성 마법의 사용만 인정된다.

새로운 성녀이자 이제 열한 살인 언니는 성녀가 된 지 한 달 남짓밖에 안 돼서 다시 한번 가혹한 조건이라고 생각했다.

관전석에서 지켜보는 우리 가족 주위의 관객도 "아무리 그래도 새로운 성녀한테 너무 불리하잖아!" "성녀님은 괜찮으실까?" 하며 분노하고 걱정했다.

"어차피 성녀가 된 지 이제 한 달이야. 아무리 노력했어도 겨우 힐이나 라이트 볼을 쓰는 수준일 듯한데? 어때? 달리아 양."

입가에 손등을 대고서 도발하듯이 웃는 건 피데스 폰 리켄드롭. 공작 가문의 딸이다.

"그럴지도 모르죠……. 그럼 다섯 살 때부터 얼마 전까지 성녀였던 당신은 도대체 얼마나 많은 노력을 하셨길래 그러세요? 어디 보여 주실래요?"

언니의 말에 피데스가 붉은 입술을 깨물었다.

"건방지긴……! 성녀는 줄곧 리켄드롭가(家)에서 나왔어! 그 후계자에 걸맞은 화려하고 장대한 마법으로 그 입을 막겠어!"

피데스가 양팔을 치켜들었다. 언니도 그에 대응하듯이 한쪽 팔을 들었다.

"하늘의 문이여. 모든 것을 불태우는 신들의……."

"라이트 볼, 무한."

"어…… 그게 무슨……."

피데스가 영창의 힘을 빌려 익숙지 않은 대마법을 발동시키기도 전에, 언니의 머리 위로 수많은 라이트 볼이 떠올랐다.

그 압도적인 수에 나는 무심코 눈을 크게 뜨고 숨을 삼켰다.

……언니, 대단해!

"화려하기만 해서는 실전에 어울리지 않는다고!"

언니가 치켜들었던 팔을 내리자, 무수한 라이트 볼이 피데스를

덮치며 그 빛으로 생긴 열이 피데스의 몸을 태웠다.

"꺄악! 아파! 뜨거워! 그만……!"

무한하게 느껴질 만큼 많은 광선을 맞은 피데스의 몸이 공중으로 떠올라 춤췄다.

만신창이가 되어 가는 피데스를 본 심판과 회복사가 황급히 결투 종료를 선언했다.

"결투 종료! 승자는 달리아 폰 프레스라리아!"

피데스의 옷은 불타서 걸레짝이 되었고 중증 화상을 입은 채 회복사에게 치료를 받으며 들것에 실려 퇴장했다.

나중에 들은 건데 아리엘이 언니와 오라버니에게 가르쳐 준 건 마법의 '병행 발동'이었다고 한다.

마법은 기본적으로 초급, 중급, 상급으로 올라갈수록 단일 마법의 위력이 상승한다. 하지만 초급 마법으로도 높은 대미지를 줄 방법이 있다. '숫자'로 밀어붙이는 게 그중 하나다.

단, 이 방법에는 고도의 마법 컨트롤 능력이 요구된다. 언니는 아리엘에게 병행 발동을 배운 뒤 먼저 한 개. 그리고 두 개, 세 개, 네 개…… 이렇게 병행하는 마법을 늘려가는 식으로 한 달 동안 마력 조작을 연습한 것이다.

자는 시간까지 줄여 가면서.

그리고 두 번째로 마법은 영창하는 자의 실력에 따라 같은 마법이라도 위력이 천차만별로 달라진다.

그 두 가지 요인이 합쳐진 결과, 높은 위력의 초급 마법에 흠씬 두들겨 맞은 피데스는 말 그대로 만신창이가 되었다.

그에 비해 피데스의 경우, 상급 마법일수록 영창을 생략한 이른바 무영창으로 발동시키기 어려워진다. 성녀의 화려함을 어필하려고 영창을 통해 상급 마법을 발동시키려 한 작전이 실책이었다.

다음은 현자 대결로 오라버니 차례다.

오라버니의 상대는 전 현자인 아돌프 폰 데켄. 후작 가문의 아들이다.

"레무스 군. 나는 피데스처럼은 안 될 테니 각오하는 게 좋을걸. 그래비티!"

"캔슬!"

아돌프가 오라버니를 땅바닥에 무릎 꿇리려 했는지 중력 가중 마법을 외쳤으나, 그와 거의 동시에 오라버니가 자신에게 0의 중력을 부여했다. 다시 말해 그 마법을 취소했다.

"뭐라고!"

"그럴 줄 알았어요. 선배는 남들 앞에서 억지로 무릎 꿇리는 걸 좋아하셨잖아요."

마법이 취소당해 동요하는 아돌프에 비해, 오라버니는 예상했던 상황인지 여유로웠다.

동요하는 아돌프와 여유로운 오라버니.

……오라버니, 멋져! 힘내!

관객석에서 지켜볼 수밖에 없는 나는 기도하듯이 양손을 맞잡고 마른침을 삼키며 대결을 바라보았다.

"그럼 이건 어떠냐! 슬로우!"

"퀵!"

아돌프가 속도 저하 마법을 부여하려 하자, 오라버니는 곧장 자신에게 그 반대 마법을 걸어서 무효화했다.

"어떻게 현자나 한정된 마도사만 쓰는 마법을 벌써 익힌 거냐! 파이어 스톰!"

"아이스 월!"

불꽃을 막는 얼음의 벽.

오라버니는 땅을 박차며 벽 끄트머리로 이동해 다음 마법을 발사했다.

"라이트닝!"

대응이 한 발짝 늦은 아돌프에게 그 마법을 명중시켜 가벼운 감전 상태, 즉 마비 상태로 만들었다.

"응용 속성인 번개를 썼다고……?"

동요한 아돌프가 중얼거린 대로 기본 속성 중에 '번개 속성'이란 건 없다. '바람'과 '물' 두 가지 성질을 가진 마력을 짜내야 쓸 수 있는 마법이다.

"한 달 동안 자는 시간도 아끼면서 단련했거든요. 그리고 선배는 방해 공격을 좋아하시잖아요. 그래서 그걸 취소하는 방법을 우선적으로 습득했죠. 움직일 수 없게 된 기분이 어때요? 자, 반성하면서 항복하세요. 더는 움직일 수 없잖아요?"

오라버니는 고통을 주고 싶은 건 아니었는지 항복을 요구하며 아돌프의 대답을 기다렸다.

아돌프가 굴욕 때문에 입술을 세게 깨물었다. 입술에서 턱으로 한 줄기 피가 흘렀다.

"항복할 바에야 수단을 가리지 않고 죽여 버리겠어……."

아돌프가 어두운 표정으로 작게 중얼거렸다.

"서몬 데빌, 아스모데우스……."

아돌프가 그렇게 읊조렸다. 턱에서 핏방울이 흘러 떨어지자, 그 핏방울에서부터 아돌프 주위로 검은 빛을 내뿜는 마법진이 그려졌다. 마치 지면이 녹아 수면으로 변한 것처럼 한 점을 중심으로 여러 개의 원이 생겨났다.

그 점에서 이계의 주민이 모습을 드러냈다.

머리에 돋아난 두 개의 염소 뿔과 등에 달린 타천사의 증거인 검은 날개.

"그게 신께 버림받은 이유였군요."

오라버니가 어이가 없다는 듯이 한숨을 내쉬었다. 당연하다. 더욱 강력한 힘을 갈구하며 악마 소환이라는 사법(邪法)에 손을 댔으니까.

"텔레포트."

소환자인 아돌프는 그렇게 중얼거리더니 어딘가로 사라지고 말았다.

갑작스러운 이형의 출현에 관객석이 소란스러워졌다. 그러나 당황하며 도망치려는 자들로 꽉 막힌 통로는 막힌 상태였다.

호위병들은 왕족을 대피시키기 위해 유도했다.

그러나 국왕 폐하만은 그 자리에 머물렀다.

"나는 나라의 통치자로서 이 결투를 끝까지 지켜봐야 한다. 윌리엄, 너는 어머니와 여동생을 지키면서 안전한 곳으로 도망치거라."

"네…… 아버지도 부디 무사하십시오."

왕자 전하는 왕비 전하와 왕녀 전하를 감싸며 그 자리를 뒤로했다.

"추기경님! 부디 안전한 곳으로!"

교회에서 붙인 성기사가 추기경에게 피난을 재촉했으나 그는 고개를 가로저었다.

"나에게는 신의 뜻과 그 결과를 끝까지 지켜볼 의무가 있네. 그리고 나는 이 나라의 성직자의 수장일세. 새로운 현자가 감당하지 못한다면 내가 저것을 처리해야 하지 않겠나?"

추기경은 계속 자리에 앉아 상황을 지켜보겠다는 태도였다.

"여기서 새로운 현자가 저것에 상응하는 실력을 보여 준다면 신의 판단이 옳았음을, 새로운 현자 역시 자신이야말로 현자임을 증명할 수 있겠지. 기대에 부응해 주게나, 새로운 현자여."

대피를 권유했던 성기사는 그 말에 설득된 것처럼 추기경의 옆에 섰다.

그건 그렇고 악마를 불러내다니. 내가 오라버니에게 힘이 될 수 없을까……?

내가 자리에서 고민하고 있는데 아버지가 소리를 질렀다.

"레무스! 아무리 그래도 너 혼자 상대하기에는 버거워! 나도 가세하마!"

아버지가 관객석에서 달려 나가 결투장으로 들어가려 했다.

"더는 안 되겠다 싶을 때까지 저한테 맡겨 주세요. 이건 제게 주어진 시련이에요! 인페르노!"

오라버니가 아버지를 말리며 그 마법을 외쳤다.

그건 바로 아버지의 특기이자 아버지가 '겁염(劫炎)'이라는 이명으로 불리는 이유이기도 한 상위 마법이었다. 오라버니는 그 업화를 한 손에 한 개씩, 총 두 개를 만들었다.

"레무스……."

아버지는 놀라서 눈이 휘둥그레진 채 말을 잃었다.

"아버지는 제 동경이자 목표, 차기 당주로서 넘어야 할 분입니다. 그러니 당신의 아들로서 이 마법으로 저 악마를 무찌르겠어요."

오라버니는 얼굴만 아버지에게 돌리고서 싱긋 미소 지었다.

그리고 다시 악마 쪽으로 고개를 돌려 그 사악한 존재를 노려보았다.

"그래! 나는 프레스라리아 가문의 장자. 우리 가문의 이름을 걸고 질 성싶으냐! 또한 나는 이 나라를 수호하는 현자. 이 불꽃으로 사악한 자를 무찌르겠다……!"

오라버니가 악마에게 두 개의 업화를 내던졌다. 그러나 악마는 검은 날개를 펼쳐 하늘로 도망쳤다.

"그렇다면 이럴 수밖에……. 인페르노! 토네이도!"

오라버니는 한 손에 불꽃을, 반대쪽 손에 바람을 일으키고 둘을 부딪쳤다. 그러자 그것은 공중에 떠오른 불꽃 회오리로 변해 악마를 뒤쫓았다.

불 마법과 바람 마법의 융합. 병행 발동을 응용한 기술이다.

도망치려던 악마는 회오리에 휘말려 업화에 몸이 불타올랐다.

"큭……. 아무리 허술한 자에게 소환되어 힘이 부족했다고는 하지만……. 뭐, 버틴들 수지도 안 맞겠군."

몸이 불타오르는 고통을 견디지 못한 악마는 레무스 오라버니를 노려보며 모습을 감췄다.

"“레무스!”"

"“오라버니!”"

아버지와 어머니, 언니와 내가 레무스 오라버니 곁으로 달려갔다. 그리고 아버지가 커다란 팔로 가족을 끌어안았다. 같이 와 있던 아리엘도 관객석에서 웃으며 박수를 보냈다.

"현자다…… 이 나라를 수호하는 젊은 현자님이야!"

"그리고 앞으로 나라를 지켜 주실 성녀님도 계셔!"

"이 나라는 안전해!"

"자르텐부르크 만세! 국왕 폐하 만세! 추기경님 만세! 현자님 만세! 성녀님 만세!"

국왕 폐하와 추기경님이 우리 가족을 흐뭇하게 지켜보는 와중에 미처 도망치지 못했던 관중에게서 성대한 환성이 일었다. 그 목소리는 젊은 현자와 성녀의 탄생에 관한 기대로 가득 찼다.

그러나 전 현자와 마찬가지로 전 성녀 역시 치료를 받은 뒤 행방이 묘연해졌고 행선지를 추적할 수 없었다. 결국 그자들을 처벌하는 것은 불가능했다. 결국 부모의 감독 태만이라는 명목으로 두 가문의 작위를 대폭 강등시키고 영지 대부분을 몰수하는 것으로 이 소동은 막을 내렸다.

◆

피데스는 아돌프의 전이 마법으로 도망쳐서 지금은 인기척이 없는 숲속에 숨어 있다.

"앞으로 어쩔 셈이야? 아돌프."

"슈바르츠리터 제국으로 망명할 거야. 거기라면 이 나라의 종교와 상관없이 실력만으로 현자와 성녀가 될 수 있을 테니까."

아돌프는 내심 피데스를 바보 취급했다. 성녀라고 한껏 치켜세워진 끝에 하찮은 남자 놀음에 빠진 여자다. 하지만 뭐, 내가 망명할 때까지 회복사 역할을 맡기고 슈바르츠리터 제국에 줄 선물로 삼기에는 딱 좋겠지. 능력만 보면 '성녀'의 스킬을 가지고 있으니까.

그 순간, 그들은 몸에서 힘이 빠져나가는 것을 느꼈다.

그것은 바로 '직업신의 은혜'. 신이 온정을 베풀어 '마도사(魔道士)' 직업을 하사했음에도 불구하고 계속해서 신의 뜻을 등지는 행동을 저지른 결과, '무직' '은혜 없음'이 된 것이다.

"하, 신이 뭐 별거라고. 그렇다면 그 신과는 관련 없는 나라로 가면 될 뿐이야."

그들은 데이지의 스승인 아나스타샤와 린의 할아버지인 드래그가 옛날에 빠져나온 군사 국가로 향했다.

제3장 연금술사의 아틀리에 경영

결투 소동으로 아리엘이 아직 아틀리에가 아니라 본가에 손님으로 머물고, 나도 선물을 주기 위해 열심히 본가를 방문하던 무렵의 이야기다.

그날, 가게는 미나와 마커스가 맡겼다.

모처럼 요전 모험에서 새 소재를 손에 넣었으니 그걸로 아틀리에의 상품을 늘릴 수 없을까 고민 중이었기 때문이다.

모험하다가 얻은 보물 상자에서 나온 민첩의 씨앗.

그리고 뿌리가 내리길 기다리는 현자의 허브와 치유의 이끼에 예상치 못하게 채집한 엘프의 진주초도 있다.

먼저 민첩의 씨앗을 재배해 보기로 했다. 이런 스테이터스 향상 계열 씨앗은 모험…… 던전 같은 곳에서 드물게 얻을 수 있다는데, 그걸 키우고 계획적으로 재배한 사람은 없다고 배웠다.

그래서 희소품이라나.

그런 이유로 마르크 일행이 재배했으면 좋겠다며 씨앗을 나눠 주었다.

이걸 재배해서 늘리면 분명 아틀리에의 신제품이 되겠지?

그래서 나는 2층 거실에서 재배 방법을 조사하고 있었다.

읽고 있는 책은 왕비 전하께 받은 특장판 『식물 대전』.

보기만 그럴듯한 게 아니라 어릴 때부터 가지고 있었던 도감보다 두껍고 내용이 충실했다.

문득 한 페이지에서 손이 멈췄다. 거기에 적힌 '식물 교배에 대해'라는 항목에 흥미가 생겨서다.

식물 교배.

어떤 꽃이 필 때, 비슷해 보이지만 다른 종류의 식물끼리 꽃가루를 묻히면 다른 종류의 식물이 탄생하는 경우가 있다고 한다.

뭐? 연금술이랑은 좀 동떨어진 얘기 아니냐고?

상관없잖아?

난 흥미가 생긴 걸 조사하고 싶을 뿐이니까.

하지만 그것만 해서는 재미없지.

품종을 개량해서 다양한 효과가 있는 새로운 씨앗을 만들 수 없을까?

그러나 수중에 있는 건 민첩의 씨앗뿐이고 교배하려면 다른 씨앗이 필요하다.

마르크와 레티아에게 들은 힘의 씨앗인가 하는 건 어디에서 파려나?

"저기, 마커스. 뭐 하나 물어봐도 돼?"

실험실로 가서 납품할 포션을 조합하던 마커스에게 말을 걸었다.

"잠시만요……. 네! 어떤 일 때문에 그러신가요?"

마커스가 적당한 타이밍에 작업하던 손을 멈추고 경청하는 자세를 취했다.

"스테이터스 향상 계열…… 예를 들면 힘의 씨앗 같은 건 어디서 파는지 알아?"

마커스는 턱에 손을 대고서 끙끙거렸다.

"그런 건 모험가인 마르크 씨나 레티아 씨가 잘 아실 것 같은데……."

마커스를 곤란하게 만들고 말았다. 아무래도 질문할 상대를 잘못 고른 모양이다.

하지만 지금 마르크와 레티아는 왕도 바깥에 있고, 나는 모험가 길드에 면식이 없다.

그렇다면 상업 길드의 언니에게 물어볼까?

분명 모험가 길드에서 상업 길드에 도매하는 물품이 있다고 들은 기억이 있다.

나는 외출한다고 알리고 리프와 함께 거리로 나갔다. 나 혼자 나갈 때는 리프에게 펜릴의 모습을 하고 따라와 달라고 했다. 그게 더 안전하니까!

그리하여 체력도 기를 겸 리프와 나란히 상업 길드까지 걸어갔다.

상업 길드 본부에 도착해서 여전히 높다고 중얼거리며 건물을 올려다보다가 안으로 들어갔다.

"안녕하세요."

항상 보는 접수원에게 인사했다.

"어머 데이지 님, 어서 오세요. 오늘은 어떤 일로 오셨나요?"

접수원이 아름다운 미소로 맞아 주었다.

"묻고 싶은 게 있는데 스테이터스 향상 계열의 씨앗, 예를 들면 힘의 씨앗 같은 걸 취급하는 가게가 있는지 아시나요?"

"아…… 그러시군요. 많이 거래되지 않는 물품이라 곤란하신 거로군요……. 잠시만 기다려 주세요. 확인하고 오겠습니다. 그동안 데이지 님은 로비의 소파에서 기다리고 계세요."

접수원은 마도구 통신기로 무언가를 말하며 이동했고, 나는 순순히 로비에서 기다리기로 했다.

그건 그렇고 마도구 승강기에 통신기까지……. 여기가 왕궁보다 사치스러운 거 아닌가.

그런 생각을 하며 기다리고 있으니, 잠시 어딘가로 이동했던 접수원이 손에 봉투를 들고 돌아와 내 쪽으로 다가왔다.

"데이지 님, 많이 기다리셨습니다. 세 개뿐이지만 아직 상점에 넘기기 전이라 도매가와 같은 가격으로 양도할 수 있어요. 어떠세요?"

"살게요!"

나는 즉시 정산한 뒤 힘의 씨앗을 들고 신이 나서 자택으로 돌아갔다.

아틀리에로 돌아온 나는 조리장에 들렀다.

"미나, 딸기잼 좀 받아가도 될까?"

"네~!"

나는 조리장에서 가게로 이어지는 입구에 얼굴을 내밀고 접객을 하고 있는 미나에게 허락받았다.

"접시에 조금만 담아서……."

병에 든 잼을 스푼으로 떠서 작은 접시에 담았다. 이건 요정에게 주는 선물이다. 요정들이 달콤한 잼을 아주 좋아한다.

멀리 나가 있는 동안에도 마커스와 함께 귀중한 밭을 지킨 내 밭의 소중한 수호자들.

귀가해서는 요정들에게 인사하고 같이 밭을 돌보는 것밖에 못 했다.

그래서 제대로 된 답례를 하고 싶었다.

나는 접시와 씨앗을 들고 밭으로 나갔다.

"""데이지!"""

요정들이 웃으며 내 주위로 모였다.

"와! 오늘도 다들 기운이 넘치네! 항상 밭을 지켜 줘서 고마워. 선물로 잼을 갖고 왔으니까 맛있게 먹어."

나는 그렇게 말하며 옥외용 찬장 위에 접시를 올렸다.

그러자 요정들이 그 접시에 우르르 모여들었다. 그리고 다들 손으로 잼을 떠서 맛있다는 듯이 핥았다. 그 행복해 보이는 미소에 나는 그만 웃고 말았다.

"있잖아. 저번에 새로 온 아이들이 어떤 상태인지 보고 갈 거지?"

소재 채집 여행을 떠나기 전에 요정에서 정령으로 승격했던 여자아이가 나를 꾀듯이 작은 손으로 내 손을 잡아끌었다.

요정이 손바닥 크기라면 정령은 갓난아기만큼 크다. 그리고 날개의 장수도 다르다. 요정은 날개가 좌우 한 장씩 총 두 장인 데에 비해 정령은 좌우 두 장씩 총 네 장이다.

그 아이는 식물의 정령이라 그런지 긴 머리카락은 봄의 새잎처럼 생기가 넘치는 초록색이고 찰랑거렸다. 눈동자는 페리도트처럼 반짝였다.

"새로 밭에 들인 세계수, 현자의 허브, 치유의 이끼 말이지!"

"그래! 다들 건강하게 지내고 있어!"

그 아이의 손길을 따라 제일 햇볕이 잘 드는 정원 끄트머리로 향했다. 그곳에서는 아직 작은 세계수가 잎사귀에 열심히 햇살을 한가득 저장하고 있었다.

"세계수를 데리고 오다니 깜짝 놀랐다니까! 이 아이가 자라면 이 밭은 우리가 지내기에 더욱 좋은 곳이 될 거야!"

그 아이는 자기 볼 위에 양손을 올리고 황홀한 표정으로 꿈을 꾸듯이 눈을 감고서 기쁜지 빙글 돌았다.

"그리고 다음은 이쪽이야!"

이번에는 건물 그늘에 가려진 부분에 덧문을 비스듬히 세워 놓아서 햇볕을 한층 더 차단한 곳이었다. 그곳에 치유의 이끼가 자란 바위가 놓여 있었다. 습기가 제대로 유지되는지 싱싱하고 생기가 넘치는 게 건강해 보였다.

"다음은~ 밭의 아이들이야!"

"정말~! 그렇게 날 잡아당기지 않아도 밭의 아이들은 도망가지 않잖아?"

기합이 잔뜩 들어간 모습이 귀여워서 쿡쿡 웃으며 정령에게 이끌려 밭으로 갔다.

밭에는 현자의 허브와 해의 엘프 마을에서 우연히 발견한 엘프의 진주초, 엘프의 치유초, 엘프의 마력초가 잎사귀를 활짝 펴고 햇살을 만끽하고 있었다.

"이걸로 새로 온 아이들 소개는 끝이야! 이 아이들이 이곳에 조금 더 익숙해지면 잎을 가져가도 돼!"

정령이 허리에 양손을 올리고서 자랑스럽다는 듯이 가슴을 폈다.

으음. 이제 또 새로운 아이를 심고 싶다고 전해야 하는데…….

"저기, 정령아. 나, 이 민첩의 씨앗과 힘의 씨앗을 키워서 교배해 보고 싶어."

나는 두 종류의 씨앗이 3개씩, 총 6개가 든 봉투를 손바닥 위로 쏟아부었다.

정령은 내 말을 듣고 고개를 갸웃거렸다.

"데이지, 씨앗이 세 개밖에 없는 거지……? 그럼 교배하기에는 아직 좀 일러. 먼저 이 아이들이 한 번은 열매를 맺게 해서 씨앗을 늘려야지! 처음부터 교배하면 안 돼. 그랬다가 잘 안 자라면 씨앗만 버리게 되잖아."

아이코, 아직 이르다는 말을 들었다.

"그래. 처음에는 물이 잘 빠지는 화분에 심는 게 좋아. 그리고 뿌리가 튼튼하게 자라면 큰 화분이나 땅에 옮겨 심는 거지…… 아 참, 그렇지. 이 아이들은 나무가 될 거야."

어라……. 지금까지 계속 밭에만 심어서 당연히 이것도 밭에 심는 건 줄 알았는데 나무가 되는 거구나. 뭐, 듣고 보니 그렇네. 이건 아무리 봐도 나무 열매잖아.

결국, 개점할 때 축하 선물로 받은 꽃 화분이 시들어서 남은 화분에 일반 흙과 만들어 둔 비옥한 흙을 섞어서 넣은 다음 씨

앗을 종류마다 세 개씩 심기로 했다.

◆

씨뿌리기를 마치고 일주일 정도 지난 어느 날 아침이었다.

똑똑.

나는 내 방 창문을 두드리는 소리를 듣고 잠에서 깼다.

뭐지……?

창가에 가 보니 창밖에 정령 여자아이가 있었다.

"데이지! 슬슬 현자의 허브와 치유의 이끼의 상태가 안정돼서 채집할 수 있어!"

내가 목 빠지게 기다리던 소재를 채집할 수 있다는 소식을 알리려고 일부러 와 준 모양이다.

"고마워, 정령아! 아침밥 먹고 나서 바로 정원으로 가 볼게!"

나는 잠옷에서 원피스로 갈아입고 세수했다. 그리고 화장대 앞에서 머리카락을 빗은 다음 양쪽으로 땋고 앞머리를 꽃 모양 머리핀으로 고정하면 끝이다!

계단을 내려가 식탁이 있는 2층으로 향한 나는 모두에게 말을 걸었다.

"좋은 아침!"

""좋은 아침이에요!""

미나와 마커스가 나란히 아침 인사로 대답했다.

테이블 위에는 미나가 준비한 심플한 폭신폭신 빵과 소시지 두 개, 계란프라이가 놓여 있었다. 거기에 우유까지. 우리 아틀리에의 고정 아침 식사다.

""잘 먹겠습니다!""

우리는 의자에 앉아 다 같이 식사를 시작했다.

"그러고 보니 아리엘 씨가 오시려면 아직 멀었나요?"

미나가 질문했다. 그래, 가사 문제도 있으니 미나가 제일 신경 쓰이겠지. 하지만 아리엘은 오라버니와 언니의 특훈을 도와야 해서 한동안 아틀리에에 올 수 없다.

"우리 오라버니랑 언니의 결투가 끝나면 여기로 올 거야."

"으음. 데이지 님의 오라버니랑 언니 말이죠. 그렇게 귀엽고 작은 아가씨인데 결투를 대비해 지도하고 계시다니. 사람의 능력은 외모만 보고서는 모르겠네요."

어려 보여도 쉰 살이니까…….

감탄하면서 맛있게 아침밥을 먹는 미나를 바라보며 언젠가 제대로 이야기하는 편이 좋을까? 하고 고민하는 나였다.

아침 식사를 마치고 이끼를 담을 접시를 들고 밭으로 나갔다.

"다들 좋은 아침!"

정령과 요정에게 인사하고 먼저 현자의 허브가 있는 곳으로 향했다.

[현자의 허브]

분류: 식물

품질: 고품질

레어도: B

세부 사항: 두꺼운 잎에 마나를 듬뿍 저장했다. 싱싱하고 의욕으로 가득 차 있다!

속마음: 이미 준비는 끝났어!

후후. 의욕으로 가득 차 있대.

감정 스킬의 평가에 무심코 피식 웃고 말았다.

"그럼, 잎을 몇 장 가져갈게."

다음으로 치유의 이끼는……

[치유의 이끼]

분류: 식물

품질: 고품질

레어도: B

세부 사항: 마력이 있어 약제의 재료로 쓰인다. 아주 신선하고 싱싱하다.

속마음: 준비 완료!

"그럼 필요한 만큼 가져갈게!"

스푼으로 이끼를 떠서 접시에 담았다.

그리고 실험실로 이동했다.

"이끼를 다루는 건 처음이네……. 역시 만일을 위해 진액은 따로 추출해 둘까."

마커스가 아침 일찍 준비한 증류수가 어디에 있는지 확인하고 소재를 씻어서 여분의 물기를 제거했다.

그런 다음 현자의 허브와 치유의 이끼를 살짝 베어 물어서 쓴맛을 확인했다.

"음. 둘 다 쓰지는 않네. 그럼 이대로 그냥 잘게 다져서 진액을 추출해도 되겠다."

먼저 익숙한 잎사귀 종류인 현자의 허브의 잎을 잘게 다져서 약간의 물과 함께 비커에 넣고 가열했다.

[마나의 진액???]
분류: 약품의 재료
품질: 저품질(-3)
레어도: B
세부 사항: 성분이 추출되지 않았다.
속마음: 더 따뜻해도 될 것 같은데?

잠시 후, 비커의 유리면에 작은 기포가 생기더니 그 기포가 점점 커졌다.

좋아. 이 작업은 오랜만이네. 이런 비커를 사용한 작업이 내 연금술의 원점이었으니까.

물이 따뜻해지자, 나는 그리운 감각에 자연스레 입술이 호를 그리고 표정이 변하는 것을 느끼며 경과를 지켜보았다. 이윽고 비커 안에서 기포가 보글거리며 수면 위로 올라오기 시작했다.

[마나의 진액]
분류: 약품의 재료
품질: 저품질(-3)
레어도: B
세부 사항: 성분이 약간 녹아 나오기 시작했다.
속마음: 그래, 이거야 이거. 물 온도가 딱 좋아!

잎사귀는 항상 이 정도 온도면 성분이 잘 추출된단 말이지. 게다가 물 온도가 딱 좋대. 그럼 이 온도를 유지하도록 가열기를 조정하면⋯⋯.

[마나의 진액]
분류: 약품의 재료
품질: 고품질
레어도: B
세부 사항: 성분이 충분히 녹아 나왔다.
속마음: 최고야!

잠시 일정 온도를 유지하자, 진액이 제대로 추출되었다.
좋아. 오랜만에 하는 거였지만 잎사귀 진액을 추출하는 데 성공했어!
안도의 한숨을 내쉬고서 이번에는 치유의 이끼 진액을 추출하기 위해 새로운 비커를 꺼냈다. 그리고 치유의 이끼를 잘게 다져서 약간의 물과 함께 비커에 넣고 가열했다.

[치유의 진액???]
분류: 약품의 재료
품질: 저품질(-3)
레어도: B
세부 사항: 성분이 추출되지 않았다.
속마음: 어? 따뜻하게 만들려고?

응……? 뭔가 신경 쓰이는 말을 하는데……. 뜨겁게 해서 추출하는 게 기본 아닌가?

왠지 신경 쓰였지만 늘 하는 순서대로 진행하기로 했다.
이윽고 비커의 유리면에 작은 기포가 생기더니 그 기포가 점점 커졌다.

[치유의 진액?????]
분류: 약품의 재료
품질: 미쳤어.
레어도: 이젠 모르겠어.
세부 사항: 성분이 추출되지 않았다. 추출되기는커녕 유효 성분이 다른 물질로 변질되려 한다.
속마음: 뜨거운 건 싫어싫어싫어!

어어어어어어?! 잠깐만 뭐야 이거, 왜 이래! 품질이 '미쳤어'라니 뭐야? 게다가 이름에 붙은 물음표가 계속 늘어나는데……
큰일이야, 이대로 가다간 '그게' 완성되겠어!

펑!

[산업 폐기물]
분류: 쓰레기
품질: 쓸모없음
레어도: 레어도를 따질 때가 아니야.
세부 사항: 버릴 수밖에 없다. 유효 성분 따위는 하나도 없다.
속마음: 싫다고 했잖아!

우와아. 산업 폐기물이 완성되고 말았다.
흑흑…….
원래 이럴 때는 감정의 말투가 단호했지만 레어도 항목이 늘어나니 더욱 단호한 코멘트가 늘어난 것 같아…….

지그──웃.
나는 그 뒤로 거의 한 시간 동안 산업 폐기물로 변한 물체를 노려보았다.
'이 사람 무서워(흑흑)……. 그렇게 노려봐도 아무것도 안 알려 줄 거야!'
산업 폐기물의 '속마음'이 그렇게 호소했다.

'안 알려 주겠다'고 말하는 게 조금 수상하다. 뭔가 알고 있는 것 같은데.

그때, 연금 공방에서 가게를 보던 마커스가 옆을 지나갔다.

"저기…… 뭐 하세요, 데이지 님?"

작업대에 양손과 턱을 올려놓은 이상한 자세를 하고 산업 폐기물이 든 비커를 노려보는 나를 발견한 마커스가 어이없다는 표정을 지었다.

"잠시 감정을 이용해서 실패작을 추궁하고 있었어."

"감정 스킬이 그렇게 쓰는 거였나요……?"

내 대답을 들은 마커스는 더욱 어이없어진 듯했다. 아, 그렇구나. 마커스는 소재의 '속마음'은 보이지 않으니까. 감정 스킬은 사람에 따라서 보이는 게 미묘하게 다르기도 하고. '속마음'은 정령왕님께 받은 나만의 특별한 옵션이다.

"실패한 이유를 알아낼 수 있지 않을까 해서……."

"아, 그렇군요…… 힘내세요……."

마커스는 이해 못 했는지 가 버렸다. 뭔가 쓴웃음을 지었던 것도 같지만 지금은 그게 문제가 아니다.

문제는 너야, 산업 폐기물.

'연금술사라면 스스로 조사하거나 생각하라고!'

감정으로 계속 들여다봤더니 마음에 안 든 모양이다.

직접 조사하라는 꾸중을 듣고 말았다.

으음. 연금술 책에서 찾아 볼까. '추출'을 조사하면 되겠지.

나는 책장이 있는 2층으로 갔다.

원래 책은 고가의 물건이라 거실 같은 곳에 두지 않는다. 하지만 우리 아틀리에는 모두가 책을 읽을 수 있게 거실에 책장을 놓아두었다. 누구나 연금술 책도 요리책도 읽을 수 있다.

신경 쓰이는 책을 몇 권 정도 책장에서 꺼내서 테이블 위에 올려놓았다.

"추출…… 추출……."

음, 그러고 보니 데우는 동안 '어? 따뜻하게 만들려고?' 라느니 '뜨거운 건 싫어싫어싫어!' 라느니 했었지……. 그렇다면 열기를 싫어한다는 뜻인가.

그냥 다지는 것보다 훨씬 더 자잘하게 만들어 볼까?

아예 이끼를 딱딱하게 얼리고 그걸 절구로 부수면 잘게 다진 것 이상으로 미세해지지 않을까?

그런 다음에 물에 녹인다든가?

결국 책에 눈에 띄는 내용은 안 보여서 일단 모두 책장에 꽂았다. 그리고 한 번 더 치유의 이끼를 가지러 밭으로 갔다.

밭에 있는 치유의 이끼 앞으로 와 고개를 숙이고 잠시 미안하다고 사과했다.

"미안해. 아까 실패해서 한 번만 더 널 가져갈게."

나는 다시 접시에 이끼를 담아 실험실로 가지고 돌아왔다.

"으음, 물 마법으로 얼리면 얼음이 생겨서 물(얼음)을 처치하기 곤란하단 말이지……."

이끼를 깨끗하게 씻어서 물기를 제거하고 절구 안에 넣었다.

그 위에 손을 올리고 눈을 감고서 이미지를 떠올렸다.

이끼 자체가 어는 거야. 살짝 만지기만 해도 산산조각 날 정도로 차갑고 서늘하게…….

연금 가마로 가열할 때와는 정반대의 이미지를 떠올렸다.

절구를 중심으로 방 안에 냉기가 흘러나왔고 실험실이 점점 추워졌다.

시간이 조금 지나자 이끼가 언 것처럼 보여서 시험 삼아 절굿공이로 이끼를 문질러 보았다. 그러나 절굿공이의 온도 때문인지 문지르면서 마찰로 생긴 열 때문인지 이끼가 살짝 녹으며 원래대로 돌아갔다.

그렇다면 더욱더 차갑게…… 얼음보다도 훨씬 더 차갑게…….

문득 눈을 뜨자 이끼는 새하얗게 변해 서리가 내린 듯한 상태가 되어 있었다.

시험 삼아 절굿공이로 이끼를 가볍게 밀어 보았다. 그러자 힘을 주지 않았는데도 이끼가 후두둑 부서졌다.

절구로 으깨자 손쉽게 고운 가루가 되었다. 당연히 칼로 다진 것보다 훨씬 미세해서 그야말로 '분말' 같았다.

녹기 전에 이대로 증류수에 넣자!

[치유의 진액???]
분류: 약품의 재료
품질: 저품질(-3)
레어도: B
세부 사항: 성분이 추출되지 않았다.
속마음: 잘 녹도록 휘저어 주면 좋겠어.

그래그래, 휘저어 줄게!

나는 막대로 물과 이끼 가루를 잘 저었다.

[치유의 진액]
분류: 약품의 재료
품질: 고품질
레어도: B
세부 사항: 유효 성분이 제대로 추출되었다.
속마음: 용케 알았네! 정답이야!

"해냈다! 정답이래!"
나는 실험실에서 양팔을 치켜들고 만세를 외쳤다.
그러자 큰 목소리를 들은 마커스가 다가왔다.
"아, 아까 고민하던 거 잘 해결되셨나요?"
내 표정을 보고 기분이 좋다는 걸 알았는지 마커스도 편안하게 미소 지었다.
"응, 강력 마나 포션을 만들려고 현자의 허브랑 치유의 이끼의 진액을 추출했는데, 치유의 이끼는 열에 엄청 약한가 봐. 반대로 얼려서 잘게 부수니까 잘됐어!"
나는 두 진액이 든 비커를 테이블 위에 나란히 올려놓았다.
"정말이네. 진액이 제대로 완성됐네요. 그럼 이제 이걸 섞을 때도…… 역시 가열은 하면 안 되겠네요?"
아, 그렇겠네.
"일단은 섞어 보자."
치유의 진액과 마나의 진액을 천으로 거른 뒤 섞었다.

[강력 마나 포션?]

분류: 약품

품질: 저품질

레어도: B

세부 사항: 성분이 전혀 반응하지 않았다. 그저 재료가 되는 진액을 섞었을 뿐이다.

속마음: 자, 어떡할래?

"으음, 가열을 못 한다면 반응을 촉진시키는 방법은……. 마력을 주입하거나 연금 발효시킬까?"

나는 팔짱을 끼고 고개를 갸웃거리며 머릿속에 떠오르는 대로 말했다.

"연금 발효는 두 가지 성분이 섞인다기보다는 성분이 변하는 이미지가 강하잖아요."

마커스가 내 생각에 의견을 제시했다.

"그래, 나도 그렇게 생각해. 만일을 위해 다른 비커에 절반을 나눠 두고 마력으로 반응을 촉진시키자!"

고개를 끄덕인 나는 빈 비커에 혼합액 절반을 나눈 뒤 남은 혼합액 위에 손을 올리고 마력을 주입했다.

두 진액아, 반응해서 강력 마나 포션이 되어 줘……!

눈을 감고 이미지를 떠올리며 마력을 넣었다.

그러자…….

"됐어요, 데이지 님!"

그 목소리에 나는 눈을 번쩍 뜨고 비커를 들여다보았다.

[강력 마나 포션]

분류: 약품

품질: 고품질

레어도: B

세부 사항: 마나 포션에 비해 회복량이 2배. 고품질이므로 거기에서 추가로 회복량이 2배 늘었다.

속마음: 참 잘했어요!

"됐다!"

나는 웃으며 마커스와 하이파이브를 했다.

내 2배 마나포션은 마력이 대략 500 정도 회복되니까 이 포션 한 병으로 마력이 1000 회복된다는 뜻이다.

어라? 하지만 나나 오라버니처럼 마력이 높은 사람한테는 더 품질이 좋은 포션이 아니면 마력을 전부 회복시키기에는 턱없이 부족하지 않나?

뭐, 지금은 신경 쓰지 말자. 강력 마나 포션을 완성한 것만으로도 만족스러우니까!

"데이지! 이 새로운 강력 마나 포션은 뭐야?"

강력 마나 포션이 완성된 다음 날. 곧장 가게에 포션을 비치하고 신제품이 발매됐다는 벽보를 붙였다. 그러자 이른 아침에 정기적으로 방문하는 여자 마도사와 남자 검사 두 명의 눈에 그 포션이 띈 듯했다.

"기존의 제 마나 포션보다 회복량이 두 배로 늘어난 제품이에요."

나는 지금까지 만들었던 마나 포션과 강력 마나 포션이 든 병 두 개를 나란히 놓고 설명했다.

"있잖아, 이거라면 내 마법에도 여유가 생겨서 좀 더 깊은 층까지 도전할 수 있을지도 몰라!"

"한번 시험해 볼까! 한 병 줄래?"

"네!"

그리하여 새로 라인업에 추가된 강력 마나 포션도 서서히 입 소문이 퍼지면서 판매량이 늘기 시작했다.

그런 와중에 친가에 귀성했을 때 아버지에게 이 신제품 이야 기를 했더니 "마도사단에서도 사고 싶구나!"라는 이야기가 나 왔다. 하지만 강력 마나 포션은 상당히 비싼 고급품이다. 그리 고 항상 필요한 것은 아니라는 결론에 다다랐는지 가끔 마도 사단의 심부름꾼이 사러 오는 정도에 그쳤다.

내 신제품은 군 관계자와 모험가 사이에서 인기 상품이 됐다.

◆

오라버니와 언니의 결투가 끝나고 드디어 아리엘이 아틀리 에로 이사했다.

"미나 씨를 따라서 빵 공방을 돕고 싶어요!"

내가 여행길에서 가지고 온 미나의 빵을 먹고 완전히 그 빵 의 노예가 된 아리엘은 자신이 희망하던 대로 빵 공방을 돕게 됐다. 그리고 상업 길드에서 견습 상인이라는 신분증을 취득했다.

어떻게 직업 증명서가 없는 엘프가 상인 견습으로 등록할 수 있었냐 하면…… 뭐, 이렇다. 아무리 그래도 국왕 폐하께 엘프 왕녀를 맡고 있다는 사실을 숨길 수는 없으니 솔직하게 상담했더니 이것저것 조치해 주셨다.

티리온은 아리엘의 종마로 등록해서 지금은 종마의 증표를 달고 당당히 거리를 걸을 수 있다.

그건 그렇고 왜 내 아틀리에라면 안전할 거라면서 아리엘이 여기에 사는 걸 쉽게 허락하셨는지 모르겠다. 리프가 사실은 성수고 엄청나게 강하다든가 정령과 요정들이 산다든가 하는 정보는 비밀일 텐데 말이지.

"구매해 주셔서 감사합니다!"

""아리엘, 또 봐~!""

신제품이 나오면 항상 선물용으로 네 개씩 사 가는 남녀 모험가 페어와 아리엘의 목소리가 들려왔다. 단골손님과도 잘 지내는 모양이다.

"미나 씨! 빵 재고가 부족할 것 같아요~!"

"아, 마침 추가분이 다 구워졌으니까 식히고 나서 바로 채울게요~!"

"저도 이따가 보충하는 걸 도울게요!"

빵 공방 선배인 미나와도 친하게 지내는 듯했다.

잠시 후, 미나가 오븐에서 꺼내 식힌 빵을 둘이서 사이좋게 빵 공방의 선반으로 옮기기 시작했다. 두 소녀가 번갈아 주방과 공방을 왕복하는 모습을 보고 가게 안에서 식사하던 손님들이 흐뭇하게 미소 지었다.

또, 아리엘이 빵 공방을 도와준 덕분에 마커스는 연금술 업무에 할애할 시간이 늘어서 기뻐했다.

"어제 데이지 님이 완성하신 강력 마나 포션, 판매량이 좋아서 저도 만들 수 있게 연습하려고요!"

이렇게 실험실에 틀어박힐 시간이 늘어 좋아했다.

내가 강력 마나 포션을 만들 때 고안한 '물체를 극저온으로 얼려서 부순다' 는 방법에는 말 그대로 '동결 분쇄' 라는 이름을 붙였다.

"데이지 님. 동결 분쇄 방법만 가르쳐 주시면 나머지는 저 혼자서도 할 수 있을 것 같아요. 데이지 님이 기법을 고안하셨을 때, 저는 아쉽게도 그 자리에 없었으니 방법을 가르쳐 주세요!"

마커스가 열의가 일렁이는 눈으로 나에게 가르침을 청했다.

"그럼 내가 시범을 보일 테니까 마커스도 그걸 따라 해 봐."

"네!"

나는 마커스 옆에 의자를 가져와 앉았다.

"마커스. 접시에 이끼 절반을 나눠 줄래?"

"네!"

마커스는 무척 기뻐 보였다. 언젠가 보았던, 처음 증류수 만들기를 허락받았을 때와 같은 호기심과 기쁨으로 가득한 표정이었다.

새로운 기술을 배운다고 신이 난 마커스를 앞에 두고 나는 마력으로 이끼를 동결시켜 보였다.

"이끼 자체를 차갑게 한다는 이미지를 떠올려. 얼음보다 훨씬 차갑게 만든다고 상상해야 해! 자, 해 봐!"

"네!"

마커스가 이끼 앞으로 손을 내밀었다. 나는 이 아이가 성공할 때까지 옆에서 지켜보았다.

◆

그렇게 아틀리에서 평화로운 생활을 보내던 어느 날.

나는 아침 식사를 마친 뒤 방에서 책을 읽고 있었다.

"똑똑."

내 방 창문을 두드리는 소리가 들려왔다.

뭐지 싶어 창가로 가 보니 창밖에 정령 여자아이가 있었다.

"데이지! 전에 말한 대로 민첩의 나무와 힘의 나무를 옮겨 심을 시기가 됐어!"

정령 아이가 성장 상태를 주의 깊게 지켜본 모양이다.

그런데 좀 빠르지 않나?

분명 씨앗을 심은 게 아리엘이 본가에 있었을 무렵이니까 대략 한 달 전이지?

내 밭에 심은 식물의 성장 속도가 범상치 않은데.

뭐, 그럴 시기가 왔다면 옮겨 심어야지!

"고마워! 그럼 밭으로 갈게!"

밭으로 이동한 나는 화분에서 건강하게 자라고 있는 아직 어린 묘목을 발견했다.

"정말이다! 성장이 엄청 빠르네……."

"그거야 당연하지! 아직 어리기는 해도 이곳에는 세계수가 있잖아. 이제 이곳은 특별한 밭이라고! 식물도 성장하기 쉬워질 거야."

정령이 식물이 빠르게 성장한 이유를 알려 주었다. 그 아이가 말했던 세계수가 자라는 쪽을 보자, 세계수는 처음 가져 왔을 때보다 두 배 정도 커져 있었다.

"와, 세계수도 건강해 보이네! 게다가 훌륭하게 자라는걸!"

"데이지. 일단 나무부터 옮겨 심어야지! 인사는 나중에 물을 주면서 돌아다닐 때 하는 게 어때?"

"아, 참. 그렇게 할게!"

정령이 재촉해서 먼저 묘목을 심은 화분의 크기를 확인했다. 그리고 빈 화분 중에서 그보다 큰 것을 찾아냈다.

"이번에도 화분에서 키우는 게 좋으려나?"

예전에 정령이 다음에는 큰 화분이나 땅에 옮겨 심자고 했던 것을 떠올리며 물어보았다.

"으음. 세계수 덕분에 이 밭의 환경은 차원이 다르게 좋아졌으니 바로 땅에 심어도 괜찮을 거야."

정령이 그렇게 말한다면 괜찮겠지. 위험할 거 같으면 분명 알려 줄 거야.

그런 생각에 그 아이의 의견을 따라 바로 흙에 심기로 했다.

"비옥한 흙의 재고는 여기 있어."

부엽토와 영양제 등을 재료로 연금술로 만든 흙이다. 영양이 듬뿍 담긴 흙을 만들려면 빼놓을 수 없는 아이템이다.

나는 그 소재를 확인한 뒤 정원에서 쓰는 작업용 앞치마와 목장갑을 착용하고 괭이를 들었다.

"어머, 데이지. 직접 정원의 흙을 일구려고?"

정령이 별일이라는 표정으로 물었다. 하지만 그 아이의 얼굴에는 명백하게 기쁜 기색이 감돌았다.

"응. 모처럼 본가 정원사한테 밭을 일구는 법을 배웠으니까 내 힘으로 할 거야."

아틀리에를 가지고 싶다는 꿈을 꿨던 다섯 살 때, 본가 정원사인 단에게 가르쳐 달라고 조른 덕분에 나는 스스로 정원과 밭 손질을 할 수 있었다.

"그럼 네 힘으로 해야겠네!"

옮겨 심을 장소는 어디가 좋겠냐고 상담하자, 정령이 여기는 어떠냐고 제안했다.

"이영, 차……!"

오랜만에 하는 작업이라 금방 능숙하게 하지는 못했다. 그래도 한번 손을 움직이며 배운 것은 하다 보면 점차 요령이 떠오르는 법이다.

그렇게 나는 정원 안의 손이 닿지 않은 구획을 일구고 그곳에 비옥한 흙을 섞었다. 그런 뒤 화분에서 묘목들을 흙째로 뽑아 흙을 털어내며 엉킨 뿌리를 풀었다. 그리고 영양이 풍부한 새로운 구획에 그들을 옮겨 심었다.

물 주기도 마쳤다고!

그리하여 다시 한 달 정도 지난 어느 날.

"데이지! 이제 곧 민첩의 씨앗과 힘의 씨앗을 얻을 수 있어!"

정령이 또 밭의 상태를 알리러 온 듯했다.

좀 빠르지 않나……?

뭐, 정령이 거짓말을 할 리는 없으니까. 애초에 내 정원에서 일어나는 이런 현상은 세계수의 영향이기도 하다고 들었다.

씨앗을 채집하기로 결심하고 작은 소쿠리 몇 개를 꺼냈다.

그리고 항상 주는 답례……. 그렇지, 매번 잼만 줬으니까 가끔은 선물로 받은 쿠키를 줄까. 나는 작은 그 아이들이 먹기 편하도록 쿠키를 조그맣게 부순 뒤 접시에 담아서 밭으로 나갔다.

"좋은 아침! 데이지!"

밭으로 나가자, 정령 여자아이가 곧바로 나에게 말을 걸었다. 그리고 내 주위를 빙글빙글 돌며 접시에 든 쿠키 조각을 들여다보았다.

"오늘의 선물은 쿠키야! 맛있게 먹어!"

나는 평소에 두던 곳에 접시를 살며시 내려놓았다.

"""쿠키는 처음 먹어 봐!"""

밭에 있던 요정들이 우르르 모여들어 제각각 부서진 쿠키 조각을 손에 들었다. 그리고 맛있게 쿠키를 씹었다.

자, 나는 씨앗을 채집해야지.

민첩의 씨앗은 딱딱한 껍질의 반 정도를 새빨갛고 통통한 열매가 감쌌다. 힘의 씨앗은 노랗고 동그란 열매 안에 껍질에 감싸인 채 들어 있었다. 둘 다 뭐랄까, 겉보기에는 통통하고 다채로운 색의 피망 같았다.

먹을 수 있으려나……?

[민첩의 씨앗(열매)]

분류: 종자류

품질: 고품질

레어도: B

세부 사항: 통통한 열매에는 영양이 가득하다. 싱싱하고 달아서 맛있다. 단, 민첩해지지는 않는다.

속마음: 나도 먹어 줘~!

[힘의 씨앗(열매)]

분류: 종자류

품질: 고품질

레어도: B

세부 사항: 통통한 열매에는 영양이 가득하다. 힘은 증가하지 않지만 싱싱하고 달아서 맛있다.

속마음: 나도 먹어 줘~!

아, 둘 다 먹을 수 있구나. 그럼 열매도 버리지 말고 소쿠리에 담아서 가지고 가야지……. 미나한테 어떻게 쓸지 물어보면 되니까!

어라……?

"빨간색도 노란색도 아닌 열매가 있네……."

그 오렌지색 열매는 민첩의 씨앗 열매와 같은 모양이기는 했다. 하지만 색은 선명한 오렌지색이었다.

"실패작인가……?"

내가 그렇게 중얼거리는데, 뺨에 쿠키를 붙인 정령 여자아이
가 둥실거리며 날아왔다.

"데이지! 쿠키가 정말 맛있어! 고마워!"

뺨에 쿠키를 붙인 채로 싱글거리며 웃는 모습이 귀여워서 나
도 그만 웃고 말았다.

"뺨에 부스러기가 붙었어!"

나는 그렇게 말하며 정령의 뺨에서 쿠키 조각을 떼서 그 아
이의 입안에 던져 넣었다.

"에헤헤……."

그제야 뺨에 쿠키를 붙이고 다녔음을 깨달은 정령이 입안에
들어온 쿠키를 씹으며 양 볼을 붙잡고 부끄러워했다.

귀여워!

아 참, 맞다! 이야기가 딴 길로 샜네. 방금 특이한 열매를 발
견한 참이었는데!

"있잖아, 정령아. 여기에 한 개만 색이 다른 열매가 있어."

"웅? 어머, 정말이네."

으음. 감정으로 확인할까?

[거꾸로 씨앗(열매)]

분류: 종자류

품질: 고품질

레어도: S(신종)

세부 사항: 통통한 열매에는 영양이 가득하다. 싱싱하고 달
아서 맛있다. 추가 효과는 없다.

속마음: 나도 먹어 줘~!

[거꾸로 씨앗]
분류: 종자류
품질: 고품질
레어도: S(신종)
세부 사항: (신종이므로 감정 레벨이 더 올라야 볼 수 있음.)
속마음: 아직 비밀이야~!

"저기, 정령아."
"왜에?"
"신종이 탄생했어……."
"에에에에에엑! 아직 교배는 안 했는데!"
나는 열매 속의 딱딱한 껍질을 제거하고 씨앗을 꺼냈다.
"'거꾸로 씨앗'이라는 신종이래. 하지만 내 감정 스킬로도 아직 어떤 효과가 있는지 모르겠어……."
엄지와 검지로 집어 한 번 더 감정을 써서 지긋이 노려보며 확인했지만 역시 신종의 효과는 알 수 없었다.
"벌레를 통해 교배된 건가? 그건 그렇고 엄청난 사건이야! 일단은 그 씨앗을 소중하게 키워야겠어!"
정령이 몹시 흥분해서 내 주위를 빙글거리며 돌았다.
그리하여 나는 '거꾸로 씨앗'을 새 화분에 심었다.
수확한 다른 씨앗은 소쿠리 위에 담아 까마귀를 막는 그물망을 씌워서 바람이 잘 통하는 그늘에 말리기로 했다.

미나에게 열매를 건넸는데 양이 많아서 반은 피클이 됐고 나머지는 그라탱이나 그릴 요리가 되어 우리의 식탁을 다채롭게 물들였다.

제4장 연금술사의 장비 제작

나는 아틀리에에서 어느 문제 때문에 고민하고 있었다.

저번 채집 원정 때 제안했던 '포션 사출기'.

린이 내 의견을 바로 기각한 뒤로 나는 다른 방법을 생각했다.

모처럼 물 마법으로 포션을 조종해서 원거리 회복이 가능하다.

그렇다면 어떻게든 포션 병을 여는 작업을 단축하고 싶었다.

왜냐하면…… 귀찮단 말이야.

회복을 받는 입장에서는 사소한 문제일지도 모른다. 하지만 몇 번이고 포션 병의 뚜껑을 여는 입장도 생각해 봤으면 한다. 소소하지만 귀찮다. 타이밍이 늦기라도 하면 곤란하고.

게다가 새로운 발명은 원래 '귀찮음'에서 탄생하는 법이니까!

자, 그럼 고민을 계속하자. 린이 내 제안을 기각 이유는 두 가지다.

'포션이 떨어지면 어떻게 할 것인가'와 '안에 든 액체가 흔들릴 때 그 무게를 어떻게 감당할 것인가'.

으음, 어떻게 할까. 그럼 다 못 쓸 정도로 많이 넣을 수 있게 만들자! 돈은 많이 들겠지만 포션을 수납하는 부분을 아예 매직 백 같은 구조로 만들면 되지 않을까?

특수한 공간 마법을 부여해서 여행이 길어져도 문제없을 만한 용량으로 만들자. 거기다 무게가 느껴지지 않게 해야지.

그래, 포션이 상하지 않게 내용물의 시간을 멈추는 것도 필수 조건이겠네!

그리고 이런 구조도 만들면 좋지 않을까.

포션 수납 부분과는 별개로 한 번에 쓸 분량이 들어갈 공간을 만들어서 그곳에도 포션을 넣는 거야. 그리고 레버나 스위치를 누르면 그걸 방아쇠 삼아 사출구에서 안에 든 1회 분량의 포션이 날아가는 거지.

포션이 나오면 그다음에는 물 마법으로 움직임을 제어하면 돼. 마력으로 보충하면 비거리도 늘어날 거야. 이건 훈련이 필요하려나?

그리고 마도사의 지팡이처럼 디자인하는 게 좋겠어.

그걸 들면 회복사 같은 느낌이 들어서 멋있잖아!

마도사나 회복사의 지팡이는 꼭대기에 마력을 증폭시키는 보석이 달렸지.

그걸 흉내 내서 보석 대신에 여러 종류의 포션을 나눠서 넣을 수 있게 구분한 강화 유리로 된 용기를 다는 거야.

어느 포션을 사출할지 구분되게 스위치 색이 각각 다르면 편리하겠다!

그래서 포션과 하이 포션은 상처 부위에 직접 쏘고, 마나 포션은 입안에 직접 쏘면 아리엘도 편하지 않을까?

그러니까 세 종류!

좋아, 완벽해!

린한테 상담하러 가자!

이렇게까지 꼼꼼히 생각했으니 이번에는 제대로 상담에 응하겠지.

"잠시 린의 대장장이 공방에 갔다 올게!"

나는 미나와 마커스에게 알리고서 아틀리에를 뒤로했다. 그리고 펜릴로 변한 리프와 함께 공방으로 갔다.

체력을 기르고 싶으니 또 걸어가야지!

어느 정도 걷자 린과 린의 할아버지인 드래그 씨의 공방에 도착해서 문을 두드렸다.

"안녕하세요. 연금술사 데이지인데요, 린 있나요?"

그러자 문이 벌컥 열리며 린이 모습을 드러냈다.

"안녕! 나한테 볼일이라도 있어?"

린은 싱긋 웃으며 고개를 갸웃거렸다.

"응! 전에 말했던 포션을 사출하는 도구에 관해 한 번 더 상담하고 싶어서."

내 용건을 들은 린의 표정이 묘하게 변했다.

"에엑, 그건 비효율적이라서 안 만들기로 하지 않았어?"

그때, 안에서 다른 남자의 목소리가 들려왔다.

"아서라, 린. 손님의 이야기를 그런 식으로 적당히 흘려들으면 안 되지. 데이지 양이라고 했나? 가게 안으로 들어오려무나."

"네네. 알겠다고요, 할아버지."

린은 어깨를 축 늘어뜨리더니 문을 활짝 열고 나를 들였다. 그리고 할아버지가 앉은 테이블의 빈자리로 나를 안내했다.

리프도 같이 공방에 들어와 안에 있던 레온과 코로 인사를 나누었다. 그리고 서로의 엉덩이 냄새를 확인하듯이 돌았다.

"드래그 씨……시죠? 처음 뵙겠습니다. 린한테 항상 신세지고 있습니다. 연금술사 데이지라고 합니다."

나는 드래그 씨에게 고개를 숙였다. 린과는 오래 알고 지냈지만 드래그 씨와는 초면이다.

"이쪽이야말로 린이 항상 신세를 지고 있지. 이야기는 많이 들었다. 그래서 오늘은 어떤 일로 상담하러 온 게냐?"

드래그 씨는 떡 벌어진 체형에 짧고 새하얀 머리카락과 풍성한 수염이 난 몹시 드워프다운 용모의 소유자였다.

나는 두 사람에게 가게에 오기 전에 생각했던 '포션 사출기'의 구조를 설명했다. 그러자 의외로 드래그 씨 쪽이 흥미를 보였다.

"오호라, 아가씨. 재밌는 걸 생각했구먼! 왜 아나가 '재미있는 제자를 뒀다'고 자랑했는지 알겠어!"

드래그 씨는 세차게 고개를 끄덕이면서 테이블 위에 놓인 설계용으로 보이는 종이와 펜을 가져와 바로 도면을 그리기 시작했다. 그러더니 점차 자신만의 세계에 빠져들었다.

"그래. 안에 들어가는 게 포션이라면 유리는 둘째 치고 금속은 부식되는 건 못 쓰겠군……."

드래그 씨는 한층 더 자신만의 세계에 빠져들었다.

"그렇다면 가벼움과 튼튼함을 고려해서 미스릴로 만들어야겠군. 이 '방아쇠를 당겨서 들어 있던 포션을 사출한다'는 구조를 실현하려면 용수철이 필요하겠어. 이것도 포션을 청결하게 유지하는 걸 고려하면 미스릴을 쓰는 게 좋겠지."

드래그 씨는 혼자서 고개를 끄덕이며 도면에 이것저것 써넣었다. 그 모습은 무척 생기 넘치고 즐거워 보였다.

린이 그 광경을 옆에서 지켜보다가 쿡쿡 웃었다.

"우리 할아버지는 이렇게 기술자가 할 법한 일을 좋아하거든. 고객이 많고 다양한 개인 세공 의뢰가 많아서 평소에는 이런 의뢰가 좀처럼 안 들어오는데, 오늘은 운이 좋네!"

그렇구나. 올 때마다 부재중이었던 이유는 인기 기사라서 바빴기 때문이었나 보다.

"자, 데이지 양. 일단 의뢰는 접수했네. 우선은 제작 기간으로 몇 주가 걸릴 것 같군. 그리고 포션 용기에는 특수한 마법을 부여해야 해. 소재로는 미스릴이 들어가지. 그래서 가격이 제법 나갈 텐데 괜찮겠나?"

"네. 물론이에요! 잘 부탁드립니다!"

나는 기분이 좋아져서 아틀리에로 돌아갔다.

몇 주 후, 드래그 씨가 명명한 '아조트 로드'의 완성품을 린이 아틀리에로 가져다주었다.

아조트 로드라는 이름은 '아조트 검'에서 가져왔다. 옛날에 검에 장치한 포션으로 사람들을 치료하고 다녔다는 전설의 연금술사가 가진 검의 이름을 땄다고 한다.

무척 멋진 이름이다.

아조트 로드의 꼭대기에는 마도사가 가지고 다니는 지팡이의 보석 대신, 위에서 봤을 때 육각형으로 보이는 세 구역으로 나뉜 유리병이 장식되어 있다. 그 유리병은 밑으로 갈수록 조금씩 가늘어지게 가공해서 보석 같은 모양이었다.

포션, 하이 포션, 강력 마나 포션을 넣어 놓으면 포션의 미묘한 색 차이가 그러데이션을 만들어서 보기에도 아름다웠다.

음~! 훌륭해!

나는 매우 만족스러운 완성도에 감동해서 무심코 로드를 끌어안았다.

그리고 린에게 대금을 지불하고 주위를 둘러보았다.

"시험해 보고 싶은데……."

마음에 드는 물건을 얻으면 바로 써 보고 싶어지는 법이지. 다들 그렇잖아?

내가 그런 생각을 하는데 완성품을 배달한 린 옆으로 마르크와 레티아가 다가왔다.

"오랜만이네! 토벌 의뢰를 마치고 돌아오는 길이야."

돌아오는 길에 얼굴을 비친 듯했다.

어라, 잘 보니 마르크도 레티아도 작은 상처가 있네.

좋아, 완벽한 타이밍이야!

"둘 다 거기에 서 봐!"

두 사람을 붙잡은 나는 거리를 두려고 거리 쪽으로 나가서 달렸다.

음, 이 정도면 되겠지!

아조트 로드를 치켜들고 스위치를 누르자 "푸슝!" 하고 포션이 발사됐다. 내 제어를 통해 포션이 날아가서 마르크와 레티아의 상처를 치료했다.

"내 새 장비인 아조트 로드야! 매직 백 구조라서 포션이 떨어질 염려는 없어!"

나는 로드를 든 손을 치켜들고서 반대쪽 손을 허리에 올렸다. 그리고 한쪽 다리를 살짝 비스듬히 세우고 포즈를 잡았다.

"뭐라고~?"

"데이지……. 이제 네가 뭘 하고 싶은 건지도 잘 모르겠어."

두 사람 쪽을 보니 마르크는 머리를 끌어안았고, 레티아는 고개를 갸웃거렸다.

"에엥~! 뭘 하고 싶은 거냐니, 딱 봐도 회복사 같지 않아?"

내 대답을 듣고 마르크가 한숨을 내쉬었다.

◆

그리고 또 다른 날.

이끼투성이 치유의 동굴에서 린이 채집한 치유의 돌.

이걸 내가 조합할지 아니면 아직 합금을 제작한 적이 없는 마커스에게 기회를 줄지 고민하는 중이다. 최근에는 아리엘이 아틀리에를 도와준 덕분에 마커스도 예전보다 시간에 여유가 있는 듯하고…….

나 혼자만 할 수 있으면 안 되니까.

연금술은 가까운 사람부터 알려주면서 널리 퍼뜨려야 한다.

요즘 들어 그런 생각을 한다.

특히나 마커스는 남자아이다. 언젠가 독립해서 가게를 가져

야 결혼이 됐든 뭐가 됐든 장래를 위해서 좋겠지. 그런 생각이 종종 든다.

만약 마커스가 독립해서 우리 아틀리에와 먼 곳에 가게를 차리면, 좋은 포션이나 부가 효과가 있는 액세서리를 가까운 곳에서 살 수 있는 사람이 늘 것이다.

뭐, 아직은 머나먼 미래의 이야기지만.

그래서 아침 식사 시간에 합금에 도전해 보지 않겠냐고 마커스에게 물었다.

마커스는 처음에는 기쁘게 미소 짓다가 금세 지웠다.

그러더니 이번에는 고민에 빠진 표정을 지었다.

왜 저러지?

"감사합니다. 무척 기뻐요! 하지만 그 치유의 돌을 쓰는 건 반대예요. 동료분들과 함께 채집하셨고 분명 앞으로 도움이 될 물건이잖아요? 그렇다면 제가 처음으로 연습할 재료로는 안 쓰는 편이 좋을 것 같아요."

듣고 보니 그렇긴 했다.

"그건 그렇네. 애초에 그건 잠시 맡아 둔 물건이었지."

으음. 그러면 행운의 돌을 발견한 가게에서 좋은 물건을 찾는 것부터 시작해도 괜찮을 듯한데. 마커스는 모험을 하지 않으니 소재를 얻으려면 가게에서 조달해야 하니까. 그런 경험을 해 보는 것도 좋겠네!

"그럼 보석과 마법석을 파는 가게에 가서 소재부터 찾을래?"

그러자 곤란해 보였던 마커스가 기쁜지 표정을 확 밝혔다.

"네! 그럴래요!"

왕도에 있는 상점은 장사에 열심인지 의외로 개점 시간이 빠르다. 아침 식사를 끝내고 외출할 준비를 마친 뒤 걸어가면 이미 열었을 것이다. 나와 마커스는 바로 리프를 데리고 예전에 방문했던 보석 가게에 가기로 했다.

"안녕하세요."

가게 문을 열고 안으로 발걸음을 옮기자, 가게 주인아저씨가 유리 케이스 너머에 서 있었다.

"어서 오세요! 아, 예전에 대박인 돌을 찾아낸 아가씨잖아! 오늘은 다른 아이랑 왔네."

가게 주인은 여전히 싹싹했다.

"처음 뵙겠습니다. 저는 아가씨의 아틀리에 종업원이자 연금술사입니다. 오늘은 합금 만들기의 연습용으로 쓸 돌을 찾으러 왔습니다."

마커스가 인사할 겸 가게에 온 목적을 알렸다.

"연습용이라면 저쪽 나무 상자에 든 것 중에서 대박인 돌을 찾아보는 게 싸게 먹힐걸! 나무 상자 안에 든 건 전부 한 개에 대동화 다섯 닢이야. 그리고 이쪽 유리 케이스 안에 장식된 건 가치가 높은 보석이나 특수한 효과가 있는 마법석이야!"

가게 주인이 예전에 나에게 했던 설명을 마커스에게도 했다.

"그럼 저는 일단 대박 돌을 찾아볼게요."

마커스는 그렇게 말하며 양팔의 소매를 걷어붙이더니 나무 상자 앞에 쪼그려 앉아 돌을 살피기 시작했다.

그래. 나도 뭔가 좋은 게 없나 구경할까.

대박 돌 상자는 마커스가 점령 중이니 나는 유리 케이스 안을 살펴보기로 했다.

음. 확실히 물건은 좋은데 딱히 갖고 싶은 건 없네…… 어라?

[체력 자랑의 돌]

분류: 광석-재료

품질: 중급품~고급품

레어도: B

세부 사항: 장비로 만들면 장비한 자의 체력을 500 올린다. 상성이 좋은 금속과 합금으로 만들면 더 많이 올릴지도 모른다.

속마음: 울끈불끈, 파워 업!

울끈불끈해지는 건 아무래도 좋지만 체력이 오르면 드레이크한테 한 방에 당할 가능성은 사라질지도 모른다.

윽. 케이스 안에 있는 만큼 비싸네.

하지만 안전보다 중요하지는 않으니까. 나랑 아리엘, 린한테는 필요하겠지. 내가 살까 고민하는데, 마커스가 말을 걸었다.

"아가씨, 눈에 들어오는 돌이 두 개 있는데……."

마커스는 '두 개'라는 부분에서 곤란한 표정을 지은 채 그 돌을 들고 유리 케이스 안을 보던 내 옆으로 다가왔다.

[좋은 인연의 돌]

분류: 광석-재료

품질: 보통~고급품

레어도: C

세부 사항: 좋은 인연을 불러오는 돌. 좋아하는 사람이 있으면 좋은 미래로 이끈다.

속마음: 인연 맺기♪

"이건……?"

"실은 저희 어머니에게 재혼을 생각해도 괜찮을 분이 계세요. 이걸 갖고 있으면 왠지 어머니와 그분의 행복해 보이는 미소가 떠올라요. 어머니가 그분 곁에서 웃었으면 좋겠다는 생각이 들어서 자꾸만 이 돌이 눈에 들어와요."

[재능의 돌]

분류: 광석-재료

품질: 보통

레어도: C

세부 사항: 성장 중인 어린아이의 재능이 더 발전하게 된다.

속마음: 응원할게!

"이걸 보면 남동생과 여동생의 얼굴이 떠올라요. 그래서 그아이들에게 선물하고 싶어서……. 대금은 제가 모아둔 급료에서 지불할 테니 두 번만 연습을 도와주실 수 있을까요?"

"에이, 무슨 소리야. 내 가게 종업원의 공부를 위한 거잖아. 그러면 경비니까 내가 낼게!"

나는 가슴을 펴고 마커스의 제안을 거절했다.

그 모습을 본 마커스는 쓴웃음을 지으면서도 감사하다고 고개를 숙였다.

"사장님. 저번처럼 액세서리용 주괴 좀 보여 주실래요?"

"그래, 잠시만 기다려."

가게 주인이 가게 안쪽에서 주괴를 가지고 돌아와 유리 케이스 위에 늘어놓았다.

마커스도 감정 스킬 보유자긴 하지만 소재의 속마음까지는 안 보인다. 그래도 모처럼이니 스스로 고르라고 할까. 애초에 감정 스킬이 없는 아나 씨도 상성을 알 수 있다고 했었으니까.

"합금으로 만드는 경우에는 섞을 금속끼리의 상성이 완성했을 때 품질에 영향을 줘. 감으로라도 좋으니까 어느 게 괜찮을지 스스로 골라 볼래?"

"과연, 그렇군요. 해 볼게요."

마커스는 그렇게 말하더니 돌을 하나씩 주괴에 가까이 대 보고서는 다른 주괴에도 그러기를 반복했다.

"어라……? 은과 가까이 댔을 때만 돌이 약간 반짝거리네요."

마커스가 고개를 갸웃거리며 그렇게 중얼거렸다.

그런 식으로 느끼는 사람도 있나 보네?

예전에 아나 씨가 '오라가 느껴진다'고 했던 것과 비슷하다.

마커스가 든 돌과 주괴를 번갈아 보니 확실히 마커스가 고른 돌은 모두 은과 상성이 좋은 듯했다.

"대단해, 마커스! 보이는 방식은 다르지만 넌 상성의 좋고 나쁨을 가려내는 눈이 있구나! 대단해!"

"엑! 그냥 감이었는데…… 맞았군요!"

마커스는 자기 생각이 맞아서 의외였는지 한순간 깜짝 놀랐다. 그러다가 칭찬받아서 쑥스러운지 얼굴을 살짝 붉혔다.

나는 가게 주인에게 부탁해 케이스에서 '체력 자랑의 돌'을 꺼내 주괴와 번갈아 보았다.

"이건 미스릴인가."

그리하여 우리는 마커스와 내 몫의 돌과 주괴를 전부 계산하고 가게를 뒤로했다.

다음으로 둘이 함께 사 온 돌과 주괴로 마커스의 연습부터 하기로 했다.

녹은 금속이 튀기라도 하면 위험하니 두꺼운 앞치마와 목장갑을 착용했다.

'좋은 인연의 돌'과 은 주괴를 연금 가마 안에 넣었다.

"제 첫 금속 조합이네요……."

마커스는 긴장했는지 입술을 꽉 깨물었다.

그리고 연금 가마 옆에 놓인 막대를 들고 양손으로 단단히 움켜쥐었다.

"막대를 통해 네 마력을 흘려 넣어. 그 힘으로 연금 가마 안에 있는 금속을 녹이는 거야. 자, 이미지를 떠올려 봐!"

[인연 맺기의 합금?]

분류: 합금-재료

품질: 보통

레어도: C

세부 사항: 좋은 인연을 불러오는 돌. 좋아하는 사람이 있으면 좋은 미래로 이끈다. 그러나 아직 힘이 약하다.

속마음: 음~. 아직은 그저 섞였을 뿐인 듯한걸.

"지금 상태로는 아직 부족한 걸 알겠지?"

"그러네요. 마블 무늬가 생겼을 뿐이고 뭔가 새로운 물질로 '변했다'는 느낌이 안 들어요."

마커스는 역시 감정에서 속마음이 안 보여도 연금술사의 '감'을 타고난 듯했다.

"제발 잘 결합돼서 엄마의 행복을 위해 힘을 빌려줘······!"

마커스가 더욱 열심히 마력과 기도를 담으며 녹은 금속을 저었다. 그러자 그 기도에 응하듯이 연금 가마 안의 금속이 반짝거리며 빛났다.

"됐다······! 연금 가마 안에서 새로운 힘이 느껴져요!"

마커스가 강한 확신에 찬 자신감 있는 목소리로 말했다.

[인연 맺기의 합금]

분류: 합금-재료

품질: 고품질

레어도: C

세부 사항: 좋은 인연을 불러오는 돌. 좋아하는 사람이 있으면 좋은 미래로 이끈다.

속마음: 행복한 인연을 맺는 걸 도울게!

"대단해, 마커스! 네 연금술사적 감각이 이렇게 훌륭하게 성장했다니!"

마커스는 기쁘면서도 쑥스러운 표정을 지었다. 나는 그런 마커스에게 주괴 틀을 넘기고 바닥의 마개를 뽑아 아직 녹고 있는 금속을 그 안에 흘려 넣으라고 재촉했다. 마커스는 고개를 끄덕이고 말한 대로 했다.

어머니 몫이 끝났으니 다음은 동생들 몫이다.

은 주괴와 '재능의 돌'을 연금 가마에 넣었다.

그리고 막대로 마력을 주입했다. 금속과 돌이 녹으며 가마 안에서 둥글게 마블 무늬를 그렸다.

[재능 개화의 합금?]

분류: 합금-재료

품질: 보통

레어도: C

세부 사항: 성장 중인 어린아이의 재능이 더 발전하게 된다.

속마음: 더 응원하고 싶어!

"좋아, 이제부터야. 동생들이 훌륭한 어른이 되도록…… 힘을 주세요!"

마커스가 눈을 꽉 감으며 더욱 마력을 주입했다.

그러자 또 연금 가마 안이 반짝거리며 빛났다.

"좋아! 금속의 힘이 강해진 듯한 느낌이 들어요!"

마커스가 확신에 차서 힘 있게 미소 지었다.

[재능 개화의 합금]

분류: 합금-재료

품질: 고품질

레어도: C

세부 사항: 성장 중인 어린아이의 재능이 더 발전하게 된다.

속마음: 훌륭한 어른이 되도록 응원할게!

진짜 됐네! 대단해. 눈 깜짝할 사이에 합금 만드는 법을 마스터했어!

"가족을 향한 마음이 등을 밀어준 걸까요? 잘된 것 같아서 기뻐요!"

마커스는 그렇게 말하며 동생들을 위한 금속도 주괴 틀 안에 흘려 넣었다.

그렇구나. '이미지'가 중요한 연금술인 만큼 '선물할 사람을 향한 마음'도 크게 영향을 주는 거야. 그렇게 생각하면 연금술은 정말 따뜻한 기술 같아!

그리고 새삼스레 깨달았다. 남에게 무언가를 가르치면 나 자신에게도 공부가 된다는 걸. 이런 시간도 소중하구나!

"데이지 님."

감동하고 있는데 마커스가 내 이름을 불렀다.

"왜 그래? 마커스."

옆에 있는 마커스를 보자 그 나이다운 순수한 미소를 짓고 있었다.

그 미소를 보니 문득 서로 어렸던 시절의 기억이 되살아났다.

처음으로 마커스를 만났을 때.

그리고 마커스가 나한테서 처음으로 증류수를 만드는 법을 배웠을 때.

그 기쁜 듯이 반짝반짝 빛나던 얼굴.

"또 하나…… 데이지 님에게서 소중한 걸 배웠습니다."

마커스도 똑같은 기억을 떠올린 걸까.

"그날, 제 불퉁한 태도 때문에 당시에 일하던 가게에서 쫓겨났을 때……. 데이지 님이 그런 저를 발견하고 함께 일하지 않겠냐고 권유하셨죠. 그리고 연금술사의 기본인 증류수 만들기를 직접 가르쳐 주셨고요."

마커스는 눈웃음을 지으며 나를 똑바로 바라보았다. 그리고 부드럽게 고개를 살짝 기울였다.

"잠깐, 호들갑이 심해. 마커스."

선의와 감사의 마음이 깃든 눈동자에 나는 살짝 부끄러워지고 말았다.

"호들갑이 아니에요. 제 어머니와 동생들이 예전보다 좋은 환경에서 살 수 있는 것도 데이지 님이 저를 고용해 주셨기 때문이에요. 앞으로도 계속 곁에서 모셔도 되죠?"

"마커스는 소중한 아틀리에의 동료니까 당연하지. 그리고 네 가족은 내 가족이나 마찬가지니까 모두가 행복했으면 좋겠어."

마커스와 미나의 우수함에 기대거나 내 호기심에 못 이겨 소재 채집이니 뭐니 하면서 외출할 때도 있다. 하지만 내 주변 사람들이 미소를 잃지 않길 바라는 마음에 거짓은 없다.

"감사합니다……. 그런 데이지 님이니까 진지하게 모시고 싶어요.”

마커스가 작게 중얼거린 말은 내 귀에 닿지 않았다.

“마커스, 뭐라고?”

“아무것도 아니에요.”

마커스는 아무 일도 없었다는 듯이 앞치마와 목장갑을 벗었다. 그리고 나에게 그것들을 건넸다.

좋아. 다음은 내 차례야.

나는 그것들을 받아 착용했다.

“저도 공부를 위해 구경하고 싶어요.”

마커스에게 그런 말을 들었다. 상관은 없지만 아까 그런 대화를 나눈 탓인지 조금 부끄러웠다.

미스릴과 ‘체력 자랑의 돌’을 연금 가마에 넣고 막대로 마력을 주입해 금속과 돌을 녹였다.

[마초니움?]

분류: 합금-재료

품질: 중급품

레어도: B

세부 사항: 장비로 만들면 장비한 자의 체력을 500 올린다.

속마음: 아직 그다지 힘이 샘솟지 않아.

마블 무늬 금속이 나에게 아직이라고 호소했다.

어어, 마초니움이라는 이름이 조금 걸리는데. 마초가 되는 건 아니겠지?

"모두가 안심할 만한 체력을 줘! 안전하게 모험하도록……!"

네이밍 센스(?)에 의문을 품으면서도 더욱 열심히 마력과 기도를 담았다.

그러자 연금 가마 안이 또다시 강하게 빛나며 합금이 완성됐음을 알렸다.

[마초니움]

합금—재료

품질: 고급품

레어도: B

세부 사항: 장비로 만들면 장비한 자의 체력을 750 올려 준다.

속마음: 미스릴 씨 덕분에 효과가 올랐어! 장비로 만들어 장착해도 외모는 변하지 않으니까 안심해!

고마워! 효과가 오른 것도 기뻐!

그리고 내가 여자아이인지라 외모가 변하지 않는다는 사실이 제일 기뻐!

주괴 틀에 갓 완성된 합금을 흘려 넣었다.

마커스가 만든 주괴는 마커스의 어머니와 상대 남자분의 커플링으로, 동생들을 위한 주괴는 어린아이용 펜던트로 만들기로 했다.

제작 비용 쪽은 마커스가 자기 가족에게 선물하는 거니까 린에게 지불할 대금을 스스로 내겠다며 고집스럽게 말을 듣지 않았다.

내 마초니움 주괴는 반지로 만들어 파티원 모두에게 주기로 했다. 이건 일단 내가 제작비를 지불해 두고 나중에 각자에게서 비용을 받을까 생각 중이다.

이윽고 며칠 뒤 린이 완성된 액세서리를 직접 전하러 왔다.

[인연 맺기 반지]

분류: 장비

품질: 고급품

레어도: C

세부 사항: 좋은 인연을 불러오는 반지. 좋아하는 사람이 있으면 좋은 미래로 이끈다.

속마음: 결혼에 골인한 후에도 행복하도록 응원할게!

[재능 개화 펜던트]

분류: 장비

품질: 고급품

레어도: C

세부 사항: 성장 중인 어린아이의 재능이 더 발전하게 된다.

속마음: 훌륭한 어른이 되도록 같이 힘내자!

마커스는 그 완성도에 몹시 감격했다. 마커스가 좋아하는 모습을 본 린도 매우 기뻐 보였다.

마커스는 바로 다음 휴일에 친가에 전하러 가겠다며 의욕을 불태웠다.

이번에는 내 몫의 반지를 감정했다.

[마초 링]
분류: 장비
품질: 고급품
레어도: B
세부 사항: 장비한 자의 체력을 750 올린다. 마초가 되지는
않는다.
속마음: 내가 지켜 줄게! 모험을 떠날 때는 조심해야 해!

마초가 되지 않아도 마초라는 이름은 버리고 싶은가 보다.
이유가 뭘까……?

◆

그렇게 내 아틀리에에서 평온한 생활이 계속됐다.
그런 일상을 보내다가 문득 어떤 사실을 깨달았다.
예전에 다 같이 채집해서 맡아만 뒀던 소재들이 몇 개 있었다.
나는 궁금해져서 소재 보관고를 뒤져 보기로 했다.
보관고에 들어 있는 재료는 이랬다.
정령왕의 수호석이 두 개 남았는데 이건 장비를 만들다 실패할
까 봐 여분으로 주셨나? 지금은 아직 쓸 일이 없어 보인다.
신여의 보석(빙결)은 다른 속성도 모으는 편이 좋다고 해서
아직 맡아 두고 있다.

치유의 돌은 빨리 주괴로 만들어서 린한테 넘겨야겠네.

그리고 영구동토의 돌은…… 사용 방법이 비밀이라는 것밖에 못 봤었는데…… 어라?

[영구동토의 돌]
분류: 광물−재료
품질: 고품질
레어도: S
세부 사항: '영원한 빙결' 속성을 지닌다. 무기로 만들면 얼음 속성 지속 대미지를 부여한다.
속마음: 나는 아다만타이트가 아니면 인정 못 해. 최강의 무기가 되지 않으면 납득 못 해! 그리고 막강한 사나이의 손에서 그 진가를 발휘할 거야!

어라……? 이제 보여. 내 스테이터스에 뭔가 변화가 있었나?

[데이지 폰 프레스라리아]
자작 가문의 차녀
체력: 250/250
마력: 4550/4550
직업: 연금술사
스킬: (감정(7/10), 식물 마법(MAX)) 연금술(7/10), 물 마법(7/10), 바람 마법(6/10), 흙 마법(5/10) (은폐)
상벌: 없음

재능: (식물의 정령왕이 총애하는 아이) 없음

칭호: (성수의 주인) 왕실 공식 연금술사, 여자들의 피부의 구세주, 말괄량이 연금술사

감정과 연금술 레벨이 올랐네. 그 외에 레벨이 오른 건 자주 쓰는 물 마법 정도인가.

어째선지 '칭호' 항목의 내용이 늘었는데, '말괄량이'는 쓸 데없는 참견이라고!

다음에 제대로 감정하지 못했던 거꾸로 씨앗을 다시 한번 확인해도 좋을 듯하다.

아무튼 중요한 건 영구동토의 돌이다. 효과도 대단하고 주문하는 내용도 대단하다.

조합 상대는 최강의 경도를 자랑하는 아다만타이트만 허용. 사용자는 '막강한 사나이'……. '남자'가 아니라 '사나이'? 뭔가 자기만의 고집이 있나 보네.

우리 파티 멤버로 치면 해당될 법한 사람은 마르크뿐이라는 뜻인가?

하지만 아다만타이트는 최강의 경도를 자랑하는 만큼 나나린도 가공하기 어려울 것 같아서 상담하기로 했다.

그런 연유로 모두의 일정이 맞는 날을 잡아 내 아틀리에 2층에 모였다.

멤버는 소재 채집 멤버인 나, 린, 아리엘, 마르크, 레티아였다.

"그래서 예전에 채집한 영구동토의 돌 말인데…… 얼음 속성

추가 대미지에다 지속 대미지까지 부여하는 엄청난 소재였어."

내 설명을 듣고 모두가 눈을 휘둥그레 뜨고 놀랐다.

"불 속성인 드레이크는 얼음 속성에 약하니까 대단하다는 건 더 말할 필요도 없겠지. 하지만 일반적인 마수도 얼음 공격에 내성이 없으면 지속 대미지를 받는다는 거잖아? 진짜 엄청나네."

마르크가 "마검이잖아!"라고 외치며 눈을 빛냈다.

그래, 이 돌도 그런 너를 지명했지.

"그런데 조금 이상한 말일지도 모르지만 아다만타이트하고만 조합할 수 있고 이걸로 만든 무기는 막강한 남자만 장비할 수 있는 것 같아."

'막강한 남자' 라는 말에 모두의 시선이 마르크에게 쏠렸다. 최전선을 맡을 정도니까 실제로도 마르크의 몸은 매우 다부지다. 언뜻 보기에 그런 느낌이 안 드는 건 옷을 입으면 날씬해 보여서일까?

문득 반응이 있을까 싶어서 '영구동토의 돌'을 마르크에게 가까이 대 보았다.

'오! 좋은 사나이잖아! 얼굴 합격, 몸 합격. 나는 이 녀석의 파트너가 되고 싶어!'

좋아, 역시 마음에 든 모양이야. 돌도 기쁜지 희미하게 반짝거리는 것처럼 보였다.

"역시 마르크와 상성이 좋은가 봐. 고집이 센 소재라서 바람을 들어 주지 않으면 효과가 없을 거야. 이걸로 마르크의 핼버드를 만들고 싶은데, 괜찮아?"

"오오! 그래 주면 고맙지! 핼버드는 약간 마니악한 무기라 마검처럼 부가 효과가 붙은 물건이 거의 없어. 그래서 부가 효과가 붙은 걸 갖는 게 내 로망이었거든!"

마르크가 기쁜 듯이 돌을 쓰다듬으며 잘 부탁한다고 말했다.

그리고 마르크에게 들리지는 않겠지만 돌도 '그래! 오래도록 잘 부탁하마!' 라고 말했다.

완전히 의기투합했네.

다른 사람들도 사용자가 한정된다면 어쩔 수 없다면서 딱히 반론하지 않았다.

그리하여 영구동토의 돌은 핼버드로 만들기로 했다.

내 옆에서 린이 곧바로 마르크에게 어떤 형상으로 하고 싶은지 묻기 시작했다.

핼버드는 도끼날이 달렸고 앞쪽 끝에 가느다란 돌기가 박혔으며 옆에 칼날이나 돌기를 붙이는 등 전투 방식에 따라 다양한 형태로 만들 수 있다.

그러니까 대장장이인 린은 최고의 소재를 최고의 형태로 단련하고 싶겠지.

나와 린의 첫 마검(도끼창) 제작이기도 하고.

기합이 들어가는걸!

자, 그럼…….

모두 해산했으니 나부터 조합을 시작하자.

구입한 아다만타이트 주괴와 영구동토의 돌을 가마에 넣었다.

간다…… 영구동토의 돌아!

'그래! 잘 부탁해, 아가씨!'

막대를 들고 마력을 주입해 금속을 녹였다. 아다만타이트는 딱딱하고 안정성이 높은 만큼 녹는 온도가 높았다. 녹이는 데에만 마력이 뭉텅이로 빠져나갔다.

[파마 프로스틴?]
분류: 합금-재료
품질: 중급품
레어도: S
세부 사항: '영원한 빙결' 속성을 지닌다. 무기로 만들면 얼음 속성 지속 대미지를 부여한다. 허나 부여하는 대미지가 약하다.
속마음: 아직 멀었어. 내 힘은 이 정도가 아니라고.

그래, 알아! 계속해서 간다!
소재는 탐욕스럽게 내 마력을 빼앗았다. 고집스러운 소재에게 나는 아낌없이 마력을 쏟아부었다.
내 마력량을 얕보지 말라고……!
'오, 제법인데 아가씨!'
완성되어 가는 합금이 그렇게 말했다. 그리고 좀 더 달라며 탐욕스럽게 마력을 요구했다.
줄게……! 원하는 만큼 가져가!
그러자 연금 가마 안이 격렬하게 빛나며 안에서 아름다운 광채를 지닌 액체 상태의 금속이 완성되었다.

[파마 프로스틴]

분류: 합금-재료

품질: 고급품

레어도: S

세부 사항: '영원한 빙결' 속성을 지닌다. 무기로 만들면 0.3배의 얼음 속성 대미지를 추가하고 처음에 부여한 기본 대미지의 3분의 1의 대미지를 일정 간격으로 부여한다.

속마음: 그리고 좋은 사나이에게 어울리는 형태로 만들어 줘!

"우와, 대단하네 이거. 이게 핼버드가 되면 내가 처음으로 만든 마검이 되는 거잖아!"

주괴가 식었을 즈음, 서둘러 린의 공방으로 제작을 의뢰하러 들고 갔다.

"안녕하세요! 린, 전에 그 마검 일로 왔는데……."

근데…… 어라?

'오! 저 드워프 할아범, 좋은 사나이잖아! 나는 저 녀석이 단련했으면 좋겠어! 근육을 보니까 솜씨가 좋을 것 같다고!'

이게 웬걸. 주괴가 마침 린과 함께 공방에 있던 드래그 씨에게 한눈에 반했나 보다.

정말! 하여간 고집불통이라니까!

내가 그 사실을 전하자, 드래그 씨가 재밌다는 듯이 껄껄 웃었다.

"뭐, 마검이 될 만한 소재면 대개 뭔가를 집착하기 마련이지. 어디 보자, 지명을 받았단 말이지! 좀이 쑤시는구나! 내가 단련해 주마!"

그렇게 의욕 넘치는 드래그 씨 옆에서 마검을 만들 수 있겠다며 신났던 린은 완전히 허탈해졌다. 린은 어깨를 살짝 떨구면서도 드래그 씨에게 마르크가 원하는 형태를 전달했다.

그렇게 완성된 핼버드는 저번처럼 모두의 앞에서 선보였다. 익숙한 형태가 쓰기 편하다는 요청에 따라 마르크가 예전에 쓰던 것과 똑같이 만들었다. 마르크가 바로 핼버드를 들고 손맛이나 무게의 균형을 가늠하기 위해 휘둘렀다.

[얼음 지옥의 도끼창]
분류: 무기
품질: 고품질(+2)
레어도: S(+1)
세부 사항: '영원한 빙결' 속성을 지닌다. 기본 공격 대미지에 얼음 속성 대미지를 0.5배 추가한다. 또, 처음에 부여한 얼음 속성 대미지를 일정 간격으로 부여한다.
속마음: 아주 만족스러운 완성도야! 내가 반한 파트너와 함께 상대를 해치우겠어! 할아범의 기술이 환상적이어서 성능이 올랐다고!

드래그 씨가 만들어 주신 덕분에 품질도 추가 대미지도 업그레이드됐어! 고집 센 아이는 여러 방면으로 상성이 빛을 발하는구나.

"대단한데, 이거! 무게도 손맛도 오래된 파트너 같아!"

마르크는 평소에 상황 정리를 담당하던 모습과는 전혀 다르게 흥분해서 떠들었다. 그야, 무기가 너한테 홀딱 반했으니까!

어라? 반했다고?

그러고 보니 저 무기는 말투가 남자 같았지.

마르크는 남자잖아. 그렇지?

뭐, 남자끼리의 우정으로 여겨도 되는 거지? 그렇지?

음, 일단은 입 다물고 있어야겠다!

참고로 마르크한테서 필요 경비와 제작비는 제대로 받았다!

제5장 가을 세례식에서의 만남

그날은 가을 세례식이 있었다.

그날따라 마커스가 포션을 조제하는 데 시간이 걸려서 내가 대신 왕성에 배달하러 갔다.

마침 왕성에서 아틀리에로 돌아가는 길에 교회가 있었다. 그리고 웬일로 교회에서 인파가 붐비는 것을 보고 오늘이 세례식 날임을 떠올렸다.

나는 봄에 태어났기에 봄 세례식에서 다섯 살의 세례를 받았다. 오늘은 가을 세례식 날이다. 가을에서 겨울 사이에 태어나서 그 해에 다섯 살이 되는 아이들이 세례를 받는 날인 듯했다.

봄 세례식과 달리 은행나무가 가로수 길을 물들이며 쾌청한 가을 하늘에 분명하게 가지를 뻗치고 있었다. 그 가지를 장식한 노란 잎사귀들 사이로 부드러운 햇살이 쏟아져 들어왔다.

그날의 나와 같은 마음일까. 아이들은 장래를 기대하며 두근거리는 표정으로 부모님과 함께 자기 차례가 오기를 기다리고 있었다.

……그날은 마도사가 될 거라고 잔뜩 기대에 부풀었지만 신께서 내려 주신 직업은 연금술사였어. 다섯 살이던 나는 충격

을 받아서 여기서 울고 말았지.

어째선지 그날 일이 떠오른 나는 그만 추억에 잠겨 발을 멈추고 말았다.

햇살이 부드럽고 따뜻했다. 하지만 이따금 메마른 가을바람이 내 몸을 훑고 지나갔다.

어쩐지 그 시절의 추억이 되살아난 나는 그 자리에 가만히 멈춰 있었다. 그런 내 옆으로 나와 동행한 리프가 다가와 몸을 기댔다.

너무 감상에 젖어 있었나…….

그런 생각에 돌아가려 했을 때였다.

아직 어린 소녀의 울음소리가 들려왔다.

"연금술사라니! 이 쓸모없는 자식! 우리 가문은 무가라고 그렇게 가르쳐 왔거늘! 넌 보이르슈 가문의 수치야!"

그리고 그 소녀를 매도하는 남자의 목소리가 들렸다. 소녀의 아버지인가?

"이래서는 시집을 보내서 가문을 부흥시키지도 못하겠네요."

한숨을 내쉬며 땅바닥에 쭈그려 앉아 우는 소녀를 내려다보는 여자. 이쪽은 어머니인가?

부모로 보이는 남녀는 서로 얼굴을 마주 보더니 고개를 끄덕였다.

"넌 필요 없어! 보이르슈 가문에서 퇴출이야! 고아원이든 어디든 가거라!"

남녀는 그렇게 말하며 아이를 버리고 가려 했다.

잠깐…… 아무리 그래도 저건 아니지!

울컥한 나는 그 남녀 앞으로 가 양팔을 벌리고 막아섰다.

"너무하잖아요. 당신들 아이 아니에요?! 직업이 연금술사라고 버리겠다는 거예요?"

나는 그 두 사람을 노려보았다. 어린 자신의 아이에게 그렇게 가혹한 말을 하다니!

만일 저 둘이 상당히 격이 높은 가문의 사람이라면 내 행동이 문제가 될지도 모른다……. 알고 있지만 도저히 멈출 수 없었다. 그만 충동적으로 움직이고 말았다.

이 아이에게서 그날의 내가 겹쳐 보였으니까.

"언니……."

내 큰 목소리를 들은 소녀가 눈물로 엉망이 된 얼굴로 나를 올려다보았다.

"연금술사 따위는 필요 없다고! 무력을 자랑하는 우리 보이르슈 가문에는 불필요해! 계집애 주제에 내 발목을 붙잡다니 건방지군!"

연금술사 따위……라고?!

분노를 느낀 나는 반론하려 했다.

그러나 남자가 갑자기 나를 퍽 밀치는 바람에 울고 있던 여자아이 옆으로 엉덩방아를 찧고 말았다.

그리고 놀랍게도 그들은 마차를 타고 교회에서 떠났다.

어? 내 옆에 있는 아이는 어쩔 건데?!

"아버지! 어머니!"

부모를 부르는 소녀 옆에서 나는 멍하니 마차가 떠나가는 모습을 바라보았다.

"자, 잠깐! 난 필요 없는 아이야? 그래서…… 버려진, 거야?"

소녀가 중얼거렸다. 마차를 향해 뻗었던 손은 잡아 주는 이도 없이 힘없이 떨어졌다.

그 말과 모습이 마치 그때 방에 틀어박혔던 내 모습 같았다.

나는 나도 모르게 그 아이에게 팔을 내밀고 몸을 끌어당겨 꼭 껴안았다.

소녀는 나에게 몸을 맡기고 등을 웅크렸다.

"필요 없지 않아! 정말로 필요 없지 않아!"

그러나 내 품 안에 안긴 소녀는 충격을 받고 굳었다.

"연금술사는 신께서 너한테 딱 맞는다고 생각해서 내려 주신 직업이야! 넌 필요 없는 아이가 아니야!"

그날 아버지가 나에게 하셨던 말을 이 아이에게 했다.

그런 우리 사이로 리프가 끼어들어 소녀의 눈물로 젖은 얼굴을 커다란 혀로 핥았다.

"꺄악! 커다란…… 멍멍이다."

아이는 눈을 깜빡거리며 리프를 뚫어져라 쳐다보았다.

"이 아이는 리프고 나는 데이지야. 네 이름을 알려 줄래?"

눈물을 핥는 리프의 따뜻한 혀를 느끼고 표정이 살짝 풀어진 아이가 작게 중얼거렸다.

"릴리……. 릴리 폰 보이르슈……였어요."

이름을 말하려던 아이는 이제 가문 명을 붙일 수 없다는 사실을 떠올렸는지 다시 표정이 어두워졌다.

그때, 소동을 들은 교회의 수녀가 다가왔다.

"가문에서 추방당한 아이가 있다고 들어서 왔는데……."

수녀는 아직도 땅바닥에 주저앉아 있는 우리에게 걱정스럽게 말을 걸었다.

"네, 이 아이는 릴리 폰 보이르슈라는 귀족 아가씨인 것 같은데 연금술사 직업을 하사받은 게 부모의 마음에 들지 않았던 모양이라……."

그렇게 전하자 수녀는 슬픈 표정으로 그렇냐고 말하고서 우리 둘에게 손을 내밀어 일어서는 걸 도왔다.

"안에서 자세한 이야기를 나눠 보도록 해요. 여기는 조금 쌀쌀하니까요."

그리하여 나와 릴리는 교회의 담화실로 안내받았다.

"릴리 님 같은 경우에는 원래 귀족 태생이시니 가능하면 친척분이나 혈연은 아니더라도 연이 있는 귀족의 양녀로 들어가는 게 좋을 거예요……. 고아원의 문도 열려 있지만 예전 같은 생활이 가능하다고는 말씀 못 드리거든요."

수녀가 릴리를 배려해서인지 조용한 목소리로 사정을 설명했다.

"부끄럽지만 교회의 고아원은 경제적으로 힘들어요. 아이들에게도 불편을 강요하는 형편이라……."

확실히 자기 이름에서 가문 이름도 못 쓰게 된 마당에 경제적으로 힘든 고아원에 갑자기 내던져지면 괴롭겠지…….

옆에 앉은 릴리의 안색을 확인해 보니 역시 고개를 푹 숙인 채 침울한 얼굴이었다.

사실 이렇게 멋대로 행동하면 안 되지만…….

'보이르슈'라는 가문 이름을 어디선가 들어 본 기억이 있는데 아버지라면 뭔가 알고 있을 것 같았다.

"저기, 릴리. 네가 싫지 않을 때의 이야기인데 우리 본가에서 잠시 쉬는 게 어때? 나랑 같이 널 맡아 줄 친척을 찾거나 앞으로 어떻게 할지 생각하자. 나는 데이지 폰 프레스라리아. 자작 가문의 딸이고 연금술사야."

"연금술사……. 언니는, 저랑 같은, 연금술사, 네요."

나는 맞다고 대답하며 싱긋 웃는 릴리의 머리를 쓰다듬었다.

"같은 직업을 하사받았잖아. 그러니까 내가 뭔가 도울 수 있을지도 몰라."

그때, 수녀가 대화에 끼어들었다.

"프레스라리아 가문이라고 하면 그 현자님과 성녀님의……?"

"네, 전 두 사람의 동생이에요. 아버지는 헨리 폰 프레스라리아라고 마도사단의 부마도사장으로 일하세요."

수녀는 내 신분이 사실이라면 릴리의 보호를 부탁하고 싶은 눈치였다. 그렇다고 부모님께 묻지 않고 내가 마음대로 결정할 수도 없는 일이라 마차를 빌려 수녀와 릴리를 데리고 본가로 향했다.

교회 측에서 우리가 떠나기 전에 왕성에 계신 아버지에게 미리 알린 덕분에 집에 도착함과 동시에 아버지는 직장에서 조퇴해 집으로 돌아왔다.

릴리도 나도 엉덩방아를 찧어서 옷이 더러워져 있었다. 그래서 릴리에게는 내가 어릴 때 입었던 옷을 입히고, 나는 집에 있던 여벌 옷으로 갈아입었다.

릴리는 어깨까지 오는 부드러운 벌꿀색 금발과 나와 같은 아쿠아마린색 눈동자를 지녔다. 커다랗고 동글동글한 눈에 귀여운 얼굴이었다.

"멋대로 이런 짓을 해서 죄송합니다."

먼저 내가 맞은편에 앉으신 부모님께 고개를 숙였다. 아버지에게는 편지로, 어머니에게는 아버지가 돌아오시기 전까지 말로 설명하긴 했지만.

"아니, 아빠는 네 판단이 옳았다고 생각해. 잘 데려왔다."

아버지가 "이리 오렴." 하고 다정한 음색으로 릴리를 부르며 손짓했다.

그러자 릴리는 어째선지 고개를 저으며 옆에 앉은 내 팔을 꽉 붙잡았다.

"데이지 언니랑 같이 있을래요……."

"이런, 데이지가 꽤 마음에 든 모양이구나."

아버지는 거절당해도 기분 나쁘게 여기지 않고 웃으면서 어머니와 얼굴을 마주 보았다.

"수녀님, 딸의 말대로 보이르슈 가문에 지인이 있습니다. 릴리 아가씨 정도 되는 아이는 없었던 듯하니 아마 친척이겠지만……. 저라면 거기서부터 연줄을 찾아볼 수도 있습니다."

그러자 수녀가 눈에 띄게 안심한 표정을 지었다.

"릴리, 내 이야기를 들어 주겠니?"

아버지가 말을 걸자, 릴리는 내 팔에 매달린 채 얼굴만 그쪽으로 돌렸다.

"데이지의 아빠인 나는 네 친척일 사람과 아는 사이란다. 그래서 네가 앞으로 어떻게 하면 좋을지 같이 생각할 수 있어. 너만 괜찮다면 말인데 그게 결정될 때까지 잠시 이 집에서 여유롭게 쉬는 게 어떨까 싶구나."

그 말에 릴리가 나를 가만히 올려다보았다.

"데이지 언니는, 같이 있어 줄 거예요?"

아틀리에도 있긴 한데…….

아무리 그래도 내버려 둘 수는 없다.

"내일 릴리를 데리고 아틀리에 사람에게 물어볼게요."

아버지가 고개를 끄덕였다.

"나는 내일 당장에라도 기사단장인 보이르슈 자작에게 이야기해 보마."

아아, 그래서 들어 본 기억이 있었구나.

내가 다섯 살 때 왕성에서 처음으로 거래 협상을 했을 때 인사했던 기사단장이 보이르슈 자작이었다.

결국 그날 밤은 본가에서 묵기로 했고 나와 떨어지기 싫다는 릴리와 같은 침대에서 자게 되었다. 아틀리에에는 하룻밤만 자리를 비우겠다는 이야기와 사정을 편지로 전했다.

릴리는 부모가 한 매정한 말에 마음속 어딘가를 다쳤는지 잠결에 울거나 악몽에 시달리다가 한밤중에 깨곤 했다. 그때마다 나는 같이 잠에서 깨어 릴리의 몸을 쓰다듬으며 달래고 그 아이를 재워 주었다.

다음 날, 나는 릴리를 데리고 아틀리에로 향했다.

가게 사람들이 마침 아침 식사를 마친 후인 듯해서 릴리도 소개할 겸 본가에서 맡게 된 사정과 아직 그 아이는 정신적으로 불안정함을 간략하게 설명했다.

미나는 릴리의 처지를 듣고 눈물을 글썽였고, 마커스는 동생들이 있어서인지 "이렇게 어린 아이한테 너무하잖아!" 하고 분노했으며, 아리엘은 "인간 부모는 정말 너무하는군요!" 하고 격앙했다(물론 모두가 그런 건 아니야……).

나는 그날 하루 동안 릴리를 아틀리에에서 데리고 있기로 했다. 모처럼 아틀리에에 왔으니 연금술사가 될 그 아이에게 연금술이 어떤 것인지 직접 느끼게 해 주고 싶었기 때문이다.

이 일에는 마커스가 적극적으로 나섰다.

실제로도 동생이 있는 장남 마커스가 막내인 나보다 어린아이를 더 잘 다뤘다.

지금도 마커스는 증류기 앞 의자에 앉아 있고 릴리는 마커스의 무릎 위에 앉았다.

"릴리 님, 이건 증류기예요. 일반적인 물에서 깨끗한 물만 골라낼 때 쓰는 거예요."

"증류기……. 그럼 보통 물은 더러워?"

"음, 눈에 안 보일 정도로 작은 세균이 있기도 해요."

"세균……이 뭐야?"

"이렇게 배를 아프게 만드는 거예요!"

마커스가 그렇게 말하며 릴리의 배를 간질였다.

"앗! 잠깐만! 이건, 아픈 게 아니라, 간지러운 거잖아!"

릴리는 몸을 비틀며 깔깔대고 웃었다.

마커스가 그런 릴리의 옆구리를 두드리며 진정시켰다.

"그럼 이걸로 증류해 봐요. 이것도 훌륭한 연금술이거든요."

마커스는 영차, 하고 릴리를 안아서 내려놓았다. 그리고 의자를 하나 더 가져와 두 의자를 나란히 놓았다. 하나에는 릴리를 앉히고 다른 하나에는 마커스가 앉았다.

둘이 의자에 앉자 마커스가 기재를 손가락으로 가리키며 쉬운 말을 골라 설명했다.

"이건 플라스크라고 해요. 여기에 저 우물물을 넣어 주세요."

영차, 하고 의자에서 뛰어내린 릴리는 플라스크를 받아들었다. 그리고 나무통에 든 우물물을 그 안에 넣어 마커스에게 건넸다. 그런 다음 다시 영차, 하고 스스로의 힘으로 의자에 앉았다.

"플라스크의 마개는 이렇게 닫아요."

릴리는 "응응!" 하고 진지한 표정으로 고개를 끄덕였다.

"이 빨간 스위치는 아까 물을 넣은 플라스크를 가열하는 거예요. 이 파란 스위치는 증기가 된 물을 식히는 거예요. 자, 눌러 보세요."

"어, 그래도 돼?"

릴리가 마커스의 얼굴과 릴리를 지켜보던 내 얼굴을 두리번거리며 번갈아 보았다.

"응, 괜찮아."

내가 싱긋 웃으며 대답했다. 그러자 릴리는 가슴이 두근거리는지 잠시 양손으로 가슴 언저리를 누르더니 빨간 스위치와 파란 스위치를 순서대로 눌렀다.

"앗, 플라스크 주변에 작은 방울이 생기고 있어!"

릴리는 작업대 위에 양손을 올리고 플라스크를 가만히 들여다보았다.

"작은 거품이 커져서 뽀글거리고 있어! 그리고 하얀 연기가 플라스크 안에 쌓여!"

릴리는 일련의 변화를 한시도 놓치지 않겠다는 듯이 눈을 크게 떴다.

이윽고 물이 끓기 시작했고 냉각기로 식힌 물이 반대편 플라스크에 방울방울 모였다.

"이 파란 기계로 식혀서 완성된 물이 증류수예요."

마커스가 유리관을 손가락으로 살며시 덧그리며 증기의 흐름과 물을 식혀서 증류수를 만드는 과정을 설명했다.

"처음에 넣은 물이 슬슬 졸아 없어질 것 같으니 스위치를 끌까요."

"응!"

릴리가 스위치를 두 개 다 껐다.

"이게 릴리 님이 처음으로 만든 증류수예요."

마커스가 그렇게 말하며 반대편 플라스크에 모인 물을 가리켰다.

"우와아아! 이게, 증류수라는 거구나! 엄청 깨끗해!"

릴리는 감탄하며 증류수가 든 플라스크의 각도를 바꾸면서 들여다보았다.

어라? '엄청 깨끗하다'고 했지만 눈에 보일 만큼 큰 차이가 나진 않는 것 같은데……?

처음 겪는 일에 감동해서 그렇게 보이는 걸까?

이윽고 아틀리에를 닫을 시간이 되어서 우리는 먼저 돌아가기로 했다.

앞으로 아틀리에를 어떻게 할지 상담한 결과, 모두가 릴리의 마음을 우선하고 협력하겠다고 말했기 때문이다. 나는 상황에 따라서 잠시 일을 쉬거나 릴리를 데리고 가게에 오기로 했다. 어느 쪽이 되든 내가 없어도 괜찮도록 일하겠다고 했다.

다들 다정하고 듬직하다니까. 고마워.

◆

그러는 와중에 아버지와 기사단장과 의논할 날짜를 정했고, 오늘이 그날이었다.

의논 장소는 우리 집으로 정한 듯했다.

오늘은 안식일이라서 오라버니도 기숙사에서 돌아와 있었다. 당연히 언니도 있었다.

오라버니도 언니도 릴리를 불쌍하게 여기며 "그건 그렇고 무슨 그런 부모가 다 있어?"라고 말했다.

아직 진학 전이라 본가에 살고 있는 달리아 언니는 요 며칠 동안 릴리와 사이가 좋아진 모양이다. '마력 구슬로 하는 컬러풀한 공기놀이'를 선보여서 릴리가 무척 즐거워했다.

놀랍게도 병행 발동을 응용한 놀이라고 한다. 속성이 다른 마력은 색깔도 다르다. 속성이 다른 마력 구슬을 여러 개 꺼내서 조종한다는 듯했다. 언니가 말하길 마력 조작 연습도 되는 놀이라고 한다.

보통 그런 놀이는 안 하지 않나……? 아니, 못 한다고 해야겠지.

그런 놀이를 하며 약속 시간까지 기다리니 기사단장이 우리 집에 찾아왔다.

"이번에는 나의 못난 동생이 참으로 민폐를 끼쳤더군! 정말 미안하다!"

기사단장은 다른 사람이 소파에 앉자마자 즉시 깊게 고개를 숙였다. 기사단장의 말에 따르면 릴리의 아버지는 기사단장의 동생이자 기사작이었던 모양이다.

참고로 기사작이란 기사에게 주어지는 작위로 한 가문의 한 대로만 한정된다. 작위를 물려줄 수 있는 최하위 지위인 남작보다도 더 낮은 지위의 귀족이다.

"큰아……버지?"

릴리가 기사단장을 보고 낯이 익은지 고개를 갸웃거리며 머뭇머뭇 물었다.

"아아, 그래. 아빠에게 심한 말을 들었다면서. 빨리 알아채지 못해서 미안하구나."

기사단장이 그렇게 말하며 맞은편 소파에서 일어섰다. 그리고 테이블에 한 손을 짚으며 릴리의 볼을 만지려고 팔을 뻗었다.

그러나 릴리는 그걸 거부하고 옆에 앉은 내 품에 매달려 얼굴을 감추고 말았다.

"뭐, 그렇게 반응하는 것도 당연한가……."

뻗었던 팔을 거둔 기사단장은 쓴웃음을 지으며 자리에 앉았다.

"괜찮아, 릴리?"

내 품속에 고개를 파묻은 릴리에게 묻자, 기사단장을 보면 자신을 버린 아버지의 얼굴이 떠올라서 싫다며 고개를 저었다.

"못난 동생이 저지른 일이야. 가문을 대표하는 우리 집의 양녀로 들이려 했는데……. 그놈이랑 닮아서 싫다니. 뭐, 형제니까 닮은 것도 당연한가."

릴리가 싫어하는 이유를 들은 기사단장이 곤란한 표정을 지었다.

"내 용모가 이 아이의 마음에 부담이 된다……. 그렇다면 잠시 기다렸다가 양녀로 맞이해야 하나."

기사단장이 고민에 잠긴 얼굴을 하더니 나에게 시선을 돌렸다.

"아니면 뻔뻔하다고 여길지도 모르지만……. 나는 이 아이가 너무나도 가엾네. 그렇다면 최소한 이 아이의 장래를 위해 최고의 교육 환경을 만들어 주고 싶어. 그러니 데이지 양이 이 아이의 스승이 되어 줬으면 좋겠는데……."

그렇게 말하며 날 바라보는 기사단장의 시선에 깜짝 놀라고 말았다.

네……? 전 아직 열 살짜리 어린애인데요?

"뭐, 지금 이 나라에서 제일가는 연금술사라고 하면 데이지의 스승님이나 데이지겠죠."

언니가 그런 말을 꺼냈다.

"아니, 잠깐만. 난 아직 열 살인데?"

내가 아니라며 고개를 가로젓자, 기사단장이 언니에게 동의했다.

"달리아 양의 말대로일세. 그리고 이 아이를 보호한 게 그대여서인지 릴리는 데이지 양에게 마음을 허락한 모양이야."

"그…… 기사단장님. 만약 릴리가 기사단장님의 양녀가 돼서 데이지 곁에서 뛰어난 연금술 기술을 익힌다면……."

"그놈이, 돌려달라고 하겠지."

오라버니의 말에 기사단장이 떨떠름한 표정을 지었다.

"그럴 수가. 아이가 무슨 도구인 양 필요 없다느니 돌려달라느니 너무해요."

어머니도 그 예측을 듣고 얼굴을 찌푸렸다.

"으음. 가까운 친척끼리라면 가볍게 그런 말을 할 것도 같군."

아버지가 그렇게 중얼거리더니 양손을 맞잡고 그 위에 턱을 괴고서 잠시 망설이듯이 침묵했다.

우리가 가만히 기다리자 결의를 다졌는지 아버지가 고개를 들어 몸의 방향을 바꾸고 릴리에게 말했다.

"저기 릴리. 들어 주겠니?"

나를 사이에 끼고 같은 소파에 앉은 아버지가 릴리에게 말을 걸었다.

"네……."

릴리는 나에게 매달리던 힘을 풀고 머뭇거리며 고개를 들고

서 아버지 쪽을 바라보았다.

"릴리는 내가 아빠, 이 사람이 엄마, 달리아랑 레무스랑 데이지가 네 오빠와 언니가 되는 건 싫니?"

"네……?"

"우리 집의 양녀가 되지 않겠냐는 소리야. 그러면 원래 집과는 연이 끊어지겠지만……."

아버지는 릴리에게 어린아이도 이해하기 쉬운 말로 천천하고 다정하게 설명했다.

"저는……!"

그런 아버지를 향해 릴리가 갑자기 고개를 똑바로 들고 말하기 시작했다.

"저는, 아버지에게, '쓸모없는 자식', '가문의 수치', '필요 없다'는 말을 듣고, 버려졌어요!"

그때의 일을 떠올리고 눈물을 글썽이며 이야기하는 릴리. 갸륵하고 가여운 그 아이의 호소에 여자들이 손수건으로 눈가를 훔쳤다. 나는 릴리를 꼭 끌어안았다.

"하지만, 데이지 언니는, 내가 필요 없는 아이가 아니고, 연금술사라는 직업은, 신께서, 저한테 딱 맞는다고 생각해서, 내려 주신 거라면서, 꽉 안아 줬어요!"

릴리는 흐느끼면서도 열심히 자기 마음을 전하려 했다.

"저는, 그런 데이지 언니의 여동생이 되고 싶어요! 이 집의, 착한 모두의, 가족이 되고 싶어요!"

나는 릴리를 끌어안던 팔을 풀었다. 그리고 릴리의 몸을 돌려서 등을 살며시 아버지 쪽으로 밀었다.

아버지가 릴리를 커다란 팔로 끌어안았다.

"그럼…… 가족이 되자꾸나."

"가족……. 하지만 저는 쓸모없는 아이인데, 괜찮아요……?"

"데이지가 말했잖니? 너는 쓸모없지 않아. 그리고 나는 릴리와 가족이 되고 싶단다. 릴리는 내가 아빠가 되면 싫니?"

"싫지 않아요……."

릴리가 고개를 저었다.

"가족으로, 받아 주세요……. 그러니까, 저기…… 아버, 지……."

다정하게 안아 주는 아버지에게 응하듯이 릴리는 아버지의 등에 작고 가녀린 팔을 조심스럽게 둘렀다.

"다들, 괜찮지?"

""""물론이죠.""""

이미 가족들에게 이의는 없었다.

"릴리, 어서 오렴. 엄마한테도 와 주겠니?"

어머니가 양팔을 벌렸다. 그 말에 아버지는 릴리를 놓자, 릴리는 어머니가 앉아 계신 곳으로 가서 품속에 들어갔다.

"어머, 니……?"

"그래, 릴리. 우리 집 딸들의 이름은 말이지, 모두 꽃에서 따서 지었단다. 릴리는 백합이잖니. 마치 우리 집 아이가 될 운명이었던 것처럼 딱 맞아."

어머니는 릴리를 끌어안고 뺨을 맞댔다. 릴리는 간지러워하면서도 어머니의 등에 팔을 두르며 미소 지었다.

그리고 그 모습을 지켜보며 기사단장이 최대한 고개를 깊게 숙였다.

우리 나라에는 나라가 관리하는 호적은 없다. 귀족의 호적은 각 가문의 가계도에 의존하는 실정이다. 그래서 마음대로 제명하거나 양자로 보냈다가 다시 돌려 달라고 요구하는 문제도 일어날 수 있다.

그러니 후환이 남지 않게 릴리를 프레스라리아 가문의 양녀로 들인다는 내용으로 각서를 작성하기로 했다.

아버지와 기사단장, 릴리의 아버지였던 기사가 각서에 서명했다.

그리고 기사작과 자작 가문 사이에서 이루어지는 입양치고는 호들갑일지도 모르지만 확실하게 하기 위해 국왕 폐하께도 서명을 받았다.

기사단장은 양육비라는 명목으로 아버지에게 돈을 주고 싶어 했지만 아버지가 거절했다고 한다.

이번 사건에 관련된 교회의 수녀에게도 연락해서 사건의 전말을 알려 주었다. 수녀는 릴리의 앞날을 걱정했는지 무척 기뻐했다.

이리하여 릴리는 릴리 폰 프레스라리아, 즉 내 여동생이 되었다.

◆

아직 어린 릴리의 생활 터는 기본적으로 나와 같은 프레스라리아 본가다.

우리 집에 적응시키고 읽고 쓰기와 산수, 예절, 행동거지와 같은 귀족의 소양을 제대로 가르치기 위해 가정교사를 붙여서 공부시키기로 했다. 어쨌든 아직 다섯 살밖에 안 된 어린아이니까.

아 참. 아직도 본가에 있는 언니에게 마력 조작법을 배워 두면 연금술사가 될 때 도움이 될지도 모른다. 이것도 전해 두는 편이 좋겠어.

릴리의 전속 시녀로는 케이트를 붙인 듯했다.

아틀리에의 여자 전용 숙소인 3층 방은 이미 다 찼다. 나중에 릴리와 케이트가 이사해도 괜찮도록 4층으로 증축하기로 했다. 릴리는 내 여동생이니 방의 넓이는 내 방과 똑같이 넓게 만들 생각이다.

그런 일이 있고 나는 아틀리에로 돌아왔다.

제6장 연금술사와 새로운 가족

릴리가 가족이 되고 아틀리에에서의 일상에도 약간 변화가 생겼다.

릴리에게는 정해진 공부 시간이 있지만 다섯 살짜리 아이에게 주입식 교육을 시키는 건 아니라서 쉬는 날도 있고 반나절 동안 자유인 날도 있다.

그렇게 빈 시간 동안 어머니와 함께 정원을 보며 수다 떨거나 언니가 책을 읽어 주는 등 가족과도 친해지는 듯했다.

그리고 아직도 밤에 무서운 꿈을 꾸는지 혼자 자는 건 싫다고 해서 아버지, 어머니, 언니가 번갈아 가며 함께 잔다고 한다.

친부모에게 그렇게 심한 짓을 당했으니 어쩔 수 없을지도 모른다.

분명 잔뜩 귀여움받고 사랑받다 보면 마음의 상처가 천천히 아물 것이다.

그런 릴리가 공부를 모두 마친 뒤에 가끔 내 아틀리에로 찾아온다.

물론 아직 어려서 케이트와 함께 마차를 타고 방문한다.

케이트의 도움을 받아 마차에서 내린 릴리는 종종걸음으로 나를 찾았다.

"데이지 언니~!"

가게 바깥에서 활기찬 목소리가 날아들었다.

맞이하러 가 봐야겠다는 생각에 연금 공방에 있던 나는 목소리가 들리는 쪽으로 나가기로 했다.

"어머, 릴리 님. 안녕하세요."

"오늘도 기운이 넘치네!"

오픈 키친 형식인 빵 공방에서 미나와 아리엘이 인사하는 목소리가 들려왔다.

"앗, 미나가 만든 오늘의 빵도 맛있어 보여!"

어린아이의 사고는 쉴 새 없이 바뀌는 모양이다.

릴리는 맛있어 보이는 빵을 발견하고 발을 멈춘 듯했다.

그 순간, 나는 릴리를 붙잡고 머리를 쓰다듬었다.

"어서 와, 릴리."

릴리는 나를 올려다보며 기쁜지 활짝 웃었다.

"언니, 찾았다~!"

릴리가 내 품에 달려와 안겼다.

"공부는 제대로 마치고 왔어?"

내가 묻자, 릴리는 헛기침하고 자랑스럽게 가슴을 폈다.

"저, 이번 주 읽고 쓰기 시간에, 언니한테 받은, 연금술 책을, 읽었어요! 그렇지, 케이트!"

릴리의 옆에서 대기하던 케이트가 "네, 열심히 하셨죠." 하고 고개를 끄덕이며 싱긋 웃었다.

어라? 그건 대단하네. 릴리는 이제 겨우 다섯 살 생일이 지났는데.

같은 또래 아이들은 그림책으로 읽고 쓰기 공부를 하는 게 보통이라고 들었는데…….

"데이지 언니랑, 연금술을, 쓰고 싶어서, 열심히 했어요!"

릴리가 필살기인 초롱초롱한 눈빛을 보냈다. 역시 이 아이의 조르기는 강력하다.

"있잖아요, 언니. 나는, 포션이라는 약을, 만들고 싶어요!"

릴리는 그렇게 말하며 내 원피스 자락을 꼭 쥐었다.

"아하. 그래서 아틀리에로 온 거구나."

케이트 쪽으로 시선을 돌리자, 케이트가 "맞아요." 하고 쓴 웃음을 지으며 고개를 끄덕였다.

읽고 쓰기 교재도 내가 물려준 『연금술 입문』이 아니면 싫다고 떼를 쓴 모양이다.

연금술 책은 가정교사가 도와줘서 읽었다고 한다.

뭐, 그렇게까지 흥미가 있다면 같이 만들어 줘야지!

"그럼 같이 '포션'을 만들까. 일단 소재부터 가지러 가자."

작은 손을 맞잡고 먼저 밭으로 향했다. 케이트는 그 자리에서 기다리는 듯했다.

"여기가 밭이야. 영양을 듬뿍 섭취하고 자란 재료가 좋은 포션이 되는 거야."

그곳은 싱싱한 잎을 펼치고 마음껏 햇살을 만끽하는 소재로 가득했다.

"밭!"

맞잡은 손을 놓자, 릴리는 와아! 하고 소리를 지르며 밭에 자라난 소재를 향해 달려갔다.

"책에 그려져 있던 치유초랑 마력초다!"

릴리는 포션의 재료인 치유초와 마력초 앞에 쪼그려 앉았다.

"맞아. 잘 기억하네."

쪼그려 앉은 릴리를 쓰다듬었다.

그때, 릴리가 밭에서 일하는 요정들을 가리키며 말했다.

"저건 요정? 그림책에서 봤어요!"

'요정'이라는 말을 들은 당사자들이 깜짝 놀라 작업하던 손을 멈췄다.

한 요정 남자아이가 릴리에게 다가왔다.

"너, 우리가 보여?"

그 아이는 고개를 갸웃거리며 릴리에게 손을 내밀었다.

"보여. 나는 데이지 언니의 여동생인 릴리야. 잘 부탁해."

릴리는 엄지와 검지로 요정이 내민 손을 붙잡고 악수했다.

"잠깐만, 데이지! 이게 어떻게 된 거야? 이 아이에게 식물의 정령왕님의 가호는 없을 텐데……."

자주 대화를 나누는 정령 여자아이가 내 곁으로 날아와 흥분한 기색으로 물었다.

으음…… 미안해. 잠시만 들여다볼게.

나는 그렇게 생각하며 요정과 장난을 치는 릴리를 감정했다.

[릴리 폰 프레스라리아]

자작 가문의 셋째 딸(양녀)

체력: 10/10

마력: 150/150

직업: 없음

스킬: 연금술(1/10), 예민한 오감

상벌: 없음

재능: 기술신의 가호

칭호: 없음

맙소사…… 재능 보유자였잖아! 그리고 뭔가 신기한 스킬이 있네.

"놀랐느냐?"

귀에 익은 다정한 남자의 목소리가 들려 뒤를 돌아보자 놀랍게도 식물의 정령왕님이 내 등 뒤에 서 계셨다.

"오랜만이구나, 데이지."

희미하게 반짝이는 그 성스러운 모습에 나는 한숨을 내뱉고 말았다.

"정령왕님……."

정령왕님은 부드럽게 내 어깨를 잡고서 릴리가 있는 방향으로 내 몸을 돌렸다. 내 등 뒤로 바짝 다가오신 정령왕님의 온기가 등과 어깨로 느껴졌다.

자연스레 릴리가 요정과 노는 모습을 둘이서 지켜보는 자세가 되었다.

"세례식은 신들도 지켜보고 있단다. 릴리의 일은 기사들 전체를 비호하는 기술신이 지켜보았지. 그는 릴리가 부모에게 받은 처사에 눈물을 흘렸어. 그리고 가엾다면서 본인의 가호를 내렸어. 뛰어난 오감은 원래부터 가지고 있었지만 말이지."

정령왕님은 그렇게 설명하며 내 머리를 부드럽게 쓰다듬었다.

"필사적으로 릴리를 보호하려는 너를 보고 기술신이 무척 고마워하더구나. 그래서 너에게도 그의 가호가 내렸을 테니 나중에 확인해 보거라. 분명 앞으로 너에게 도움이 될 것이니."

"세상에⋯⋯. 저한테 가호라니. 저는 그냥 왠지 제 옛날 모습이랑 겹쳐 보여서⋯⋯ 가만히 보고 있을 수 없었을 뿐인데⋯⋯."

정령왕님이 내 머리를 다정하게 쓰다듬었다.

"그러냐⋯⋯ 역시 데이지는 상냥하구나."

정령왕님은 그렇게 말하며 내 목덜미에 살며시 입을 맞췄다.

"너는 네가 원하는 대로 자유롭게 살거라. 나는 그런 너를 사랑한단다."

어⋯⋯?

그 말을 듣고 갑자기 볼이 뜨거워지는 게 느껴졌다.

분명 얼굴이 빨개졌을 거야.

그걸 감추고 싶었던 나는 내 양 볼을 손바닥으로 가렸다.

"릴리를 아끼고 이끌어 주려무나⋯⋯."

어? 어? 나 왜 빨개지는 거야! 뭐야, 이거⋯⋯!

"어라? 아직 데이지에게는 자극이 너무 강한가?"

쿡쿡거리며 웃는 소리가 들리더니 입맞춤을 받은 후두부 위로 손이 툭 올라왔다.

"릴리를 잘 부탁하마."

그 말과 함께 볼을 가린 손 중 한쪽에 입술이 닿았다. 그리고 등 뒤에서 느껴지던 정령왕님의 체온이 사라졌다.

"어라? 왜 그래요, 언니?"

혼자 멍하니 서서 양 볼을 붙잡은 나를 발견하고 릴리가 의아한지 고개를 갸웃거렸다.

"아, 아무것도 아니야!"

나는 마음을 다잡고 릴리와 함께 포션을 만들기 위해 잎을 골라서 채집했다. 그런 후 손을 맞잡고 연금술 작업실로 향했다.

정령왕님의 장난 때문에 아직도 볼이 뜨거웠다.

이런…… 릴리랑 포션을 만들 건데 정신 똑바로 차려야지!

나는 짐을 들지 않은 손으로 뺨을 때렸다.

릴리는 그런 나를 올려다보며 또 고개를 갸웃거렸다.

작업실에 도착한 나는 테이블 위에 소재를 내려놓고 준비를 시작했다. 아직 어린 릴리를 위해 높이가 살짝 낮은 어린이용 의자를 준비해 일반 의자와 나란히 놓았다. 그리고 케이트용 의자도 하나 놓았다.

어린이용 의자에는 릴리가 스스로 앉을 수 있게 디딤대 겸 발받침대가 달렸다. 그래서 릴리도 혼자서 앉고 일어날 수 있다.

릴리는 자신을 위해 준비했다는 말을 듣고 신나서 그 의자에 앉았다. 나는 릴리 옆에, 케이트는 우리를 등 뒤에서 바라보는 위치에서 의자에 앉았다.

"릴리, 치유초와 마력초 잎을 조금씩 베어 물어 봐."

릴리는 대답하고 고개를 끄덕인 다음 각각의 잎을 베어 물었다. 그리고 점차 미간을 찌푸렸다.

"언니, 써요!"

뒤이어 쓰레기통 안에 잎을 뱉었다.

"맞아. 그럴 때는 밑 작업을 해야 해. 잘 봐."

"밑 작업."

릴리가 고개를 끄덕이고 내 말을 따라 했다.

나는 의자에서 일어나 치유초와 마력초를 소금으로 버무리고 뜨거운 물에 살짝 데친 뒤 바로 냉수로 식혔다. 그리고 물기를 잘 제거했다.

"다음에는 잘게 다지는 거야."

"잘게 다진다."

그렇게 완성된 치유초와 마력초의 혼합물을 비커 안에 넣고 물을 더했다.

그리고 가열기 위에 비커를 올렸다.

"이건 가열기야. 가열기는 증류기에도 달렸으니까 알려나?"

"네! 그, 물이 보글보글하는 그거죠!"

"맞아. 잘 기억하네."

대단하다고 머리를 쓰다듬어 주니 릴리가 기쁜 듯이 웃었다.

그 후, 가열기의 조작법을 알려 주고 포션을 만드는 순서를 보여 주었다.

"언니, 스푼이랑 작은 접시 좀 주세요."

스푼이랑 접시를 뭐에 쓰려는 걸까……?

의아하게 생각하면서도 릴리에게 스푼과 접시를 건넸다.

그러자 릴리가 스푼으로 비커의 용액을 살짝 떠서 접시에 담았다. 그리고 후후 불더니 그것을 먹었다.

"응, 달고 먹기 좋아!"

맛보고 싶었구나.

"그럼 이번에는 직접 해 볼래?"

"네!"

릴리가 신이 나서 고개를 크게 끄덕였다. 그 모습을 본 나는 비커 안에 소재와 물을 넣고 가열기 위에 올렸다.

릴리는 내가 보인 시범을 기억하는지 스스로 가열기 스위치를 눌렀다.

그러자 비커 주위에 작은 기포가 생기기 시작했다.

[포션???]

분류: 약품

품질: 보통(-3)

레어도: C

세부 사항: 유효 성분이 적다.

속마음: 아직 멀었어!

릴리가 또 맛을 봤다.

음…… 포션 재료에는 독성이 없으니까 괜찮……으려나?

하지만 뭐든 먹어도 되는 건 아니니까 습관이 되면 곤란하다.

"있잖아, 릴리."

"네, 언니."

"맛을 확인한 다음에는 뱉는 게 좋아. 포션은 괜찮지만 다음부터는 그렇지 않은 것도 다룰 거야. 그럴 때 먹는 버릇이 있으면 위험하잖아?"

나는 릴리에게 그렇게 설명하며 뱉을 컵을 건넸다.

릴리는 순순히 용액을 뱉었다.

그러나 그 뒤에 만족스럽지 못한 듯이 입꼬리를 늘어뜨렸다.

"전혀 맛이 안 나."

잠시 후, 기포가 점점 커졌다.

[포션]

분류: 약품

품질: 보통

레어도: C

세부 사항: 유효 성분이 아직 적다.

속마음: 일반적인 포션 정도일까.

릴리가 또 맛을 봤다.

"뭐, 그럭저럭 괜찮네."

시간이 더 지나자 물이 조금씩 보글거리기 시작했다.

"중간중간 섞어야 해."

릴리는 내 말에 고개를 끄덕이고 스푼으로 용액을 저었다.

[포션]

분류: 약품

품질: 고품질

레어도: C

세부 사항: 유효 성분이 충분히 추출되었다. 살짝 고급스러운 단맛이 난다. 일반 포션보다 두 배 높은 효과를 지닌 일품.

속마음: 참 잘했어요!

"아! 언니 거랑, 같은 맛이 나!"

릴리는 가열기 스위치를 스스로 껐다.

"됐다! 내 포션이야!"

어어?

릴리는 어떻게 이 타이밍을 안 거지?

이 아이에게는 감정 스킬이 없을 텐데…….

"있잖아, 케이트."

"네."

"내가 세세한 작업을 돕긴 했지만 보통 다섯 살짜리 애가 포션을 완성시키기도 하나?"

"그런 분을 모신 적이 있는 것 같긴 하네요."

케이트가 그렇게 말하며 나를 힐끔 쳐다보았다.

아니, 나 때는 실패도 많이 했거든?

아, 그러고 보니 나도 케이트한테 잎을 잘게 다지는 법을 배우면서 만들었었지. 그립네.

앗, 이럴 때가 아니지!

지금 당면한 문제는 어떻게 릴리가 포션의 완성 타이밍을 알았느냐다.

재능 덕분인가? 하지만 이러면 위험한데. 이 사실을 들켰다간 예전 부모가 릴리를 돌려 달라고 할 것 같아.

고민하는 내 옆에서 당사자인 릴리는 어리둥절한 표정을 지었다.

"언니, 이거 아직 완성 안 됐어요?"

"아니, 완벽해! 처음인데도 대단한걸!"

표정이 살짝 흐려진 릴리의 양 볼을 감싼 나는 이마를 맞대고 문지르며 릴리를 칭찬했다.

"그럼 아직 잎 부스러기가 남았으니까 제거하자. 내가 어떻게 하는지 보여 줄게."

나는 그렇게 말하며 포션을 천으로 걸러 병에 넣었다.

릴리가 그대로 따라서 했다. 그러나 아직 손놀림이 능숙하지 않은 듯했다.

릴리는 결국 한 병 정도를 흘렸지만 "끝까지 다 했어요!"라며 포션 병을 들고 가슴을 폈다. 하지만 작업대는 물바다가 됐는데?

우선은 오늘 일을 아버지께 보고하고 앞으로 어떻게 할지 대책을 생각해 둬야 해!

결국 그날은 릴리와 함께 본가로 돌아갔다.

그리하여 본가에서 업무를 마치고 돌아온 아버지, 어머니에게 오늘 일을 보고했다. 물론 릴리도 동석했다.

"한 번 맛을 본 것만으로 성공했다고⋯⋯?"

아버지가 할 말을 잃었다.

뭐, 무슨 기분인지는 짐작이 간다.

"어어, 릴리. 어떻게 데이지와 똑같이 포션을 만들었니?"

어머니가 당황스러운 표정으로 릴리에게 물었다.

"언니가 만든 거랑, 맛이 똑같았어요."

"감정으로 확인했는데 릴리는 기술신님의 가호를 받았어요.

그리고 뛰어난 오감이라는 스킬도 가지고 있더라고요."

내가 감정으로 확인한 사실을 아버지와 어머니에게 알렸다.

"그렇구나. 그래서 맛을 본 것만으로 데이지를 따라 했는지도 몰라. 하지만 그럼 왜 예전 부모는 이렇게 뛰어난 아이를 내쫓은 거지……?"

아버지가 이해할 수 없다는 듯이 고개를 갸웃거렸다.

"뛰어난 오감은 타고난 것 같은데 가호는 쫓겨난 릴리를 불쌍히 여긴 기술신님이 내려 주셨다고 정령왕님께서 말씀하셨어요."

그 설명을 듣고 아버지가 "그렇군." 하고 고개를 끄덕였다.

"뭐, 국왕 폐하가 서명하신 입양 각서가 있으니 아이를 돌려달라고는 못 하겠지. 좀 지나쳤나 했는데 폐하에게까지 부탁한 보람이 있군."

릴리는 심각하게 이야기를 나누는 우리를 보고 표정이 흐려지기 시작했다.

"괜찮아."

아버지가 일어서서 릴리 곁으로 가더니 릴리를 안고 볼을 맞댔다.

"릴리는 가족 모두가 지킬 테니 아무 걱정도 할 필요 없어."

"네!"

릴리의 표정이 밝게 바뀌었다. 릴리는 아버지가 볼을 맞대자 간지러워하면서도 품에 안겼다.

릴리는 이미 우리 집의 귀여운 막내다. 아이를 가문의 도구로만 여기는 예전 부모에게 릴리를 돌려주다니 가족 중 누구도 인정하지 않을 거다.

우리 가족의 마음은 하나다.

릴리의 신기한 능력은 일단 가족들끼리만 알고 있기로 했다.

그러던 어느 날, 나는 아직까지 조합하지 않은 치유의 돌을 가공해야겠다고 마음먹었다.

릴리 일로 본가에 돌아갈 때가 많아져서 계속 미뤄 왔던 것이다.

내 개인 시간이 필요할 듯해서 마커스에게 납품용 포션 제작을 부탁하자 흔쾌히 수락했다.

마커스가 포션 제작을 맡아 주었으니, 나는 얼른 합금을 만들어서 해치워야지.

그렇게 생각했을 때, 바깥에서 기운찬 목소리가 들려왔다.

"언니~!"

케이트가 문을 열었는지 딸랑거리는 도어벨 소리가 나며 연금 공방 안에 어린아이의 앙증맞은 발소리가 울려 퍼졌다.

"언니, 마커스. 안녕하세요."

릴리가 갓 배운 여자의 인사 동작을 취했다. 어떻게 갓 배웠다는 것을 알았냐면 조금 어지럽지만 열심히 참는 게 보였기 때문이다.

이렇게 열심히 하는 모습이 참 귀엽다니까.

그 뒤에서 같이 온 케이트가 고개를 숙였다.

릴리는 나와 마커스를 번갈아 보았다. 그리고 우리가 서 있는 자리를 보고 뭘 할지 눈치챈 듯했다.

"마커스! 포션을, 만들 거야?"

릴리가 마커스에게 다가가 셔츠 자락을 붙잡고 물었다.

"네, 맞아요. 나라에 납품할 포션을 만들 거예요."

"나도, 포션, 만들래! 나도 시켜 줘!"

릴리는 아버지가 사 줬는지 아직 새것으로 보이는 핸드백 안에서 저번에 만든 포션 병을 꺼내 자랑스럽게 선보였다.

"어어……."

마커스는 그 병을 보고 놀라면서도 곤란한 표정을 지으며 나에게 도움을 청했다.

으음, 글쎄다. 어떻게 해야 하나.

하지만 제품 확인은 가능하니까 위험하지 않은 선에서 시켜 봐도 괜찮을 것 같다.

"날붙이는 아직 쓰게 하고 싶지 않으니까 밑 작업은 대신 해 줘. 그리고 릴리는 맛을 보면서 확인해. 개인 접시랑 스푼, 맛을 본 뒤에 뱉어 낼 컵도 준비해 줘."

"네, 알겠습니다."

그리하여 릴리는 마커스와 케이트의 보호를 받으며 또 포션을 만들었다.

자, 그럼 나는 치유의 돌을 조합해야지. 앞치마와 목장갑을 착용하고…….

[치유의 돌]
분류: 광물-재료
품질: 양질

레어도: B

세부 사항: 장비로 가공하면 자연스럽게 체력 회복 효과가 발휘된다. 다른 장비에 같은 효과가 있는 경우에는 중첩된다.

•속마음: 다정해 보이는 은과 하나가 되고 싶어.

어디, 은 주괴와 치유의 돌을 넣어 볼까.

내가 마력을 주입하려는데 큰 목소리가 들려왔다.

"됐다! 저번에, 언니가 만든 거랑, 맛이 똑같은, 포션, 또 만들었다!"

릴리가 천진난만하게 만세하고 있었다.

"데이지 님, 품질에는 문제가 없어요. 정말로 완성했네요."

마커스가 "맛만 보고 포션이 완성됐는지 아는 분도 있군요." 하고 놀랐다.

"있잖아, 다음! 다음 포션도, 만들고 싶어!"

재촉받은 마커스는 다시 곤란한 표정으로 이쪽을 보며 도움을 요청했다.

어쩌지…… 하이 포션은 마력 조작이 필요하니까 가르쳐 주긴 조금 이른데. 마나 포션은 마석을 촉매로 반응을 촉진시키면 될 뿐이니까 순서만 제대로 외우면 만들 수 있으려나?

나는 들고 있던 막대를 벽에 세워 두고 목장갑을 벗은 뒤 릴리 옆으로 갔다.

그리고 릴리 옆에 쪼그려 앉아 시선을 맞췄다.

"릴리, 달리아 언니랑 마력 조작 연습하는 건 잘되고 있어?"

연금술에는 마력 조작 능력이 필요할 때도 있다.

그래서 나는 본가에서 릴리한테 마력 조작법을 알려 주라고 달리아 언니에게 부탁했었다.

하지만 릴리는 무인 가문의 아이라서 마력 조작에 익숙하지 않을 것이다. 그래서 얼마나 숙달됐는지 확인하고 싶었다.

그러자 릴리는 솔직하게 고개를 가로저었다.

"아직, 하나도 잘 안 돼요."

릴리의 눈썹이 점점 내려갔다.

눈에 눈물이 차오르는 걸 보고 울음을 터뜨릴까 봐 걱정이 되기 시작했다.

"릴리는 이제 막 시작했으니까 아직 못 해도 괜찮아. 금방 할 수 있게 될 테니까 안심해."

내가 그렇게 말하며 머리를 쓰다듬자, 릴리는 안심한 듯이 미소 지었다.

애초에 가르치는 사람이 '대' 라는 수식어가 붙을 정도로 노력파인 성녀 달리아 님이다. 언니는 천재라기보다는 노력파 스타일이다. 그러니까 못 하는 아이를 가르칠 때 이보다 더 좋은 선생님은 없을 것이다.

"그럼 오늘은 마력 조작이 필요 없는 다른 포션을 만들어요. 열심히 연습해서 마력을 다루게 되면 그다음 포션을 만들죠."

"응!"

릴리가 기쁜 듯이 고개를 크게 끄덕였다.

"마커스, 마나 포션 만드는 법을 보여 주고 완성품을 맛보게 해. 그런 다음에 릴리한테 만들라고 시켜 봐."

"알겠습니다."

마커스는 고개를 끄덕이고 익숙한 손놀림으로 재빠르게 밑
작업을 처리했다.

마커스의 시범이 끝나고 릴리의 차례가 다가왔다.

[마나 포션???]
분류: 약품
품질: 저품질
레어도: C
세부 사항: 애초에 소재의 진액이 옅다.
속마음: 전혀 아니야!

릴리가 또 맛을 봤다.

"맛이 전혀 안 나."

마커스가 만드는 걸 보고 있었는지, 릴리는 마커스처럼 스푼
으로 용액을 빙글빙글 섞었다.

잠시 후, 서서히 기포가 커졌다.

[마나 포션]
분류: 약품
품질: 저품질
레어도: C
세부 사항: 각 소재의 진액이 추출된 정도다.
속마음: 이제 시작이야!

릴리가 또 맛을 봤다.

"이건, 맛이 달라."

그리고 입술을 삐죽 내밀고 고개를 저었다.

시간이 더 지나자 물이 조금씩 보글거리기 시작했다.

"마석 위에서, 제대로 반응해 줘."

릴리는 그렇게 말하며 다시 스푼으로 용액을 저었다.

[마나 포션]

분류: 약품

품질: 고품질

레어도: C

세부 사항: 유효 성분이 완성되었다. 일반 포션보다 2배 높은 효과를 지닌 일품.

속마음: 참 잘했어요!

"아! 마커스 거랑, 똑같은 맛이 나!"

릴리는 스스로 가열기 스위치를 껐다.

"대단하네요. 타고난 미각이라고 해야 할까요……."

마커스는 감탄하며 릴리의 재능을 극찬했다.

하지만 릴리에게 맛을 보며 확인하는 버릇이 있다면 만일을 위해 수호의 반지가 필요하려나. 그 반지를 끼면 상태 이상——독에도 내성이 생기니까. 린에게 부탁해서 남아 있는 주괴로 만들어 달라고 해야겠어.

이윽고 해가 저물었다. 나는 아틀리에의 동료에게 양해를 구하고 그날도 가게를 마무리한 뒤 릴리와 함께 본가로 돌아갔다.

릴리가 마나 포션을 만들었다는 걸 보고할 겸 그 아이의 마력 조작 연습 상황을 언니에게 물어보고 싶었기 때문이다.

"오늘은, 데이지 언니랑, 같이 잘래요!"

마차 안에서 릴리는 기분이 좋아 보였다.

하지만 나는 신나서 기뻐하는 아이를 웃으며 대하면서도 걱정됐다.

누군가와 함께 있지 않으면 잠을 잘 못 자거나 자다 깨서 울음을 터뜨리는 이 아이의 문제. 심할 때는 이 나이에 이불에 소변을 보기도 한다는 듯했다. 아마 '마음의 상처'가 원인이 아닐까 한다.

'쓸모없는 자식'이라는 매정한 말을 들은 게 마음속 어딘가에 남은 듯한데 어떻게 하면 그 상처를 치유할 수 있을까.

옆에서 조잘대는 릴리의 머리를 쓰다듬기도 하고 오늘 밤은 같이 자자는 약속을 하면서도 내 머릿속은 그런 고민으로 가득했다.

본가에 도착해 마차에서 내려 릴리와 손을 잡고 집으로 들어갔다. 그러자 평소처럼 세바스찬이 현관에서 맞아 주었다.

그리고 가족과 함께 저녁을 먹은 뒤 언니에게 하고 싶은 이야기가 있다고 전하고 거실에서 릴리의 상황을 물어보기로 했다.

나와 언니가 소파에 마주 보고 앉았다.

"릴리가 온 지 한 달 정도 됐지? 매일은 아니지만 유리아 선생님에게 배운 대로 가르치고는 있어. 하지만 도저히 마력이 '움직이지 않는다'지 뭐야."

언니도 사실상 첫 단계에서 막힌 릴리를 앞으로 어떻게 가르칠지 고민하던 모양이다.

참고로 유리아 선생님은 우리에게 마법을 가르쳐 주신 가정교사 선생님이다.

"한 달이라…… 기네."

"그렇지. 뭔가 원인이 있는 걸까?"

나는 언니와 둘이서 고개를 갸웃거렸다.

그때, 아버지가 우리 옆을 지나갔다.

"이런, 둘이서 뭘 고민하는 거니?"

""아버지!""

둘이서 아버지를 붙잡고 상담을 부탁했다.

"확실히 한 달은 좀 길구나. 어쩌면 '마력 막힘'이 원인일지도 몰라."

"마력 막힘……이요?"

처음 듣는 말이었다.

"그래. 마력 회로에 마력을 흘려 넣지 않을 때는 회로 안의 마력이 계속 차가운 상태지. 가끔 그게 굳어서 막히는 경우가 있어."

그렇게 되면 막힌 마력을 녹이지 않는 한 마력을 다루는 데 불편함이 생긴다고 한다.

"그게 원인이라면 릴리가 불쌍해요. 그 아이는 무척 노력하고 있는데……."

아버지의 설명을 들은 언니가 릴리를 걱정스럽게 바라보았다.

릴리는 우리와 떨어진 곳에서 어머니와 책을 읽고 있었다.

"왕성 옆에 있는 '마법 연구소'의 연구원 중에 '진찰할 수 있는' 사람이 있으니까 릴리를 데리고 진찰을 받으러 갈까?"

아버지가 그 연구원에게 릴리의 진찰을 부탁하신다고 했다.

이윽고 릴리가 진찰을 받는 날이 되었다.

아버지와 나와 언니가 릴리를 데리고 '마법 연구소'를 방문했다. 그곳은 왕성 가장자리에 있었는데 마치 탑 같은 건물이었다.

아버지를 선두로 그 연구원의 연구실이라는 방을 찾아갔다. 아버지가 문을 노크하자 마구 뻗친 머리를 아무렇게나 한 갈래로 묶은 여자가 문을 열었다.

"그래, 헨리. 어서 와. 기다리고 있었어."

그 사람이 살갑게 말하며 문을 활짝 열고 우리에게 안으로 들어오라고 재촉했다.

방 안은 뭐랄까, 마치 책과 서류의 산 같았다. 그리고 그런 방 안에 책이 산더미처럼 쌓인 책상과 진찰대인 듯한 간이침대가 있었다.

나는 방 상태에 놀라 주위를 두리번거렸다.

"연구하고 있으면 계속 서류랑 책이 쌓이거든. 결국 정리를 잘 못 해서 이 꼴이 됐지 뭐야. 나는 이곳의 연구원인 앨리시아 폰 비츠레벤이야. 잘 부탁해."

그 사람은 방이 지저분한 건 신경 쓰지 말라고 하며 자신은 책상과 세트인 의자에 앉고 우리에게는 유일하게 비어 있는 진찰대에 앉으라고 권유했다.

"진찰해 줬으면 하는 게 누구야?"

"막내딸인 릴리가 마력이 막힌 건 아닌가 싶어서."

아버지가 그렇게 말하며 릴리를 소개했다.

"그렇구나."

앨리시아 씨는 책상 위에 아무렇게나 놓여 있던 안경을 썼다.

"이 안경은 내가 개발한 마도구인데 마력 회로를 진찰할 수 있는 특수한 안경이야."

앨리시아 씨가 릴리 앞으로 다가와 쪼그려 앉았다. 그리고 릴리의 머리를 가볍게 쓰다듬으며 인사했다.

"이제부터 릴리 안에서 마력이 흐르는 상태를 진찰할 거야. 아프지는 않으니까 안심해. 손 좀 잡을게."

앨리시아 씨는 무릎 위에 놓인 릴리의 손을 붙잡고 둘이서 하나의 고리를 만들 듯이 양 손바닥을 마주 보고 손을 맞잡았다.

"내 마력을 릴리한테 천천히 흘려 넣을게. 그러면 어디가 막혔는지 알 수 있어. 만약 막혔다면 흘려 넣은 내 마력의 열로 천천히 녹일 거야."

그렇게 설명하고 릴리의 몸을 안경 너머로 가만히 바라보았다.

"아, 손바닥부터 팔이, 따뜻해."

릴리의 말에 앨리시아 씨가 대답하고 고개를 끄덕였다.

"그게 마력이야."

앨리시아 씨의 말을 들은 릴리가 와아, 하고 얼굴을 빛냈다.

"달리아 언니가 가르쳐 준 대로, 마력은 정말, 따뜻하구나!"

마력이 서서히 흘러 들어가는 듯했다. 릴리는 어디가 따뜻하다느니 여기가 따뜻해졌다느니 하면서 모두에게 일일이 상황을 보고했다.

"아, 찾았다."

잠시 후, 앨리시아 씨가 릴리의 배꼽 언저리를 지긋이 바라봤다.

"마력을 생성하는 장기가 딱 배꼽 아래쪽에 있는데 그 출구가 양옆으로 다 막힌 것 같아. 릴리, 잠시 이대로 몸을 따뜻하게 만들게. 가만히 있으렴."

앨리시아 씨의 설명에 릴리는 고개를 끄덕이고서 얌전히 기다렸다.

같이 온 나와 아버지, 언니도 잠시 그대로 기다렸다.

"아! 배꼽 밑이, 따뜻해졌어!"

앨리시아 씨가 만족스럽게 고개를 끄덕였다.

"치료 끝. 이제 문제없어."

그 말에 아버지와 언니, 나는 안도의 한숨을 내쉬었다.

"지금 릴리 안에서 도는 따뜻한 게 손바닥으로 나가고 반대쪽 손을 통해 내 마력이 들어가고 있어. 둘 사이에서 마력이 빙글빙글 도는 게 느껴지니?"

"네!"

릴리가 기쁘게 웃으며 고개를 크게 끄덕였다.

"이걸 혼자서 하는 게 마력 조작이야. 이제 할 수 있을 테니 연습 열심히 하렴."

"네!"

맞잡았던 손을 놓은 앨리시아 씨가 만족스럽다는 듯이 릴리의 머리를 쓰다듬었다.

"앨리시아 씨, 감사합니다."

아버지가 진찰대에서 일어서서 고개를 숙였다.

그리고 이제 가자며 문 쪽으로 향했다.

어라? 치료비는 안 내나?

그러자 앨리시아 씨가 문 앞에서 배웅하며 아버지에게 손을 흔들었다.

"그럼 다음 실험용으로 싱싱한 놈들 몇 명만 보내 줘."

"알겠습니다."

아버지가 그렇게 말하며 고개를 숙였다.

마도사단 사람 중에서 실험체(제물)를 바치는 게 비용이었나?

나는 깊이 생각하는 것을 관두기로 했다.

막혔던 마력이 뚫린 릴리는 시간 날 때마다 달리아 언니와 함께 마력 조작 특훈을 한다고 한다. 그에 더해서 마력을 다 쓰고 잠드는 내가 고안한 마력 증폭 훈련도 시작한 모양이니 일단락됐다고 할 수 있겠지.

◆

이제 슬슬 미뤄 뒀던 조합을 하고 싶다. 저번에는 어쩌다 보니 중단됐고 소재를 얻은 지 많이 지났다.

이번에야말로 '치유의 은'을 조합하자!

앞치마와 장갑을 착용하고…….

[치유의 돌]
분류: 광물−재료

품질: 양질

레어도: B

세부 사항: 장비로 가공하면 자연스럽게 체력 회복 효과가 발휘된다. 다른 장비에 같은 효과가 있는 경우에는 중첩된다.

속마음: 다정해 보이는 은 씨와 하나가 되고 싶어.

어디, 은 주괴와 치유의 돌을 넣어 볼까.

마력을 주입하며 서서히 녹여서…….

[치유의 은?]

분류: 광물-재료

품질: 보통

레어도: B

세부 사항: 장비로 가공하면 자연스럽게 체력 회복 효과가 발휘된다. 다른 장비에 같은 효과가 있는 경우에는 중첩된다.

속마음: 음~ 아직 섞였을 뿐이라는 느낌인걸.

뭐, 그렇겠지. 그럼 마력을 좀 더 넣어 균일하게 만들고…….

그런데 갑자기 바깥에서 평소와 같은 기운찬 목소리가 들려 왔다.

"데이지 언니~!"

케이트가 문을 열자, 도어벨 소리가 울림과 동시에 종종걸음 으로 걸어오는 어린아이의 발소리가 가까워졌다.

그 아이가 내 모습을 확인하고 서둘러 이쪽으로 다가왔다.

릴리다.

"어서 와, 릴리."

작업 중이라 양손을 쓸 수 없어서 미소와 인사말만을 전했다.

"뜨거우니까 연금 가마 옆에 너무 가까이 오면 안 돼."

나는 막대로 가마 안을 휘저으며 릴리에게 주의를 줬다.

그러자 릴리가 손에 꼭 쥐고 있던 손바닥을 펼쳐서 안에 있던 연하늘색 돌을 가만히 바라보았다.

뭘 보는 거지?

[??의 돌]

분류: 광물−재료

품질: 양질

레어도: B

세부 사항: …….

…….

아, 잠깐! 아직 다 못 봤는데!

릴리가 갑자기 그 돌을 자기 귀에 대는 바람에 감정 내용이 도중에 끊기고 말았다.

그런데 놀랍게도 릴리가 그 돌을 제작 중인 '치유의 은'이든 연금 가마 안에 던져 넣었다!

녹은 금속의 점성이 높아서인지 가마 밖으로 튀어 나가는 일은 없어서 다행이었지만 식은땀을 흘렸다.

내가 안심하고 있는데 가마 안에서 돌이 뜨겁게 녹은 금속과

서서히 융화되듯이 원을 그리며 퍼졌다.

아~ 이런.

"릴리!"

"릴리 님!"

내가 외침과 동시에 뒤로 물러났던 케이트도 황급히 릴리를 다그쳤다. 릴리의 몸을 붙잡고 자기 몸으로 끌어안듯이 구속했다.

"데이지 님은 소재를 조합하는 중이셨어요. 그 안에 저택 뒤편 산에서 주운 돌을 던져 넣는 장난을 하면 안 돼요!"

우와. 하필이면 저택 뒤편에서 굴러다니던 돌멩이라니.

소재의 품질이 떨어질까 싶어서 자연스레 어깨에서 힘이 빠지며 낙담하고 말았다.

그런데 릴리는 케이트에게 끌어안기면서도 볼을 힘껏 부풀리고 반론했다.

"장난 아니야! 저 아이는, 저 안에 들어가면, 예뻐질 거야!"

으음. 무슨 말인지 잘 이해가 안 가지만 릴리 나름의 이유가 있었던 모양이다.

어디, 미리 단정 짓고 포기하지 말고 연금 가마 안을 살펴볼까.

[차애의 은?]

분류: 광물-재료

품질: 양질

레어도: B(+1)

세부 사항: 장비로 가공하면 자연스럽게 체력 회복과 마력 회복 효과가 발휘된다. 다른 장비에 같은 효과가 있는 경우에

는 중첩된다.

속마음: 음~ 아직 섞였을 뿐이라는 느낌인걸.

"아앗! 효과가 늘었잖아!"

"네?"

내가 놀라서 소리치자 릴리를 훈계하던 케이트가 팔의 힘을 풀었다. 그러자 릴리는 케이트의 품에서 스르륵 빠져나와 내 옆으로 다가왔다.

"봐요! 역시 잘 어울리죠?"

릴리는 내가 긍정한 것이 기뻤는지 싱글거리며 웃고 있었다.

"언니, 그 아이는 아직 제대로, 하나가 되지 못했어요. 더 빙글빙글 섞어 주세요."

"릴리는 알 수 있어?"

릴리는 감정 스킬이 없다. 그래서 어떻게 아는 건지 흥미가 일었다.

"그게, 안에 있는 아이들이, 손을 제대로 안 잡고 있어요."

"손?"

나는 그 표현을 이해하지 못해 고개를 갸웃거렸다.

"네, 사이가 제대로 좋아진 아이들은, 손을 꼭 잡고, 예쁜 모양을 만들어요."

내 감정과는 달리 효과를 발휘하는 소재의 '상태'가 상세하게 '보인다'는 뜻인가……?

릴리가 어떤 식으로 보는지 직접 체험할 수는 없지만 그 아이의 힘을 어렴풋이 알 것 같았다.

그럼 일단은 릴리 말대로 마력을 넣으면서 계속 섞을까.

"고리를 만들기 시작했지만 아직 더 친해질 수 있어요."

케이트가 릴리가 가마 안을 들여다볼 수 있게 안아 올렸다. 그러자 릴리가 가마 안을 보고 '상황'을 말했다.

내 감정 스킬도 '더 친해지고 싶다'고 말했는데, 릴리가 말한 내용과 일치해서 피식 웃고 말았다.

나는 녹은 금속을 계속해서 섞었다.

"아, 맞잡은 손이 늘었어요. 하지만 좀 더 예쁜 모양이 될 수 있을 거예요."

흠……. 그럼 마력을 조금 더 넣어서…….

"아, 모두 사이좋게, 손을 맞잡았어요. 좋은 느낌이에요!"

릴리의 감각, 재밌는걸.

오늘은 릴리 내비게이션의 안내를 따라 합금을 만들까. 나는 감정 스킬을 쓰는 걸 멈췄다.

"아! 모두 예쁘게 손을 맞잡았어요!"

그 아이의 말이 정답이라고 말하듯이 연금 가마 안에서 녹은 금속이 반짝거렸다.

[자애의 은]

분류: 광물-재료

품질: 양질(+1)

레어도: B(+1)

세부 사항: 장비로 가공하면 자연스럽게 체력 회복과 마력 회복 효과가 발휘된다. 다른 장비에 같은 효과가 있는 경우에

는 중첩된다.

속마음: 모두 예쁘게 이어졌어! 이 장면을 다 보고 있었다니, 벌거숭이가 된 것 같아서 조금 부끄럽네!

그럼 이거랑 가디니움을 들고 가서 반지 제작을 의뢰해야겠다!

아차…… 잊을 뻔했네. 릴리한테 주의를 줘야지.

나는 릴리 쪽으로 몸을 돌렸다. 그리고 그 아이의 눈앞에 쪼그려 앉아 시선을 맞췄다.

"릴리, 오늘은 릴리 덕분에 좋은 걸 만들었어."

릴리는 그 말에 대답하고 고개를 끄덕였다.

"하지만 만일 오늘 만들던 게 손님이 어떤 물건을 만들어 달라는 의뢰였다면 어땠을까?"

"손님이, 실망해요……."

릴리의 안색이 점차 흐려졌다. 조금은 이해했으려나?

나는 그런 릴리가 너무 낙담하지 않게 머리를 쓰다듬으며 설명했다.

"그리고 연금 가마 안은 엄청 뜨거워. 물건을 던져 넣었다가 안에 든 게 나한테 튀면 어떻게 될까?"

"데이지 언니가, 화상을 입어요……."

데이지의 눈가가 촉촉해졌다.

"맞아. 그러니까 실험실에서 뭔가를 하고 싶으면 먼저 나한테 상담해 줄래?"

"네……."

나는 양팔을 벌려 풀이 죽은 릴리를 끌어안았다.

"연금술은 불도 쓰고 뜨거운 것도 다뤄서 위험할 때가 있어. 그러니까 오늘 같은 짓은 하지 않겠다고 약속해."

릴리는 내 등 뒤로 단단히 팔을 두르고 고개를 끄덕였다.

◆

오늘은 가게가 쉬는 날이어서 릴리의 마력 조작 연습 상황을 보러 본가로 돌아갔다. 릴리가 온 뒤로 본가에 돌아가는 날이 늘어난 것 같다.

릴리가 있음으로 그 아이를 보호하고 양육할 의무가 생긴 것뿐만 아니라 우리 가족의 인연을 재확인하고 결속하기 위한 좋은 기회를 준 건지도 모른다.

"다녀왔습니다."

그런 생각을 하며 본가 현관에서 인사하자 세바스찬이 맞아 주었다.

"아, 데이지 님 아니십니까. 릴리 님이 기뻐하시겠군요."

세바스찬은 그 모습이 눈에 선한지 미소 지었다. 사용인 중에서 제법 연배가 있는 세바스찬 눈에는 우리 세 남매가 손주 같으리라. 하지만 새롭게 식구가 된 작은 릴리는 우리보다도 더 귀여워서 견딜 수가 없겠지. 세바스찬의 표정을 보니 그 마음을 어렴풋이 알 수 있었다.

"이건 선물이야. 배로 만든 미나 특제 파이니까 간식 시간에 내어 줘."

나는 그렇게 말하며 세바스찬에게 파이가 든 바구니를 건넸다.

"릴리 님은 달리아 님과 함께 거실에서 마력 조작 공부를 하고 계십니다."

세바스찬의 말을 들은 나는 거실로 향했다.

거실에 가니, 가을이라는 계절 관계상 방 안으로 옮긴 테라스에서 어머니가 장미를 바라보며 차를 마시고 계셨다. 나는 어머니에게 인사를 했다.

"안녕하세요. 어머니."

"어머, 데이지. 아틀리에는 잘되고 있니?"

"덕분에 순조로워요. 군과의 거래도 변함없이 계속되고요."

어머니는 나에게 빈자리에 앉으라고 재촉하며 아틀리에를 걱정하셨다.

어머니가 가리킨 의자에 앉자, 옆에서 대기하던 어머니 전속 시녀 엘리가 나에게도 홍차를 준비해 주었다.

"고마워, 엘리."

고맙다고 전하자, 엘리는 싱긋 웃으며 고개를 숙였다.

"그런데 릴리는 좀 어때요?"

"여전히 밤에는 누군가와 함께 자. 애초에 예전 집에서는 항상 시녀 한 명하고만 같이 있었고 부모와 보내는 시간이 없었나 봐. 그 반동인지 지금은 약간 억지로 과장되게 행동하는 느낌도 들어. 칭찬받고 싶고 관심받고 싶어서 어찌할 바를 모르는 것 같아."

"분명 가족에게 관심을 받는 게 너무 기뻐서 그럴 거예요."

릴리는 넓은 거실의 반대편 끄트머리에서 언니와 특훈 중이었다. 언니의 말에 진지하게 고개를 끄덕이며 열심히 연습하는 모습을 보니 미소가 절로 나왔다.

하지만 그 모습을 멀리서 지켜보자니 지금까지 릴리가 처했던 환경과 외로움이 상상됐다.

"그리고 말이지……."

"소변, 말이죠……."

한숨을 내쉬는 어머니. 그때 엘리가 대화에 끼어들었다.

"보통은 늦어도 네 살 정도면 안 그러니까요……. 릴리 님의 경우에는 조금 길어진 게 아닐지……."

"무서운 꿈을 꿨다면서 그러니까 혼낼 수가 없잖니?"

어머니가 나에게 동의를 구하듯이 고개를 갸웃거렸다.

뭐, 무서운 꿈의 내용은…… 상상이 간다. 분명 원래 부모에게 버려졌을 때를 꿈속에서 간접 체험하는 거겠지.

어떻게 해야 좋을까…….

그런 생각을 하며 컵에 든 홍차를 마시는데, 어머니가 나에게 의견을 물었다.

"릴리에게 자신감을 불어넣어 줄 수 없을까?"

나는 의문이 들었다. 저 아이는 재능이 상당할 텐데?

어머니에게 그 사실을 전했다.

"하지만 저 아이는 친부모에게 자신의 존재 의의를 부정당했잖니. 그 상처는 분명 깊을 거야. 그러니 릴리에게 그 기억이 생각나지 않을 계기를 만들어 주고 싶어."

그렇구나…….

"어머니는 릴리가 가족에게 사랑받는다는 것뿐만 아니라 자신이 멋진 사람임을 실감할 만한 체험을 시키고 싶으시다는……."

내가 달그락 소리를 내며 컵을 받침 위에 올려놓고 어머니에게로 시선을 향하자, 어머니가 고개를 깊이 끄덕였다. 어머니는 그렇게 해서 릴리가 자신감을 가진다면 조금 더 침착해질 거라고 생각하신 듯했다.

그러고 보니 우리 아틀리에는 이 나라에 세 종류의 기본 포션을 납품한다. 릴리가 나중에 하이 포션까지 만든다면 납품할 때 전부 릴리가 만들었다고 보고할 수 있다.

아버지가 귀가하시자 나는 어머니와 함께 집무실 소파에 앉아 상담했다. 그리고 아까 떠오른 의견을 제안했다.

"과연. 납품하는 것 중에서 가장 귀한 하이 포션을 만들면 납품할 때 같이 데리고 가서 '제작자'로서 인사드리자는 거지?"

내 제안을 듣고 아버지가 고개를 끄덕였다.

"폐하도 서명해 주실 때 그 아이의 일에 무척 가슴 아파하셨으니 안심시켜 드리기에도 딱 좋겠구나. 아, 기사단장은 오히려 분해하겠는걸."

아버지가 장난을 떠올린 아이처럼 재밌다는 듯이 웃었다.

기사단장 입장에서는 동생의 어리석은 행동 때문에 가문이 수치를 당하질 않나, 황금알(?)이 다른 가문에 넘어가질 않나 엎친 데 덮친 격이겠지.

하이 포션은 일반 품질도 한 병에 대은화 한 닢, 10만 릴레나 한다. 릴리를 제대로 이끌면서 키웠으면 그런 걸 만들 인재가 됐을지도 모르는데 부모가 스스로 걷어찬 격이다.

"나는 릴리의 마음이 건강해져서 이불에 소변을 보지 않았으면 좋겠구나. 좋아, 날짜를 조정해 보마."

아버지도 릴리의 소변 피해자여서 대답이 빨랐다. 물론 아버지로서 걱정돼서 그런 거다.

그리하여 나는 릴리에게 하이 포션 만드는 법을 가르쳤다.

◆

장소가 바뀌어 이곳은 신들이 사는 천상의 신전.

사실 프레스라리아 가문의 장남과 장녀에게는 두 남녀 마법신이 각자 가호를 주었다.

성인이 되기까지 얼마 안 남은 나이에 직업이 바뀐다는 핸디캡을 가호로 완화하겠다는 신의 뜻이었다.

성녀 달리아에게 가호를 주는 여자 마법신이 천상에서 평소처럼 성녀를 지켜보는데, 그 아이가 어린 소녀에게 마법 조작을 훈련시키고 소녀는 고집을 부리는 참이었다.

"달리아 언니! 마력 조작에, 성공했으니까, 마법도 연습하고 싶어요!"

달리아는 망설였다. 릴리의 혈통은 무가였다. 그렇다 보니 마법을 쓰는 데 적합한 속성이 있을지 확신할 수 없었다.

마법신은 둘의 대화를 들으며 올해 가을 세례식에서 부모로부터 쫓겨났다는 불쌍한 아이가 있던 것을 떠올렸다.

결국 그 아이를 성녀와 현자의 가문에서 보호해서 신들 사이에서 화제가 됐었다.

마법신은 '그러고 보니 올해는 그런 사건도 있었지.' 하고 생각했다.

그리고 다시 지상의 상황을 살폈다.

"저 빼고, 가족들 다, 마법을 쓰잖아요. 저만, 못 쓰는 건 싫어요!"

어린 소녀는 열심히 호소하더니 "흐에에엥~!" 하고 울음을 터뜨렸다.

여동생이라곤 손이 별로 안 가는 데이지뿐이었던 달리아는 어쩔 줄 몰랐다.

"곤란한걸……."

달리아는 그렇게 말하며 어머니나 시녀에게 도움을 요청하기 위해 릴리의 손을 잡고 주방 쪽으로 사라졌다.

그 모습을 본 마법신은 고민에 빠졌다. 저 가여운 아이가 바라는 대로 가호나 스킬을 내려도 괜찮은 걸까…… 하고.

"무슨 고민이라도 있나?"

그때, 그 소녀의 비호자인 기술신이 말을 걸었다. 엉덩이까지 내려오는 회색의 곧은 머리카락과 지성이 느껴지는 회색 눈동자를 지닌 남신이었다.

"아, 기술신이군요. 당신이 비호하는 그 소녀와 관련된 일이에요. 가족들처럼 마법을 쓰고 싶다고 울음을 터뜨리는 바람에."

마법신의 말에 기술신은 음? 하고 고개를 갸웃거렸다.

"아니…… 그 아이에게는 마법의 재능이 있으니까 걱정할 필요 없는데."

"네……? 그 아이는 기사 가문 출신이잖아요?"

그런 반응을 보고 기술신은 신들 사이에서 인간의 우행을 화제에 올려도 될지 고민하느라 잠깐 말문이 막혔다. 하지만 그 아이를 위해서라면 상관없다. 그런 결론에 다다른 기술신은 마법신에게 그 이유를 설명했다.

"그 아이는 원래 아버지의 친자가 아니거든. 인간이 쓰는 속어로 표현하자면 '탁란'이라는 거지."

"네에에에에?"

마법신은 여신임에도 불구하고 턱이 빠질 정도로 입을 크게 벌리고 어이없다는 표정을 지었다. 기술신은 그런 여신을 아랑곳하지 않고 계속해서 설명했다.

"야회(夜會)라는 어른들의 밤의 사교장에서 어머니가 남편 이외의 남자와 '사교'한 결과 생긴 아이야. 그 아이는 아무것도 모르고 아무런 죄도 없어. 어리석은 어른의 사정이지."

여신은 벌어진 입을 다물지 못했다.

"그, 그럼, 진짜 아버지는⋯⋯."

"하룻밤의 불장난이라서 아이가 있다는 것 따위는 전혀 모르겠지. 하지만 그자는 혈통이 꽤 좋거든. 옛날에 이 나라에서 연금술이 번성했던 시대에 이름을 날렸고 현자면서 연금술에도 흥미가 있었던⋯⋯ 아차, 이름은 밝히지 않는 게 좋겠군. 뭐, 그 피를 몸 한구석에 물려받았지."

그렇다면 저 아이가 원래부터 지닌 특별한 오감은 연금술에 흥미가 있었다는 선조로부터 유전된 거라는 뜻인가?

마법신은 그런 생각을 하며 턱에 손을 대고 끙끙거렸다. 그건 그렇고 이름을 숨겨 봤자 의미가 없다. 그런 인물은 이 세상에 단 두 명뿐이고 그것도 어린 자매였으니까.

뛰어난 연금술과 마법 실력, 훌륭한 지성과 발상력을 지닌 연금술사 언니와 현자이면서 언니를 따라 연금술을 배운 여동생. 연금술의 황금기를 둘이서 사이좋게 이끌어 나갔었다.

그런 과거를 떠올리던 마법신은 대화 도중임을 깨닫고 현실로 돌아왔다.

"예전 부모 역시 바람으로 생긴 아이임을 어렴풋이 눈치챘던 모양이야. 그래서 원래 본가에서도 냉대를 받은 가여운 아이지. 부모에게 쫓겨난 건 그 아이에게 괴로운 경험이었겠지만 결과적으로 걸맞은 가문에 거둬져서 애정을 듬뿍 받았지. 최근에는 미소를 보여 줘서 안심하고 있어."

기술신은 그렇게 말하며 평소의 차가워 보이는 얼굴에서는 전혀 상상할 수 없을 만큼 다정한 표정을 지었다. 비호하는 아이를 지켜보며 눈꼬리를 휘고 입가에 미소를 지었다.

"한번 저 아이의 마법 적성을 확인해 볼까……."

여신은 마음을 다잡고 방에 있는 릴리를 보았다.

"불, 물, 바람, 흙…… 어? 네 속성의 적성을 모두 가졌다고? 아니, 시간 마법에 중력 마법에 공간 마법까지? 이거 완전 현자잖아……."

"격세 유전일지도 몰라. 그래서 너한테 상담하고 싶은데, 저 아이는 연금술사라서 마법 쪽으로 직업의 은혜가 부여되지 않았어."

"그래서 저 아이에게 무른 당신은 제가 마법신의 은혜를 내렸으면 하는 거군요?"

"정답이다. 뭐, 실제로 저만한 잠재 능력이 있단 걸 들키면 예전 가문의 사람이 실력을 행사해서 강제로 빼앗으려 들 수도 있으니까. 저 아이가 빠른 시일 내에 몸을 지킬 수단을 얻었으면 좋겠어."

'지당하신 말씀입니다.'

여신은 그렇게 생각했다.

"직업신의 은혜는 그 직업의 성장률에 관한 보정이었죠. 그럼 '마법 숙달력 향상' 정도를 내리면 될까요?"

마법신이 곁눈질로 기술신을 보자, 그는 만족스럽게 고개를 끄덕였다.

"스킬, 부여……."

고맙다고 말하는 기술신에게 마법신은 궁금했던 것을 물었다.

"그런데 왜 저한테 부탁한 거죠?"

마법신은 남신과 여신이 따로 존재한다. 현자를 비호하는 남신에게 부탁해도 됐을 텐데.

"왜냐니. 내가 지켜보는 아이에게 다른 남신의 가호 따위를 부탁할 수 있겠어? 그 아이는 내가 지켜보고 있다고. 그 아이를 지키는 남신은 나 한 명으로 충분하잖아?"

당연하다는 태도로 대답하는 기술신.

정령왕도 그렇고 여기 남신들은 대체……!

부성애인지 독점욕인지 원. 적당히 했으면 좋겠는데.

여신이 분노하거나 말거나 이걸로 릴리의 소원은 이루어졌다.

◆

이번 안식일에는 본가에서 하루를 보내기 위해 귀성했다.

"어서 오십시오, 데이지 님."

현관에 도착하자 변함없이 세바스찬이 인사했다.

그런데 오늘은 마법 훈련장 쪽에서 커다란 소리가 들려왔다.

언니인가……?

그런 의문을 품자, 세바스찬이 대답했다.

"릴리 님이 훌륭한 마법 재능의 보유자라는 사실이 판명되어 레무스 님, 달리아 님과 함께 특훈 중이십니다."

어어…… 뭐가 어떻게 된 거지?

참고로 오라버니는 현자의 신탁을 받은 뒤 조기 졸업 시험을 치르고 나서야 간신히 귀족 학원의 졸업을 인정받았다고 한다.

학원에서 배워야 할 내용을 이미 습득한 자가 그렇지 않은 자와 함께 교육받는 건 시간 낭비다. 그렇기 때문에 이 나라에는 조기 졸업 제도가 마련되어 있다. 우리 나라는 의외로 합리적이다.

지금 오라버니는 궁정 마도사 특별 훈련생으로서 필요한 훈련을 받는 몸이다. 최근에는 기숙사 생활을 그만두고 본가에서 통학하는 모양이다.

언니 역시 오라버니와 마찬가지로 내년 입학시험에서 자기 실력을 선보이고 학원을 조기 졸업할 계획이라고 한다.

학원은 약혼자가 없는 자녀가 혼인 상대를 찾을 소중한 사교장의 역할도 한다. 하지만 오라버니와 언니는 이미 우리 나라의 젊은 현자와 성녀로 유명하다. 즉, 냉정하게 말해서 학원 같은 델 다니면 굶주린 맹수 무리에 매력적인 먹이를 던져 넣는 거나 마찬가지다.

실제로 아버지는 오라버니와 언니에게 오는 청혼 편지에 대처하느라 무척 고생 중이시다.

음, 나는 어떻냐고? 나도 우수한 연금술사이자 현자와 성녀의 여동생이라는 입장 덕분에 그럭저럭 청혼이 들어오고 있는데?

아무튼 오라버니와 언니의 사정은 됐고 릴리가 어쩌고 있는지 보러 갈까.

나는 세바스찬에게 짐을 맡기고 바로 훈련장으로 향했다.

멀찍이서 연습장에 있는 세 사람이 보였다.

그리고 그곳에 까마귀가 날아왔다.

"지금이야, 릴리!"

"네, 오라버니! 그래비티!"

그러자 까마귀는 중력을 견디지 못하고 지면으로 떨어졌다.

"대단한데, 릴리. 이상한 사람한테 붙잡힐 것 같으면 이걸로 움직이지 못하게 만들고 도망쳐."

"네! 오라버니!"

릴리가 기운차게 대답하자 오라버니는 사랑스럽다는 듯이 머리를 쓰다듬었다.

어…… 음. 방금 건 무슨 마법이더라. 평범한 마도사는 못 쓰는 마법이었던 것 같은데.

"안녕, 오라버니, 언니, 릴리."

나는 우선 마음을 다잡고 인사했다.

그러자 모두가 어서 오라고 하며 미소로 답했다.

"그럼 잠시 휴식하고 다 같이 차나 마실까."

"그게 좋겠어!"

"네!"

그리하여 거실로 가서 어머니도 함께하는 다과회가 열렸다.

"릴리가 마력 조작을 배우고 나서 자기도 마법을 쓰고 싶다길래 집에 있는 마력 측정 수정으로 확인했거든. 그랬더니……."

릴리가 연금술을 할 때 도움이 되게 마력 조작을 가르쳐 달라고 부탁받았던 언니가 흥분한 기색으로 경위를 설명하기 시작했다.

"불, 물, 흙, 바람까지 네 속성 전부에다가 시간 마법, 중력 마법, 공간 마법까지 적성이 있었다니까! 나랑 얼추 똑같아! 거의 현자 수준이야!"

흥분해서 자기 일처럼 자랑하는 오라버니.

내 옆에서는 릴리가 자기 이야기를 자랑스럽게 떠드는 오라버니와 언니를 기쁜 듯이 싱글싱글 웃으며 보고 있었다.

"뭐랄까…… 예전 부모가 돌려 달라고 할 것 같은데……."

내가 그렇게 중얼거리자, 옆에 있던 릴리가 내 옷소매를 꼭 잡고 도리질을 했다.

"저는, 데이지 언니랑 똑같이, 연금술, 할 수 있어요. 마법도, 오라버니랑 달리아 언니처럼 쓸 수 있어요."

릴리는 싫다는 듯이 고개를 저었다.

"분명, 갓난아기 때, 나쁜 사람한테 바꿔치기 당한 거예요! 저는 예전 집의 아이가, 아니에요!"

어어…… 그런 소설 같은 이야기는 누가 가르쳐 준 거니?

"뭐, 실제로 예전 집이었다면 릴리를 교육하는 건 불가능하겠지. 재능조차 눈치채지 못했으니까. 괜찮아 릴리, 넌 우리 집의 귀여운 막내딸이란다."

내 반대편, 릴리의 옆에 앉은 어머니가 릴리를 다정하게 끌어안자, 내 옷소매를 붙잡은 손에서 힘이 빠졌다.

"그리고 말이지. 돌려달라고 한들 돌려줄 이유가 없어. 입양 각서도 썼고. 다만 실력을 행사하면 곤란하니까 몸을 지키기 위한 마법을 우선적으로 가르친 거야. 아, 전이 마법도 가르치는 편이 좋으려나…… 여차하면 자택으로 도망치면 되니까."

"오라버니! 그게 좋겠어요!"

오라버니의 아이디어에 언니가 공감했다.

"예전에 우리가 신세를 졌던 유리아 선생님에게 또 가정교사를 부탁해도 될지 물어봤더니 꼭 하고 싶다고 말씀하시더라고. 선생님의 사정이 괜찮아질 때까지 레무스와 달리아가 가르쳐 줄 수 있겠냐고 부탁하셨어."

어머니가 손가락으로 릴리의 머리카락을 빗으며 이야기했다.

"그래요? 그건 잘됐네요."

나도 어머니의 말에 동의하며 고개를 끄덕였다.

뭐, 적잖이 놀라긴 했지만 어쨌든 릴리가 몸을 지킬 수단이 갖춰진 것이다. 그러니까 기뻐해야겠지. 모든 게 좋은 방향으로 흘러가는 듯해서 나는 안심하고 아틀리에로 돌아갔다.

◆

오늘은 릴리에게 하이 포션을 만드는 법을 알려 주겠다고 약속했다.

그래서 조합할 때 쓸 기재를 준비할까 했는데 갑자기 등이 무거워졌다.

"언니~! 전이 마법에, 성공했어요~!"

등을 무겁게 한 범인은 갓 배운 마법을 써 보고 싶어서 몸이 근질거린 릴리였다.

……지금쯤 케이트가 마차 안에서 당황하고 있을 것이다. 불쌍도 하지.

상상을 벗어난 아이의 시중을 드는 케이트에게 살짝 동정했다.

어라, 이걸로 두 명째 아니냐고?

누구 이야긴지 모르겠네……?

"케이트랑 같이 있던 거 아니야?"

나는 몸을 숙이고 내 등에 업힌 릴리를 내린 뒤 맞은편에 세우고 물었다.

"네. 하지만, 언니랑 빨리 만나고 싶어서요!"

역시.

"그런데 만약 릴리가 손에 비커를 들고 있을 때 다른 사람에게 똑같은 짓을 당하면 어떻게 될까?"

릴리는 천천히 생각한 후 입을 열었다.

"깜짝 놀라서, 비커를 떨어뜨려서, 깨뜨릴지도 몰라요."

그리고 고개를 끄덕였다.

"그래, 잘 맞췄어. 그러니까 전이 마법으로 남의 등에 올라타면 안 돼."

"네!"

"그리고 케이트한테 걱정을 끼치면 안 돼. 전이 마법을 쓸 때는 쓴다는 사실과 갈 곳을 꼭 말해. 케이트가 곤란하잖아?"

"네."

내가 릴리를 타이르는데 마침 우리 가문의 마차가 아틀리에 앞에 도착했다.

"릴리 님!"

케이트가 있는 힘껏 마차의 문을 열고 뛰쳐나왔다. 릴리가 있는 것을 확인한 케이트는 땅바닥에 힘없이 주저앉고 말았다.

"걱정했잖아요, 릴리 님."

릴리는 케이트에게 솔직하게 사과하고 아까 내가 당부했던 것을 약속했다.

잔소리를 제대로 알아들은 모양이니 약속한 걸 지킬까.

"릴리, 소재를 가지러 밭에 가자. 필요한 게 뭔지 기억하니?"

"그러니까, 약초랑 마력초. 그리고, 물 대신 영양제를 써요!"

나는 웃으며 릴리의 머리를 쓰다듬었다.

"참 잘했어요."

그런 대화를 나누며 둘이서 걷다 보니 어느새 뒷마당의 밭에 도착했다.

"데이지! 릴리! 어서 와!"

요정들이 인사했다.

"릴리는 오늘, 하이 포션을 만들 거야!"

릴리가 헛기침하고 요정에게 자랑했다.

"그럼 이쪽이야! 릴리, 이리 와!"

요정들은 릴리를 좋아했다. 릴리는 아직 어리고 순수해서 요정들이 있다는 걸 편견 없이 받아들였다. 요정들은 그런 어린 아이를 무척 좋아한다.

릴리는 요정에게 이끌려 목적인 소재가 있는 곳까지 갔다.

"언니~! 소재는, 이거면 돼요~?"

그리고 요정과 함께 채집한 소재를 치켜들고 내게 보였다.

"응, 그거면 됐어!"

내 말을 들은 릴리는 같이 소재를 채집한 요정에게 인사하고서 내 곁으로 돌아왔다.

"그럼 실험실로 가자."

우리는 손을 맞잡고 실험실로 향했다.

평소대로 내가 소재를 손질했다. 나와 릴리가 두 번 작업할 거니까 평소의 두 배를 준비했다.

"그럼 한번 시범을 보일 테니까 잘 보고 있어. 맞다. 맛보기용 스푼이랑 접시 필요해?"

릴리에게 묻자 고개를 가로저었다.

"보고 확인할 거니까, 필요 없어요. 그 대신 본 걸 잊어버리지 않도록, 적을 게 필요해요."

과연. 그렇다면 맛보는 것보다 안전하겠네. 게다가 릴리가 보는 걸 나도 볼 수 있다니. 살짝 재미있어진 나는 남는 노트와 필기도구를 릴리에게 줬다.

"와아! 내, 실험 노트다!"

릴리는 어릴 적 나처럼 노트를 치켜들고 매우 기뻐했다.

"그럼 시작할게. 잘 보고 있어."

나는 그렇게 말하며 제작하는 순서를 보여 주었다.

그리고 이 실험에서 가장 주의가 필요한 마력을 주입해서 반응을 촉진시키는 부분은 신중하게 설명했다.

문득 옆을 보니 어째선지 릴리의 노트에는 '별로 안 진한 금색. 그러면 잎에서 이게 나온다'라고 쓰여 있었다. 그리고 수많은 동그라미가 선으로 이어진 그림이 그려져 있었다.

이게 소재가 손을 잡은 모습인 걸까? 내가 여태껏 본 적 없는 그림이 그려져 있었다. 참 신기한 그림이네.

그러는 동안 내 포션이 완성됐다.

다음은 릴리 차례다. 잘되려나?

아, 맞다. 혹시라도 마력 조작에 실패해서 폭발하면 위험한데.

혹시 오라버니한테 물리 장벽을 만드는 마법을 배웠을 수도 있지 않을까?

"있잖아, 릴리. 오라버니한테서 '피지컬 프로텍트'라는 마법은 안 배웠어?"

"배웠어요!"

역시 오라버니야!

나는 비커에 영양제와 손질한 소재를 넣고 릴리 앞에 놓아둔 가열기 위에 올렸다.

"릴리, 이 실험 기구 주위에 피지컬 프로텍트를 펼 수 있니?"

그렇게 하면 만약 마력 과다로 폭발해도 장벽이 막아서 깨진 유리에 다치지는 않을 것이다. 상처는 포션으로 치료할 수 있지만 고통스러운 기억을 남기고 싶지 않다. 또한 예전에 사용했던 석화독 주머니처럼 위험한 걸 다룰 때 매우 유용하겠다.

"피지컬 프로텍트."

그러자, 비커 주위를 감싸듯 투명한 벽이 천장까지 이어졌다.

"훌륭해요, 릴리 님! 이러면 실패하셔도 다치지 않으실 테고 정리할 범위도 줄겠네요!"

뒤에서 지켜보던 케이트가 양손을 맞잡고 감동했다.

"데이지 님이 실패하셨을 때에는 실험실에 유리 조각이 흩날려서……."

"케이트……?"

내 흑역사를 꺼내기 시작하는 케이트를 곁눈질하며 제지했다.

나 참, 릴리를 칭찬하면서 은근슬쩍 쓸데없는 말까지 하지 말라고!(흥칫뿡!)

이런. 이야기가 살짝 딴 길로 샜네.

물리 장벽을 전개했으니 릴리에게 하이 포션 조합을 시작하라고 재촉했다. 릴리는 가열기 스위치를 눌러 가열을 시작했다.

비커 주변에 작은 기포가 붙기 시작했다.

[하이 포션?]

분류: 약품

품질: 저품질

레어도: B

세부 사항: 유효 성분이 거의 추출되지 않았다.

속마음: 완전히 아니야.

"아무것도 안 나왔어."

잠시 후, 기포가 서서히 커졌다.

[하이 포션]
분류: 약품
품질: 저품질(+2)
레어도: B
세부 사항: 유효 성분이 적다.
속마음: 아직 멀었어.

시간이 더 지나자, 물이 조금씩 보글거리기 시작했다.

[하이 포션]
분류: 약품
품질: 보통(-1)
레어도: B
세부 사항: 잎의 유효 성분이 불충분하게 추출되었다.
속마음: 뭐가 부족한지 알겠어?

그리고 끓기 전에 마도구의 출력을 낮추고…….
"마력초의 성분은, 다 나왔어."

[하이 포션]
분류: 약품
품질: 보통(-1)
레어도: B
세부 사항: 잎의 유효 성분을 아직 더 추출할 수 있다.

속마음: 어라, 아네? 그럼 어떻게 할래?

"그러니까, 마력으로, 약초의 성분이 나오도록……."
릴리가 그렇게 말하며 마력을 흘려 넣자…….
릴리의 손바닥에서 상당히 강렬한 금색 마력이 흘러나오자
물리 장벽 안에서 비커 안의 물질이 폭발했다.
"꺄악!"

[산업 폐기물]
분류: 쓰레기
품질: 쓸모없음.
레어도: 뭐라 표현할 수 없다.
세부 사항: 버리는 수밖에 없다.
속마음: 아쉽게 됐네요!

"우와아! 쓰레기가 됐어! 으음, 이것저것 다 뒤엉켰네."
릴리는 실망했나 싶었는데 오히려 처음 보는 물질을 보고 흥
분했다.
"그럼 제가 유리를 치울게요."
케이트가 선뜻 나섰기에 나는 사양하지 않고 청소를 부탁하고
하이 포션을 다시 만들기 위해 밭으로 소재를 채집하러 갔다.
그리고 한 번 더 손질한 후 비커에 영양제와 잘게 다진 소재
를 넣었다.
아…… 다시 만들기 전에 릴리의 반성회를 열어야지.

"릴리."

"네."

나는 쪼그려 앉아 의자에 앉은 릴리와 시선을 맞췄다.

"먼저 청소해 준 케이트한테 고맙다는 인사는 했어?"

"앗!"

릴리가 손바닥으로 입가를 가리며 당황했다. 그리고는 허둥지둥 의자에서 내려와 케이트 옆으로 가서 고개를 숙였다.

"케이트, 내 실패작을, 정리해 줘서, 고마워."

"네, 릴리 아가씨."

케이트가 기쁘게 웃었다.

케이트는 릴리 전속 사용인이니 원래 감사 인사는 필요 없을지도 모르지만 사용인도 감정이 있는 사람이다. 그렇다면 제대로 감사하는 마음을 가지는 게 중요하다고 생각한다.

"그럼 다음으로 반성회야. 왜 아까 비커가 폭발했을까?"

내가 그렇게 묻자, 릴리는 자신이 노트에 쓴 메모를 훑었다.

"마력이, 너무 많았어요. 살짝 반짝거리는 정도면 됐는데, 긴장해서, 힘이 잔뜩, 나왔어요."

"맞아. 마력을 조금씩 넣을 수 있겠어?"

내 질문에 릴리는 자신의 손바닥을 가만히 바라봤다.

"조심해서, 해 볼게요."

나는 릴리의 머리를 쓰다듬었다.

"그럼 다시 해 보자. 장벽을 다시 펴 둬."

"네! 피지컬 프로텍트."

실패한 문제의 부분부터……

"조금씩, 부드럽게……."

[하이 포션]
분류: 약품
품질: 보통
레어도: B
세부 사항: 잎의 유효 성분을 아직 더 추출할 수 있다.
속마음: 오, 이제 방법을 알았나 본데?

"좋아, 약초에서 성분이 나오기 시작했어."

[하이 포션]
분류: 약품
품질: 보통(+1)
레어도: B
세부 사항: 잎의 유효 성분을 아직 더 추출할 수 있다. 하지
만 일반적인 포션보다 품질이 좋다.
속마음: 그래그래, 무리하지 말고 천천히 해.

"천천히, 천천히……."
릴리는 이번엔 천천히 해도 좋으니 조금씩 진행하려는 듯했다.

[하이 포션]
분류: 약품

품질: 양질

레어도: B

세부 사항: 잎의 유효 성분을 아직 더 추출할 수 있다. 그래도 흔히 널린 포션보다 좋다.

속마음: 조금만 더! 힘내!

"아직, 약초 안에, 숨어 있는 아이가 있어! 어서 나와!"

[하이 포션]

분류: 약품

품질: 고품질

레어도: B

세부 사항: 보통 품질인 포션에 비해 2배의 회복량을 자랑하는 일품. 고급스러운 단맛이 나서 마시기 편하다.

속마음: 참 잘했어요!

"됐다! 언니랑 똑같은 포션이, 완성됐어요!"

"정말 잘했어, 릴리! 합격이야! 그럼 병에 담는 것도 해 보자."

"네!"

릴리는 고개를 끄덕이고 천으로 약을 걸러 병에 담았다. 뭐, 여전히 질질 흘리긴 하지만 애교로 봐주자.

좋아, 이걸로 릴리가 만든 세 종류의 포션이 완성됐다. 전에 만든 건 따로 구분해서 보관했다.

이제 계획을 실행하기만 하면 돼!

릴리가 포션 세 병을 완성했다는 사실에 안도하는데, 그 옆에서 릴리가 뭔가 침착한 표정으로 포션이 든 병을 바라보았다.

"저기, 언니."

"왜 그래? 릴리."

나는 무슨 일인가 싶어 릴리에게 물었다.

"언니는, 책에도 없는 걸, 많이 아네요."

확실히 그럴지도 모른다.

릴리가 읽은 연금술 입문에는 연금술의 자세한 순서나 조건이 쓰여 있지 않은 것도 많다. 관련된 내용이 제각각 다른 곳에 적혀서 답을 찾느라 고생한 적도 많다. 나는 그런 식으로 여러 시행착오를 겪었다.

비커를 깨고 케이트에게 고생을 시켰다.

"책에는 자세한 순서까지 쓰여 있지 않은 경우가 많아. 그래서 여러 가지로 고생했지. 내가 처음에 만든 포션은 엄청 써서 레무스 오라버니가 이런 표정을 지었어."

문득 그때가 그리워져서 내가 처음 만든 쓴 포션을 핥았을 때 오라버니가 지은 찌푸린 표정을 재현했다.

그게 재밌었는지 릴리가 즐거운 듯이 깔깔대며 웃었다.

웃고 있는 릴리 뒤에서 케이트의 숨죽인 웃음소리가 들려왔다. 나는 케이트와 눈을 마주쳤다. 그리고 본가에서 보낸 둘만의 그리운 시간을 떠올리고 서로를 보며 작게 미소 지었다. 마치 은밀한 비밀이라도 공유하는 것처럼.

"맞아, 맞아. 좋은 소재를 얻으려고 밭을 만들기도 했어. 케이트랑 같이 밭에 줄 영양제를 만들기도 했지."

내 대답을 듣고 릴리는 흥분했는지 볼이 점점 빨개졌다.

"언니, 대단해요! 제 언니는, 대단한, 연금술사였네요! 저는, 언니에게, 더 많은 것들을, 배우고 싶어요!"

릴리는 나를 올려다보며 존경심으로 반짝이는 눈빛을 보냈다.

나는 멋쩍기도 하고 쑥스럽기도 했다. 하지만 릴리의 순수한 마음이 기뻤다.

"그래. 앞으로도 같이 공부하자."

나는 그렇게 전하며 릴리의 머리를 쓰다듬었다.

◆

나라에 포션을 납품하는 날이 찾아왔다.

가족회의에서 정했던 대로 릴리가 제작한 포션을 들고 아버지와 나, 릴리 셋이서 마차를 타고 성으로 향했다.

"예의범절을 지키고, 제대로 인사할 수 있을까……."

릴리는 원래 평범한 일개 기사의 딸이었기 때문에 국왕 폐하를 만나 뵌 적이 없다. 심지어 성에 가는 것도 처음인 모양이라 무척 불안해했다.

나는 그런 릴리의 손을 꼭 잡았다.

"모르는 게 있으면 일단 날 따라 하면 돼."

내가 나란히 앉은 릴리에게 그렇게 알려 주자, 조금 안심했는지 웃으며 고개를 끄덕였다.

폐하가 계셔서 그런지 성에 도착한 우리는 평소에 납품하는 방이 아니라 약간 구석진 방으로 안내받았다.

방에는 감정사 하인리히, 군무경, 기사단장, 마법사단장, 아버지, 나, 릴리가 있었다. 우리는 국왕 폐하가 오시길 기다렸다.

군무경은 릴리를 모르는 눈치였다.

"헨리, 자네 가족은 데이지 양이 막내 아니었나? 그 아이는 누구지?"

릴리에 관한 질문에 기사단장이 떨떠름한 표정을 지었다. 그자는 아버지와 눈짓을 나누더니 고개를 끄덕였다. 아무래도 기사단장이 스스로 설명하겠다고 각오를 다진 듯했다.

"저의 못난 동생이자 기사로 일하는 가멜이 올해 가을 세례식에서 딸이 연금술사 직업을 하사받았다는 사실에 분노해 그 자리에 딸…… 릴리를 두고 돌아가려고 했습니다. 그 순간, 마침운 좋게 그 자리에 있던 데이지 양이 릴리를 보호했습니다."

군무경은 흠, 하고 고개를 끄덕인 뒤 계속하라고 재촉했다.

"예. 저와 프레스라리아 자작이 함께 릴리의 향후 처신에 관해 상담했습니다만, 릴리가 아버지 가멜을 떠올리게 하는 이 목구비를 가진 저의 양녀가 되는 건 싫다고 하여……. 프레스라리아 자작의 막내딸로 입양을 가게 되었습니다."

그때 나는 릴리의 등을 가볍게 두드리며 인사하라고 재촉했다.

"프레스라리아 자작 가문의, 셋째 딸, 릴리 폰 프레스라리아라고 합니다."

릴리는 다리를 살짝 떨면서도 여성의 인사 예절을 취했다.

나이에 걸맞은 엉성한 인사에 군무경의 표정이 풀어졌다.

"잘했구나, 릴리. 지금 가족은 너를 소중히 여기고 있느냐?"

"네! 데이지 언니는, 연금술을, 오라버니와 달리아 언니는,

마법을 가르쳐 줘요. 그래서 정말 즐거워요!"

"마법?"

기사단장이 고개를 갸웃거렸을 때, 마침 국왕 폐하와 재상 각하, 시종장이 방으로 들어왔다.

"오래 기다렸군. 오늘은 데이지 양과 마커스 군 이외에도 제 작자가 늘어서 인사하러 왔다고 했지."

"네."

아버지가 폐하에게 대답하며 고개를 숙였다. 릴리는 다시 엉성한 인사 자세를 취했다. 폐하는 그 모습을 보고 미소 지었다.

"그럼, 하인리히. 감정을 시작하도록."

"예."

군무경의 명령에 하인리히가 감정을 시작했다.

그때, 방 바깥이 소란스러워지며 입구를 지키는 병사가 누군가와 말다툼하는 소리가 들려왔다.

"문을 막거라. 그래서 하인리히, 결과는 어떻지?"

"예, 성능은 평소대로 일반 포션의 두 배이고 제작자는 릴리 양입니다!"

방 안의 모든 사람이 그 결과에 놀랐을 때, 밖에서 가해지는 무지막지한 힘에 밀려 쾅, 하는 소리와 함께 문이 열렸다.

그곳에는 기사단장의 동생인 가멜이 있었다.

"제작자가 릴리…… 라고?"

원래 아버지의 모습을 확인한 릴리는 내 드레스 뒤로 재빨리 몸을 숨겼다.

"가멜! 폐하 앞이다! 어찌 허락도 없이 입실하느냐!"

기사단장은 거듭되는 동생의 우행에 얼굴을 붉히며 고함쳤다.

"그대가 기사단장의 동생이자 세례식에서 아이를 버렸다는 자인가. 각서에 서명이 있어서 이름은 기억하고 있다. 분명 가멜 폰 보이르슈였지."

폐하는 차가운 눈빛으로 가멜을 힐끔 쳐다보고 군무경에게 물었다.

"군무경, 이 물품은 한 주에 한 번 납품되던가. 한 번 납품할 때 얼마를 지불했지?"

"일반 포션만 해도 34만 릴레입니다. 허나 데이지 양이 스스로 키운 소재로 만든 것은 특급이니 그 품질이면 170만 릴레입니다."

군무경이 고개를 숙이며 폐하에게 대답했다. 정중하게 일반 포션과 내가 납품한 것의 금액을 비교하며 답했다.

사실대로 말하자면 릴리는 아직 밑 작업도 못 하고 하이 포션의 재료가 되는 영양제도 못 만든다. 혼자서 만들 수 있느냐 물으면 대답은 '아니다'다. 하지만 최종적으로 완성한 사람은 릴리이기 때문에 제작자는 릴리가 된다.

그 허점을 찌른 작전이었다.

가멜은 얼굴이 새파래졌고 부들거리며 몸을 떨었다.

"돌려줘…… 딸을 돌려줘어어!"

그자는 나와 릴리에게 달려들려 했다. 하지만…….

"그래비티!"

릴리가 내 드레스 치맛자락 뒤로 손을 내밀어 가멜을 향해 마법을 발사했다.

그 순간, 기습 공격을 받은 가멜의 몸이 땅 위로 쓰러졌다.

"뭣이라…… 중력 마법이라고?"

"오라버니가, 이상한 사람한테 붙잡힐 것 같으면, 쓰라고, 가르쳐 줬어요. 당신은 저를, 붙잡으려고, 했잖아요?"

중력에 짓눌린 채 경악하여 더듬더듬 말하는 가멜에게 릴리가 당연하다는 듯이 전했다.

릴리의 말에 폐하가 풋, 하고 웃음을 흘렸다.

"이상한 사람…… 인가."

재상 각하가 웃음을 멈추지 않는 폐하에게 헛기침하며 말렸다.

"그건 그렇고, 책을 안 읽으세요? '돌려 달라고? 그래 봤자 이젠 늦었어!' 라는, 유명한 대사도, 모르세요?"

폐하를 포함해 몇 명이 릴리가 말한 대사를 듣고 웃음을 터뜨렸다.

"리, 릴리 양. 그런 말은 어디서 배운 거지?"

폐하가 웃느라 눈꼬리에 눈물이 맺힌 채 물었다.

"시녀가 가지고 있던, 빌린 책이에요. 최근에, 유행한대요."

시녀……! 최근에 릴리가 이상한 말을 하기 시작한 원인이 케이트였구나!

여기에서 '빌린 책'이라는 게 무엇인지 설명해 볼까. 책은 고가이기 때문에 일반인이 사기는 힘들다. 그 점을 노려 책을 읽을 수 없는 평민도 쉽게 책을 읽도록 저렴하게 책을 빌려주는 사업이다. 대중소설과 같은 세속적인 책을 많이 취급하는 게 특징이다.

"폐하, 저희 형제는 퇴실해도 괜찮겠습니까? 지금부터 동생이 몸으로 느끼게 철저히 재교육하고 싶어서……."

기사단장이 엎어진 가멜의 목덜미를 붙잡고 폐하에게 허가를 구했다. 기사단장의 얼굴은 수치를 준 동생을 향한 분노 때문에 새빨갰다. 어깨와 입술도 움찔거리며 경련했고 관자놀이에는 핏줄까지 튀어나와 있었다.

"그럼, 되고말고. 철저히 대화를 나누고 오게나."

"그대로 있으면 힘들 거예요. 릴리스."

폐하가 허가하자, 릴리가 걸었던 중력 마법을 해제했다.

그러자 기사단장은 가멜의 다리를 질질 끌며 퇴실했다.

나중에 들은 이야기인데 가멜은 기사단장에게 만신창이가 되도록 벌을 받은 뒤 포션 세례를 맞고 회복되었다가 다시 만신창이가 될 때까지…… 이런 짓을 계속 반복해서 당했다고 한다. 차라리 단순하게 기사 직위를 박탈당하는 게 더 편하지 않았을까 하고 나도 모르게 동정할 뻔했다.

"후우. 상당히 재밌군. 그런 세속적인 책의 대사도 어린아이가 말하면 전혀 기분 나쁘게 느껴지지 않는구나. 오히려 귀여울 정도야."

"폐하!"

재상 각하가 폐하를 나무랐다.

"아, 진지한 이야기로 돌아가지. 재상, 이번에 있었던 일을 교회에 알리고 아이를 버리는 것이 얼마나 어리석은 짓인지 알리는 내용의 설화로 만들어 예배 때 들려주라고 전해라. 그리고 소설가와 그림책 작가에게도 이 이야기를 책으로 쓰게 해서 세상에 교훈으로서 퍼뜨리도록 해라."

"그렇군요. 어설프게 법률로 통제하는 것보다 효과가 좋을지도 모르겠군요!"

나라 입장에서도 하사받은 직업을 이유로 아이를 버리는 것 때문에 골머리를 앓던 참이다. 실명은 밝히지 않아도 실제 이야기라고 하면서 퍼뜨리면 조급하게 아이를 버리려던 자들도 줄 것이라고 생각하는 듯했다.

"그리고 릴리 양, 짧은 기간에 프레스라리아 가문의 딸로서 열심히 공부했군. 무척 훌륭하구나. 연금술사로서도 노력했고 말이지. 오늘 그대가 만든 약은 나라를 지키는 자를 치료할 것이다. 그대는 이 나라의 황금알이다. 앞으로도 부모의 가르침을 따라 오빠, 언니와 사이좋게 실력을 갈고닦거라."

폐하는 그렇게 말하며 릴리의 머리를 쓰다듬었다.

"네……!"

국왕 폐하가 칭찬하시고 '프레스라리아 가문의 딸'이라고 확실히 밝히신 덕분에 릴리의 볼이 발그레해졌다.

폐하는 다음으로 내 앞에 멈춰 섰다.

"데이지. 가문에서 추방당한 아이를 불쌍히 여겨 망설이지 않고 보호한 그 다정한 마음씨. 그것이 그대가 가진 미덕 중 하나라고 생각한다."

오늘 계획은 오로지 릴리가 칭찬받는 것만을 노리고 꾸민 계획이었기 때문에 나에게 화제가 돌아와서 놀랐다. 나는 당황하며 당치도 않다며 폐하에게 감사를 전했다.

"모두 잘 듣도록 해라."

폐하가 무언가 선언이라도 하시려는 듯이 쩌렁쩌렁한 목소리로 말을 꺼냈다.

방에 있던 사람들이 모두 폐하의 말에 주목했다.

한순간 방에 고요한 정적이 찾아왔다.

그 정적을 깨듯이 폐하가 낭랑하게 이야기하기 시작했다.

"나는 이 나라의 연금술이 뒤처진 것을 걱정했다. 그때 나타난 자가 데이지, 그대다. 그대는 멋진 기술을 가졌고 그 유례없는 발상력과 열정으로 훌륭한 업적을 세웠지. 아직 나이가 어리니 더욱 비약할 수도 있다."

"게다가⋯⋯."

잠시 뜸을 들인 폐하가 다시 말을 이었다.

"자신이 향상하는 데에만 머무르지 않고 마커스와 릴리 양 같은 뛰어난 연금술사를 새로이 발굴해서 키우고 있지. 데이지는 이제 고작 열 살이다. 다른 직업을 가진 자 중에 이만한 재능을 가진 이가 있던가?"

칭찬이 끝없이 이어지는 바람에 나는 고개를 들 타이밍을 놓치고 말았다.

내가 동요해도 폐하는 아랑곳하지 않고 계속해서 말을 이었다.

"예전에 그대는 입수하기 곤란하다던 강력 해독 포션을 만들었다. 그 덕에 우리 왕가는 후사의 목숨을 구했다. 그대는 우리 나라 후계자의 목숨을 구한 것이다."

내가 겨우 고개를 들고 주위를 보니 어느새 부른 건지 제1왕자 전하도 방에 와서 칭찬을 듣는 나를 바라보고 웃고 계셨다.

"그대에게 받은 특별한 축복을 지닌 장비 덕분에 왕비도 오랜 고민에서 벗어나 임신 중이다. 머지않아 우리 나라의 후사와 함께 장래에 나라를 지탱할 왕자가 탄생할 것이다."

　제1왕자 전하와 함께 오셨는지 왕비 전하도 미소 지으며 나를 지켜보셨다. 그 배는 둥글게 부풀었고 왕비 전하는 이따금 행복하고 사랑스러운 듯이 배를 쓰다듬었다.

　"그대가 만든 고품질 포션 덕분에 마수를 토벌하러 간 병사가 다쳐서 돌아오거나 죽는 경우가 현저히 줄었다. 마도사단은 임무를 효율적으로 마칠 수 있다고 기뻐했다. 그렇지! 3년 전쯤에 왕도에 마수가 습격했을 때도 그대는 자신의 몸을 돌보지 않고 돌아다니면서 포션을 나눠 주지 않았나. 그건 숭고한 행동이다."

　군무경이 폐하의 말씀에 귀를 기울이며 미소 짓고 고개를 끄덕였다.

　"아, 한번 말하기 시작하니 끝이 없군. 독성이 있는 분이 수입되었을 때도 초기에 알아차리고 그 대신에…… 아니, 그 분보다 좋은 것을 만들었지. 그대가 국민을 구원했다고 해도 과언이 아니다. 그렇지, 그때 같이 개발했다는 약제는 평민도 쉽게 얻을 정도로 보급되었다. 부드러운 빵은 왕가부터 왕도의 평민에 이르기까지 기쁘게 만들었다. 그대의 다정한 마음씨에서 생겨난 것들이 신분을 불문하고 모두를 웃게 만들었다."

　폐하는 눈을 부드럽게 뜨고 나를 따뜻한 시선으로 바라보았다.

　"이 나라에 행복과 안녕을 가져다준 자는 데이지, 연금술사인 그대다."

　칭찬을 마친 국왕 폐하가 잠시 헛기침했다.

　"아무튼 그대가 한 일은 연금술사의 지위 자체를 올릴 것이다. 그러나 그대는 아직 어리다. 그렇기에 지금 이곳에서 공식적으로 그 능력과 공헌을 인정하고 그에 어울리는 지위를 하사하마. 그리고 그 지위로 이 나라에서 누구에게도 구애받지 않고 자유롭게 활약했으면 한다."

재상 각하는 폐하가 그렇게 말씀하신 의도를 알아차리고 고개를 끄덕였다.

"나 자르텐부르크의 국왕, 엘프리트 폰 자르텐부르크는 데이지 폰 프레스라리아를 준 남작으로 임명한다."

네……?

한순간 머릿속이 새하얘졌다.

아버지를 포함해 주변에서 놀라워함과 동시에 축복하는 목소리가 울려 퍼졌다.

나는 너무 놀란 나머지 폐하의 말씀에 대답하는 게 조금 늦어지고 말았다.

마음을 다잡고 가슴 위에 손을 얹은 채 똑바로 서서 폐하의 말씀에 대답했다.

"저의 힘은 폐하와 이 나라와 자르텐부르크의 국민들을 위한 것입니다!"

나는 재빨리 할 말을 떠올리고 그렇게 선언했다.

긴장해서 목소리가 떨릴 것 같았다.

내가, 심지어 여자의 몸으로 작위를 수여하다니!

"아, 데이지. 긴장할 필요도, 그대가 살아가는 방식을 바꿀 필요도 없다. 마음 가는 대로 자유롭게 살거라. 그러라고 수여한 작위다. 언젠가 이것이 나라에서 가장 큰 결실을 보기를 기대하겠다."

긴장해서 아직 표정이 굳어 있는 나에게 다정하게 웃어 주신 국왕 폐하. 폐하는 재상 각하가 있는 쪽을 돌아보았다.

"재상, 정식 절차는 그대에게 맡기겠다."

"예."

재상 각하가 폐하에게 고개를 숙였다.

이리하여 나는 영지가 없는 준 남작위를 하사받았다.

이제 나라에서 연금을 받는다는 것 말고 지금까지의 생활은 변함없다. 폐하께서는 내가 사는 곳도 아틀리에 경영에 관해서도 그대로 유지해도 된다고 말씀하셨다. 그러니 나는 매우 자유로운 몸이다.

영지를 하사하지 않는 건 하사해 봤자 번거롭기만 할 거라는 이유에서 나온 배려인지 만약 연금술 발전을 위해 토지가 필요하면 망설임 없이 상담하라고 하셨다.

참고로 준 남작이란 남작 다음가는 작위다. 남작 이상의 작위와는 달리 한 대에 한 명으로 한정된다. 그러니 아무리 귀족의 자녀라 해 봤자 어린아이일 뿐이고 본인이 작위를 가지는 것과는 비교가 안 된다.

그날은 아틀리에 사람을 모두 부르고 아나 씨와 린, 드래그 씨, 마르크에 레티아까지 신세를 진 사람을 모두 본가에 초대해 간소하지만 떠들썩하게 축하 파티를 열었다.

내가 어릴 때부터 시중을 들던 케이트는 울면서 기뻐했다.

오라버니도 언니도 남매 중에서 가장 출세한 나를 보며 몹시 흥분했고 자기 일처럼 기뻐했다.

아버지와 어머니는 나의 세례식 날을 떠올리고 감회에 젖었다.

"직업이 연금술사로 정해지는 바람에 엉엉 울었던 그 데이지가 말이야."

"우리 언니는, 역시 대단해요! 저도, 언니 같은, 연금술사가 될래요!"

릴리는 나를 보며 자신의 이상적인 장래를 꿈꾸는 듯했다.

아 참, 릴리는 그 뒤로 밤에도 혼자서 잤고 이불에 소변을 보는 횟수가 점차 줄더니 이윽고 완전히 그러지 않게 됐다.

나이에 걸맞게 어린아이다운 모습을 보여 주긴 하지만 이상할 만큼 과장되게 행동하는 것은 줄었다.

그리고 작위를 수여한 나로 말하자면, 나중에 나라에서 정식으로 발표했는지 지인부터 모르는 사람들까지 본가와 아틀리에에 축하 선물을 잔뜩 보냈다.

그것에 답하려고 감사장이며 뭐며 보내느라 본가도 아틀리에도 눈코 뜰 새가 없었다.

제7장 드레이크 토벌을 향한 여정

"어서 오세요!"

도어벨이 연금 공방에 손님이 왔다는 사실을 알렸고 마침 가게를 보던 내가 미소 지으며 인사했다.

"데이지, 안녕!"

웃으며 가게에 들어온 건 단골손님인 남녀 3인조 모험가 파티였다. 평소에는 왕도 옆에 있는 미궁 도시 던전에 가느라 웬만하면 개점하자마자 바로 이른 시간에 찾아온다.

이런 오후에 올 때는 거의 없었다.

"어라? 여러분이 이런 시간에 오시다니 별일이네요."

내가 의아하게 생각하고 그렇게 묻자, 남자 검사가 카운터 너머로 몸을 내밀었다.

"데이지의 효과 두 배 특제 포션 덕분에 목숨을 부지했으니 오늘은 그 답례도 할 겸 보고하러 왔어!"

듣자 하니 그들은 지금까지 공략하지 못했던 계층에 있는 보스를 무찌르러 갔다고 한다. 그곳에서 회복할 시간조차 없어서 위험하다고 여긴 순간 내 포션을 사용해 가까스로 목숨을 부지했고 그곳의 보스까지 무찌르는 데 성공했다나.

남자는 흥분한 기색으로 모험담을 늘어놓았다.

내가 만든 포션이 사람의 목숨을 구했다고 생각하니 무척 기뻤다.

"솜씨 좋은 연금술사가 있어서 든든해! 다음에 또 올게!"

잠시 잡담을 나눈 뒤 가게를 뒤로하는 그들을 배웅했다.

그 뒤로도 손님들이 차례로 방문했다.

"데이지! 마나 포션 있어? 그게 있으면 마법을 여유 있게 쓸 수 있거든!"

"네! 있어요."

내 마나 포션이 마음에 들었다는 여자 모험가가 찾아와 마나 포션을 사 갔다.

그렇게 얼마간 접객하니 이윽고 손님의 발길이 뜸해져서 겨우 한숨 돌릴 수 있었다.

단골손님이 늘었고 모두 날 응원하고 있다. 그리고 가볍게 내 포션을 사용한 후기를 알려 주러 온다. 아틀리에를 오픈해서 정말 다행이라고 실감했다.

그렇다고 해서 감회에 젖어 있을 수만은 없다. 뭔가 더 할 게 없을까 하다가 등 뒤를 돌아보았다.

으음.

마침 실험실은 마커스가 사용 중인데 그럼 나는 뭘 하지?

그런 생각을 하며 아틀리에 밖으로 나갔을 때, 린과 마르크, 레티아와 아나 씨가 나란히 찾아왔다.

"안녕, 데이지. 지금 이야기할 시간 돼? 가능하면 아리엘도 같이 오면 좋겠는데."

린이 빵 공방 쪽에서 접객하는 아리엘의 상황을 살피며 말을 걸었다.

"아, 마침 빵 공방 쪽은 손님이 끊긴 참이니 저 혼자서도 괜찮아요!"

미나가 눈치 빠르게 우리를 배려했다. 그렇다면 사양하지 않고 손님들과 아리엘까지 다 함께 2층 거실에서 이야기를 나누기로 했다.

모두가 테이블을 둘러싸고 의자에 앉았다. 미나가 손님의 발길이 뜸해진 타이밍에 따뜻한 홍차를 끓여 주었다. 테이블 발치에는 작게 변한 레온과 리프가 엎드려 있었다.

"그래서 할 이야기가 뭐야?"

따뜻한 홍차를 마시고 한숨을 돌린 나는 본론을 물었다.

"드레이크를 공략하고 싶어 하지 않았어?"

"응! 하고 싶어!"

린의 말에 내가 테이블에 양손을 짚고 힘차게 일어나자, 찻잔 속 홍차 표면이 살짝 흔들렸다.

"진정해⋯⋯. 그걸 이루려고 상담하러 온 거니까."

린이 내 어깨를 두드리며 달래서 나는 다시 의자에 앉았다.

"정말, 너희도 참! 무사히 돌아왔으니 망정이지 아무런 준비도 없이 드레이크에게 도전하다니!"

조언하러 온 아나 씨가 어이없다는 듯이 깊은 한숨을 내쉬었다. 아나 씨는 내 스승님으로 나를 따뜻하게 이끌어 주신다.

"죄송합니다⋯⋯."

음, 이건 사과할 수밖에 없겠네. 나는 순순히 고개를 숙였다.

그러자 아나 씨가 알면 됐다고 말한 뒤 가볍게 몸을 내밀고 설명을 시작했다.

"일단 여기 모인 모두가 속성이란 것을 제대로 이해하는지 모르니 그것부터 설명하마."

아나 씨는 먼저 속성의 상극 관계부터 설명했다.

내용은 이러했다. '불과 물', '바람과 흙', '빛과 어둠', '성스러움과 사악함' 처럼 속성에는 서로 강점과 약점을 지닌 관계성이 있다.

그래서 '불' 의 공격력을 자랑하고 '물(얼음)' 에 약한 성질을 지닌 드레이크를 토벌하고 싶다면 '불' 의 내성을 강화하고 '물(얼음)' 추가 대미지를 부여할 수 있게 준비해야 한다.

"최종적으로 필요한 건 '불쥐의 망토' 와 '만년 빙광' 을 녹인 금속을 사용해 만든 무기야."

아나 씨가 옆에 있는 책장에서 『마수 도감』과 『광물 도감』을 꺼내 와 '불쥐' 라는 마수와 '만년 빙광' 이라는 광석이 소개된 페이지를 펼쳤다.

"그럼 '불쥐' 를 해치우고 '만년 빙광' 을 가져오면 되겠네요!"

내가 아무렇지도 않게 말하자, 아나 씨의 얼굴이 점차 노기로 물들었다.

"최종적이라고 말했잖니!"

아나 씨가 도감의 뒤표지로 내 머리를 콩 쥐어박았다.

너무해⋯⋯. 힝.

"""데이지⋯⋯."""

왠지 다른 사람들도 나를 어이없다는 표정으로 쳐다보았다.

너무해. 훌쩍훌쩍.

이런…… 본론으로 돌아가야지.

"그럼 어떻게 해요?"

나는 맞은 부분을 누르며 아나 씨에게 물었다.

"먼저 너희 실력이면 무난하게 얻을 '흑용광'을 입수하고 15%의 불 속성 추가 효과가 있는 무기를 갖추거라. 다음으로 그 무기를 들고 '수빙광'을 채집하러 가서 15%의 얼음 속성 추가 효과가 있는 무기를 만들거라. 그리고……."

"네? 또 있어요?"

"데이지……. 원래 공략이란 이렇게 손이 많이 가는 거야."

길어지는 설명에 불만을 터뜨린 내가 또 머리를 쥐어박히기 전에 마르크가 선수를 쳐서 내 머리를 두드렸다. 왜냐하면 책을 든 아나 씨의 손이 또 떨리고 있었기 때문이다.

"나 참……. 그래서 얼음 속성 무기를 들고 '플레임 리저드의 비늘', '플레임 울프의 모피', '플레임 와이번의 가죽', '용암광'을 채집해 오거라. 이걸로 마르크의 갑옷과 파티원 모두의 옷, 종마의 스카프, 린과 레티아의 가죽 갑옷, 데이지와 아리엘과 종마의 가슴 보호대를 만들거라. 이러면 10%의 불 내성이 붙고 무기에도 30%의 불 속성이 부여될 게다."

이번에는 아나 씨의 설명에 훼방을 놓는 건 관두고 조용히 고개를 끄덕였다.

"그리고 '만년 빙광'을 입수해 30%의 얼음 속성을 지닌 무기로 바꿔 들고 불쥐를 잡으러 가면 된다."

뭐, 긴 내용을 정리하면 이렇다.

① '흑용광' 입수 → 무기 제작(무기에 15%의 추가 대미지
(불))

② '수빙광' 입수 → 무기 제작(무기에 15%의 추가 대미지
(얼음))

③이하를 입수, 방어구와 무기를 제작한다

'플레임 리저드의 비늘' → 갑옷 제작(불 속성 대미지 10%
감소) 마르크☆

'플레임 울프의 모피' → 털로 실을 자아내고 그 실로 천(옷,
스카프)을 만든다(불 속성 대미지 10% 감소) 전원의 몫과 종
마의 몫☆

'플레임 와이번의 가죽' → 가죽 갑옷과 가슴 보호대를 만든
다(불 속성 대미지 10% 감소) 레티아, 린, 데이지, 아리엘, 종
마☆

'용암광' → 무기 제작(무기에 30%의 추가 대미지(불))

④③의 무기를 들고 '만년 빙광' 채집 → 무기 제작(무기에
30%의 추가 대미지(얼음)) ☆

⑤ '불쥐의 가죽'을 입수 → 전원 몫의 불쥐의 망토를 만든다
(불 속성 대미지 30% 감소) ☆

⑥별 표시가 붙은 장비를 착용하고 드레이크를 토벌.

으~음. 긴 여정이구나. 마르크 일행의 시간이 빌 때 조금씩
진행하는 수밖에 없겠네.

하지만 고작 불쥐를 잡는 건데 왜 이렇게까지 해야 하지? 물
마법으로 물을 뿌려서 불을 끄는 것과 비슷하지 않나? 그렇지?

◆

그리하여 마르크와 레티아 건이 겨우 일단락되었다.

그래서 예전에 의논했던 드레이크 대책을 진행하기 위해 우선 '흑용광'을 채집하러 왕도에서 남서쪽에 있는 휴화산 지대에 가기로 했다.

이 휴화산에서는 예전에 분화해서 생긴 불 속성을 지닌 광석인 '흑용광'을 채집할 수 있다. 하지만 그곳에 서식하는 마수는 딱히 속성이 없기 때문에 지금 가진 장비로도 소재를 채집하러 갈 수 있다. 그러니까 드레이크 대책의 첫걸음을 떼기 딱 좋다는 말씀.

아 참, 자애의 주괴는 '자애의 반지'로 만들어서 모두에게 나눠 주었다.

현자의 탑에 있던 노 라이프 킹에게서 얻은 전리품인 신들의 가호의 반지는 린이 베이스를 가디니움으로 바꾼 강화판으로 가공해서 아리엘이 장비했다.

나는 출발 전에 본가에 들러 릴리에게 수호의 반지를 건네고 외출함을 알렸다. 포션을 납품한 뒤로 얌전해진 릴리는 예전처럼 무턱대고 떼쓰지 않았다. 내가 돌아왔을 때 그간 공부한 성과를 선보일 테니 본가에 들렀으면 좋겠다고 조금 어리광 부릴 뿐이었다.

이번에도 나, 린, 아리엘, 마르크, 레티아 다섯 명이서 각자 말과 성수를 타고 도로를 이용해 남쪽으로 향했다.

오늘 날씨는 쾌청했다. 가을에 들어섰음에도 햇볕이 강해서 땀이 조금 배어 나올 만큼 따뜻했다.

나는 새로운 장비인 아조트 로드를 햇빛에 비춰 보았다. 그러자 아조트 로드가 그 빛을 받아 무척 아름답게 반짝였다. 세 종류의 포션이 든 로드를 돌리니 마치 그러데이션처럼 색이 바뀌어서 계속 봐도 안 질렸다.

"빨리 실전에서 쓰고 싶다!"

그렇게 중얼거리며 반짝반짝 빛나는 로드의 포션이 담긴 부분을 황홀한 표정으로 바라보는데 마르크가 나를 나무랐다.

"이봐…… 무서운 소리 좀 하지 마."

마르크가 눈살을 찌푸렸다.

"하지만 새로운 건 빨리 써 보고 싶은 법이잖아."

나는 입을 삐죽였다.

"저기 말야. 그걸 쓰려면 누군가가 다치는 걸 전제로 해야 하거든."

마르크가 한숨을 내쉬며 대답했다.

"아, 그것도 그렇네."

그럼 잠시 보류해야겠네. 이 전력이 과도하게 모인 파티가 도로변에 나오는 마수 정도로 다칠 것 같지는 않고…….

도로가 숲속을 빠져나가는데 잎이 부스럭거리며 스치는 소리가 났다.

그리고 커다란 거미들이 수없이 나타났다. 몸 전체가 보라색이고 몸통은 내 몸과 크기가 비슷했다. 그런 거미들에게 포위 당했다.

"레티아, 지금까지 도로변에서 이런 마물이 나왔던가?"

마르크가 당황한 듯이 물었다.

"아니, 처음 보는데…… 다른 데서 이주했나? 그렇다면 조만간 도로변이 어수선해지겠는걸."

레티아의 얼굴이 '마수를 무찌르겠다'는 험악한 표정으로 바뀌었다.

[자이언트 스파이더]

분류: 마수

품질: 보통

레어도: C

세부 사항: 체내에 있는 점액으로 얇은 실을 뿜어내 사냥감을 포획한다. 그 점액으로 만든 실은 양질의 천이 된다.

속마음: 포박해서 붙잡는다……. 인간, 적…….

이곳에서는 좀처럼 출현하지 않는 마물이라는 말에 감정을 써서 확인했다.

천 소재가 된다는 감정 결과를 보고 내가 무심코 외쳤다.

"이 녀석의 내장인 점액 주머니가 좋은 천 소재가 된다나 봐!"

""오오!""

"머리를 노린다!"

갑자기 모두가 의욕을 보였고 마르크가 지시를 내렸다.

"아이스 스톰!"

내가 발을 묶기 위해 마법을 발동하자 거미도 실을 뿜어냈

고, 그 실이 얼어서 산산조각으로 흩어지는 바람에 발을 묶을
수 없었다.

마르크가 얼음 지옥의 도끼창을 휘두르며 거미의 두개골을
노리자 상대가 뿜어낸 실이 무기의 부가 효과로 얼었고 그대
로 도끼날이 명중했다.

"얍!"

티리온이 나무 사이를 누비며 날아다녔고, 아리엘이 기습적
으로 빛의 화살을 발사했다. 화살은 거미의 실을 피해 날아가
배를 깊숙이 찔렀다.

"하압!"

레티아가 카타나로 거미를 찔렀으나 뿜어져 나온 실이 검에
달라붙는 바람에 그걸 털어내며 성가시다는 듯이 혀를 찼다.

그때 아리엘이 검에 불 마법을 걸었다.

"파이어 번!"

마법으로 만든 불이 검을 감싸듯이 생겨나서 달라붙은 실을
불태웠다.

"고마워."

레티아가 기쁘게 웃었다.

"나는 거미를 어디까지 찌부러뜨려도 되는지 모르니까 얌전
히 있을게."

린은 그렇게 말하며 레온과 함께 휴식 중이었다. 하긴, 목적
인 내장이 으깨지면 의미가 없지.

나는 한 번 더…….

"아이스 에지!"

거미가 일직선으로 점액을 발사했지만, 나는 얼음 쐐기를 회전시켜 궤도를 틀었고 그대로 날아간 쐐기가 거미의 머리를 꿰뚫었다.

이윽고 남은 거미를 전부 해치웠고 레티아가 매직 백에 마물 사체를 집어넣었다.

"이걸 플레임 울프의 체모랑 섞어서 실로 만들면 좋은 천이 될 것 같아!"

우리는 다시 말과 성수를 타고 전진하면서 대화를 나눴다.

"그리고 보니 실 만들기랑 베 짜기를 잘하는 아이가 장인 거리에 있었지."

린에게 실력이 좋은 지인이 있는 모양이었다.

으음. 실 만들기와 베 짜기를 잘하는 장인이라. 어떤 사람일까!

또 새로운 만남이 있을 것 같아서 두근거리네!

그리하여 마침내 휴화산 기슭의 황무지에 도착했다. 그곳에는 거무스름한 돌이 굴러다녔다. 이 중 일부가 '불 내성'을 지닌 '흑용광'이라고 한다.

그걸 고르기 전에…….

역시나 마수 무리가 다가왔다.

자, 청소해 볼까!

우리의 갈 길을 막아선 마수는 블랙 울프였다. 평범한 늑대의 두 배 정도 되는 체구를 자랑하는 마수다. 그 마수 여섯 마리가 무리 지어 있었는데 이미 경계 태세를 갖춘 채 으르렁거리며 어금니를 드러냈다.

"안전하게 소재를 얻을 수 있을 때까지 이 일대를 청소한다.

알겠나!"

""""알겠어!""""

"아이스 스톰!"

내가 마수 무리의 발을 묶기 위해 발치에 마법을 발사했다.

오랜만에 발을 묶는 데 성공했다!

"좋아! 데이지, 실력이 늘었는데!"

마르크가 칭찬해서 기뻐진 나는 볼이 살짝 뜨거워졌다.

그럼…… 계속해서 열심히 싸울게!

의욕이 샘솟은 나는 다시 마음을 다잡았다.

내가 두 개의 얼음 쐐기를 만들어서 상대의 미간을 꿰뚫었다.

아리엘이 티리온을 조종해 상공에서 빛의 화살을 쏘았다.

발이 묶인 블랙 울프는 미간이 꿰뚫려 거품을 물고 쓰러졌다.

마르크가 도끼날 쪽을 크게 휘둘렀다.

블랙 울프는 목이 꺾이고 그 상처가 얼어붙으며 쓰러졌다.

레티아가 달려 나가 블랙 울프의 경동맥을 정확하게 베었다.

좋아, 블랙 울프는 해치웠어…….

잠깐만, 어라?

그때 우리의 갈 길을 가로막듯이 한층 더 커다란 블랙 울프
(?)가 모습을 드러냈다.

방금까지 있었던 블랙 울프보다 두 배는 컸고 눈은 피처럼
붉었다.

그 마수가 입을 열더니 불을 내뿜었다. 그 불꽃이 약간 떨어
진 곳에서 대기하던 린을 덮쳤다.

"쳇!"

린은 생각지도 못한 복병에 혀를 차며 뒤로 뛰어 피했지만 무릎 아래에 중도의 화상을 입고 말았다.

"아조트 로드, 하이 포션!"

내가 로드 안에서 필요한 만큼의 하이 포션을 꺼내 물 마법으로 구체로 만든 뒤 다리를 붙잡고 웅크린 린의 화상을 향해 발사했다.

철썩!

구체 포션이 화상을 입은 린의 다리에 명중했다. 화상으로 짓물렀던 부분이 눈 깜짝할 사이에 건강한 피부로 뒤덮였고 원래 색으로 돌아왔다.

"데이지, 고마워!"

린이 이쪽을 향해 거대한 망치를 휘두르며 고마워했다.

"그건 그렇고 여기에 불 속성 적은 없을 텐데……."

마르크가 분하다는 듯이 혀를 찼다. 이 장소를 조사한 사람은 마르크다. 그 사전 조사에 누락된 부분이 있어서 동료가 다쳤다는 것에 분한 듯했다.

"아종이 생기는 건 종종 있는 일이니까 네 탓이 아니야."

레티아가 그런 마르크를 달랬다. 최전선을 담당하는 마르크가 '동료를 지키는 것'에 무척 진지하게 임하는 성격임을 잘 아니까 달래는 거겠지.

"저기 마르크. 너만 얼음 지속 대미지가 붙은 무기가 있잖아. 그걸로 입가나 목을 노릴 수 있을까? 그러면 마수가 내뿜는 불을 추가적으로 생겨난 얼음으로 상쇄할 수 있을 것 같은데."

내가 그렇게 제안하자, 마르크가 마음을 다잡고 크게 고개를 끄덕였다.

"좋아! 돌격할 테니까 보조를 부탁해!"

마르크는 그렇게 말하며 핼버드를 쥐고 달려 나갔다.

'파트너를 위해 사나이라는 게 뭔지 보여 주마!'

사나이다운 마르크를 보고 파트너인 얼음 지옥의 도끼창도 의욕을 불태웠다.

나는 아종 블랙 울프가 불꽃을 내뿜을 때마다 마르크 앞에 얼음 장벽을 전개해서 대미지를 완화했다.

아리엘은 실체화한 빛의 화살을 발사해 블랙 울프의 네 다리를 땅에 고정시켰다.

내가 만들어낸 얼음 장벽과 블랙 울프가 만든 불꽃의 연격전에서 내가 뒤처졌고 그러다가 놓친 불꽃이 마르크의 얼굴과 노출된 피부를 불태웠다. 갑주로 덮인 부분도 분명 뜨거웠을 것이다. 그럼에도 마르크는 개의치 않고 블랙 울프에게 달려갔다.

그리고 블랙 울프 앞까지 도달했다.

"으랴아아아아아압!"

마르크가 크게 도끼날을 휘둘러서 블랙 울프의 입안에 칼날을 꽂고 목 안쪽의 불꽃을 생성하는 기관까지 쑤셔 넣었다. 그러자 부가 효과로 생겨난 얼음이 원래 온도보다 낮은 온도로 블랙 울프를 불태웠다.

'잘도 내 파트너의 얼굴을 불태웠겠다. 내 냉기 맛 좀 봐라! 이 개자식아!'

원래 저 도끼창의 지속 대미지는 일반 공격의 절반 정도의 위력이다.

그러나 저 도끼창은 원래 성능보다 강한 위력을 가진 얼음으로 블랙 울프를 몰아붙이며 불꽃을 생성하는 기관을 냉기로 불태웠다.

마검이자 의지가 있는 도끼창은 파트너가 다치면 분노로 인해 효과가 증폭되기라도 하나?

"넌 최고야!"

'오냐!'

마르크가 환히 웃으며 핼버드로 블랙 울프의 목을 내리쳤다.

블랙 울프의 목 주변이 얼더니 꺾이기 시작했다. 그리고 빠직하는 소리가 나며 목이 몸통 쪽으로 늘어지더니 결국 쓰러졌다.

"아조트 로드 하이 포션, 미스트!"

하이 포션을 안개 형태로 만들어서 마르크의 몸 주변을 덮었다. 그렇게 공격에 노출된 부분의 화상을 치료함과 동시에 갑옷 틈새로 하이 포션의 분자를 집어넣었다. 그 분자가 공격을 받아 뜨거워진 갑옷에 닿아 생긴 열상도 치료했다.

"이걸로 끝인가."

다 같이 주위를 둘러봤지만 근처에 마수로 보이는 기척은 없는 듯했다.

나는 감정 스킬로 검은 돌을 확인하며 돌아다녔다. 언뜻 보면 똑같아 보이지만 그렇지 않다. 이게 내가 굳이 직접 채집하러 온 이유 중 하나다.

말괄량이 짓만 하러 온 건 아니라고……!

"으음. 화산에서 생겨난 돌이라 그런지 불순물이 섞였네. 품질에 영향을 주려나?"

곤란해진 나는 린에게 의견을 구했다.

"그럼 우리 요정한테 부탁해서 순수한 흑용광만 추출할까?"

"그래 주면 고맙지!"

내가 기쁘게 대답하자 린도 웃으며 고개를 끄덕였다.

"자, 얘들아. 너희 차례야! 순수한 흑용광만 추출해 줘!"

그러자 지면에서 노란색 흙의 요정들이 죽순이 자라듯 쑥쑥 솟아났다(진짜 솟아났다니까!).

"광석 추출!"

린이 지시를 내리자, 난쟁이 모습을 한 요정들이 와 하고 소리를 지르며 굴러다니는 암석에 힘을 집어넣었다.

이윽고 많은 양의 작고 순수한 흑용광이 공중에 떠오르더니 린의 손바닥 위로 주먹만 한 덩어리가 우수수 떨어졌다. 손바닥 위에 다 올라가지 않을 만큼 양이 많아서 광석이 땅바닥으로 떨어졌다.

"내 망치를 만드는 데 꽤 많은 양이 필요할 테니까 이 정도는 가지고 가야지."

내가 핸드백 입구를 열었고 린이 그 순수한 광석을 안에 넣었다.

◆

그리하여 계획대로 흑용광을 채집해서 왕도로 돌아온 나는 먼저 본가에 들렀다.

릴리와 한 약속이 있었기 때문이다.

"다녀왔습니다."

나는 현관에서 세바스찬의 마중을 받으며 저택으로 들어갔다.

"언니!"

"데이지! 어서 와."

"데이지! 어서 와."

릴리와 어머니, 달리아 언니가 맞아 주었다.

릴리가 내 품으로 달려와 안겼고 나는 부드러운 머리카락을 쓰다듬었다.

"네가 공부한 성과를 보여 주겠다며 들르라고 했지? 공부는 잘 돼 가?"

나는 릴리의 얼굴을 들여다보았다.

그러자 릴리가 어머니와 언니 쪽으로 시선을 돌렸다. 그리고 기대한 성과가 안 나왔는지 눈썹을 늘어뜨리고 다시 이쪽을 보았다.

"그게, 돈 계산이, 잘 안 돼요."

으음, 그렇구나. 확실히 어린아이에게는 어려울지도 모르겠네. 뭐, 기본적으로 십 단위로 화폐가 바뀐다고 생각하면 되는데…… 한 번에 이해하기는 힘들겠지.

그러고 보니 내가 돕긴 했지만 결과적으로 릴리가 제작한 포션을 한 번 납품했었지. 릴리에게 그 대금을 제대로 줘야겠네. 좋아, 마침 잘됐어.

"그럼 이렇게 할까?"

나는 그렇게 말하며 내 품에 안긴 릴리의 팔을 풀고 손을 잡고서 함께 어머니에게 갔다.

"어머니. 저번에 릴리가 나라에 납품할 물품을 만들었어요."

어머니는 소파에 앉은 채 그렇냐며 고개를 끄덕였다.

나는 어머니에게 금화 한 닢을 건넸다.

"이건 제작에 참여한 릴리의 몫이에요."

그러자 그걸 본 릴리가 "금화…… 얼마지?" 하고 필사적으로 손가락을 접으며 계산하더니 고개를 갸웃거렸다.

음, 아직 돈을 쓰려면 먼 것 같네. 힘내.

"돈은 어머니에게 맡길게요. 아버지께 전달해서 옛날의 저처럼 관리해 달라고 부탁해 주세요. 그러다가 돈을 계산할 수 있을 때 자기가 번 돈으로 직접 쇼핑하게 하고 싶어요."

"어머나, 정말 멋진 보상인걸!"

어머니의 맞은편에 앉은 언니도 찬성했다.

어머니도 내 제안을 듣고 미소 지으며 고개를 끄덕였다.

"보상도 되고 실전 공부도 되니까 좋을 듯하구나."

"내 돈으로, 직접, 쇼핑!"

릴리는 눈동자를 반짝이며 가슴 앞에서 주먹을 쥐었다.

"언니, 고마워요!"

이제 공부도 순조로워지겠지. 나는 과소비는 하면 안 된다고 거듭 주의를 주고 본가를 뒤로했다.

그리고 오랜만에 아틀리에로 돌아왔다.

"다녀왔어! 다들 가게를 지켜줘서 고마워!"

나는 각자의 자리에 있는 마커스와 미나에게 말을 걸며 돌아다녔다.

"안녕히 다녀오셨어요! 아틀리에는 변함없어요!"

두 사람이 기운차게 대답했다. 내가 가게를 비워도 정상적으로 영업을 계속했다니, 참 믿음직한 동료들이다. 고마워!

핸드백 안을 정리하고 생활 공간으로 이동해서 몸을 씻고 옷을 갈아입은 뒤, 침대에 대자로 누웠다.

창문으로 아직 밝은 햇빛이 쏟아져 들어와서 쉬기에는 이르다. 게다가 아까 언뜻 보니 마커스가 납품용 포션을 만드는 듯했다.

오늘은 단순히 본가에서 돌아왔을 뿐이라서 마력이 가득 차 있으니 일이나 할까…….

나는 다리를 치켜들었다가 내리면서 그 반동으로 상반신을 일으켜 침대에서 벌떡 일어났다.

◆

다음 행선지에 가려면 빨리 조합해야지!

채집해서 실험실에 놓아둔 흑용광을 꺼내 실험실 선반에 두었던 주괴와 맞대며 확인했다.

"동은 싫어, 은도 안 돼, 미스릴도 싫어, 아다만타이트라니 곤란한데, 이것도 싫어, 오리할콘도 싫어. 그런데 철에는 애매하게 대답하네……."

가지고 있는 주괴는 다 그런 상태였다.

[흑용광]
분류: 광물-재료

품질: 고품질

레어도: B

세부 사항: 장비로 가공하면 15%의 불 속성 추가 대미지를 부여한다.

속마음: 철······이 맞긴 한데 정확하진 않아.

나는 확실하게 말해 줬으면 한다고!(흥칫뿡!)

철을 원하는 건 맞지만 약간 다른 걸 원한다고?

아, 애초에 섞여야 할 상대가 합금이라는 뜻인가?

그런 생각이 들어서 확인해 봤지만 감정 결과는 변함없이 냉담했다.

나는 고집불통인 흑용광과 철 주괴를 들고 아나 씨에게 상담하러 갔다. 다행히 아나 씨가 집에 계셔서 상담을 부탁했다.

나는 테이블 위에 흑용광과 철 주괴를 놓고 아나 씨와 마주 보고 의자에 앉았다.

"철이지만 철이 아니란 말이지······."

아나 씨가 팔짱을 끼고 잠시 머뭇거리더니 입을 열었다.

"혹시 '강철'······ '다마스쿠스강(鋼)'이나 '우츠강(鋼)'을 가리키는 게 아닐까?"

"강철······?"

내가 들어 본 적 없는 이름이라 고개를 갸웃거렸다.

"철이지만 흑탄이 아주 약~간 섞인 철을 '우츠강'이라고 해. 그리고 그 '우츠강'을 검 같은 무기로 단련한 걸 '다마스쿠스강'이라고 하지. 마력을 주입해서 조합하면 녹도 안 슬고 강도는 철보다 뛰어난 합금이 된단다. 잠시만 기다리거라."

아나 씨가 그렇게 말하며 주방에서 흑탄을 가져왔다.

"좋아, 세 개를 가까이 대 볼까."

'흑용광'과 철 주괴와 흑탄이 테이블 위에 놓였다.

[흑용광]

분류: 광물-재료

품질: 고품질

레어도: B

세부 사항: 장비로 가공하면 15%의 불 속성 추가 대미지를 부여한다.

속마음: 그거야 그거! 양을 자~알 조정하면 좋은 마검의 재료가 된다고!

"이제 합금을 만들기까지 조금 남았는데 알려 줘도 되잖아?"

나도 모르게 소리 내서 감정 스킬에 불평했더니 오히려 이런 반응이 돌아왔다.

'스스로 생각하거나 남에게 가르침을 구하는 게 성장하는 근원이잖아?'

역시 최근 들어 감정이 나한테 좀 엄격한 것 같은데.

이번에는 마르크, 레티아, 린에게 무기를 제작해 줘야 한다. 그중에서도 제일 문제인 건 망치를 쓰는 린이다.

아리엘은 마법으로 불 속성 화살을 만들 수 있고, 나는 아조트 로드가 있으니까 대상이 아니다.

망치를 만들 때는 무척 많은 양의 합금이 필요하기 때문에 소재를 연금 가마 한가득 만들어야 하는데 마력이 충분하려나?

게다가 이번에는 공정이 두 단계나 된다.

먼저 철제 무기의 재료가 될 '우츠강'을 만든다. 소재의 비율이 알맞게 들어가서 '우츠강'이 완성되면 거기에 다시 적당한 비율의 흑용광을 넣어 섞는다.

철이 많이 필요해서 아틀리에로 돌아오는 길에 철 주괴를 대량으로 샀다.

아틀리에로 귀가한 내가 수많은 철 주괴를 연금 가마 옆 바닥에 놓아두는데, 포션 만들기를 마친 마커스가 다가왔다.

"이걸 전부 가공하시게요?"

마커스는 눈을 휘둥그레 뜨며 놀랐다.

"린이라는 대장장이 아이의 무기가 커다란 망치라서 많은 양의 합금을 만들어야 하거든."

내가 한숨을 쉬자 마커스가 힘들겠다며 동정했다.

나는 먼저 도자기로 된 막자사발에 조금씩 흑탄을 넣고 빻아서 미세한 분말 형태로 만들었다.

"이번에 만들 합금의 제작 방법은 조금 특이해. 마커스도 만드는 걸 보고 갈래?"

그렇게 묻자 마커스는 기쁘게 고개를 끄덕였다.

"네!"

"일단 무기의 재료가 될 소재인 '강철'을 만들려면 먼저 '우츠강'을 만들어야 해. 철에 흑탄을 섞는데 소재의 상태를 봐 가면서 아주 조금씩 넣어야 해."

나는 철 주괴의 반을 연금 가마에 넣고 그 안에 막대를 꽂아 마력을 흘려 넣으며 철을 녹였다. 반만 넣은 건 만약을 위해서다. 만약 도중에 내 마력이 다 떨어져서 쓰러지면 큰일이니까 우선은 반만 만들기로 했다.

대량의 철 주괴는 이윽고 점성이 있는 걸쭉한 액체로 변했다.

그리고 손에 든 스푼 끝자락으로 흑탄 가루를 살짝 떠서 연금 가마 안에 섞었다.

이 신중함을 봐! 나 좀 성장한 것 같지 않아?(엣헴!)

"그건 그렇고 평소에 작업할 때보다 마력 소모가 적은데도 더 잘 녹네."

나는 유달리 소재가 빠르게 반응해서 고개를 갸웃거렸다.

그러고 보니 식물의 정령왕님이 나에게도 기술신의 가호가 내려왔다고 했지. 그래서 그런가?

아차, 지금은 조합 중이지. 딴생각 말고 작업에 집중하자.

[우츠강?]

분류: 합금-재료

품질: 저품질

레어도: B

세부 사항: 철에 흑탄을 섞은 것. 무기로 만들면 강도 높은 다마스쿠스강이 된다.

속마음: 아직 부족한데?

뭐, 흑탄을 아주 조금만 넣었으니까.

나는 흑탄을 조금씩 섞고 젓기를 반복했다.

그렇게 몇 번을 반복하자…….

[우츠강]

분류: 합금-재료

품질: 고품질

레어도: B

세부 사항: 철에 흑탄을 섞은 것. 무기로 만들면 강도 높은
다마스쿠스강이 된다.

속마음: 오, 비율이 딱 좋다! 섬세한 작업도 할 줄 알았구나!

칭찬하는 건지 욕하는 건지 모르겠네.

"아, 이 정도면 된 것 같네요. 품질이 좋아요."

옆에서 견학하던 마커스가 고개를 끄덕였다.

"그럼 이번에는 흑용광을 추가할게."

"네!"

마커스는 흥미진진한 표정으로 견학했다.

나는 상태를 살피며 주먹만 한 흑용광을 조금씩 연금 가마
안에 떨어뜨려서 녹이며 섞었다.

[흑염강(鋼)?]

분류: 합금-재료

품질: 저품질

레어도: A

세부 사항: 우츠강에 불 속성을 추가한 것. 무기로 만들면 강도 높은 불 속성 다마스쿠스강 마검이 된다.

속마음: 불 속성을 더 추가하는 게 좋아.

"아직 부족한 것 같네요. 품질이 낮아요."

나와 마찬가지로 감정으로 확인한 마커스가 중얼거렸다.

감정의 가이드를 따라 흑용광을 조금씩 추가했다.

[흑염강]

분류: 합금-재료

품질: 양질

레어도: A

세부 사항: 우츠강에 불 속성을 추가한 것. 무기로 만들면 강도 높은 불 속성 다마스쿠스강 마검이 된다.

속마음: 불 속성을 더 추가하는 편이 좋아. 조금만 더 잘 조정해 봐.

"작은 흑용광은 없을까? 이제 조금만 있으면 완성될 듯한데."

"이건 어때요?"

마커스가 흑용광을 담은 그릇에서 엄지만 한 작은 덩어리를 꺼내 손바닥 위에 올려놓고 내밀었다.

"좋아, 그걸로 시험해 볼게. 고마워, 마커스!"

나는 받아든 덩어리를 가마 안에 떨어뜨렸다. 마지막 한 개가 녹아들자 걸쭉한 액체 상태의 금속이 반짝이며 꺼림칙할 만큼 새까만 강철이 완성됐다.

[흑염강]
분류: 합금-재료
품질: 고급품
레어도: A
세부 사항: 우츠강에 불 속성을 추가한 것. 무기로 만들면 강도 높은 불 속성 다마스쿠스강 마검이 된다.
속마음: 좋아, 최고야!

그러고 보니 제작법이 세세한 것치고는 생각만큼 마력이 많이 들지는 않았네.

아직 철이 절반 남았는데…… 기왕 조합한 거 지금 다 만들까?

연금 가마를 이용한 조합은 상당한 마력이 필요한 경우가 많다. 그래서 마커스에게도 마력 조작으로 마력을 다 쓴 뒤에 잠드는 방식의 마력 증폭법을 가르쳐 줬다. 그래서 마커스도 한창 마력량이 증가하는 중이다. 오늘 정도의 마력량이라면 가능하리라.

마커스도 경험을 쌓아야지!

"마커스, 반 남은 철로 강철을 만들어 볼래?"

내가 물어보자 마커스는 몹시 기뻐하며 크게 고개를 끄덕였다.

"꼭 해 보고 싶어요!"

그리하여 내 지도하에 남은 반은 마커스가 제작하기 시작했고 마침내 주괴 틀에 담긴 대량의 흑염강이 무사히 완성됐다.

시간이 지나, 린의 손에서 완성된 무기는 이 세 가지였다.

[흑염왕의 망치]
분류: 무기
품질: 고급품
레어도: A
세부 사항: 강도 높은 불 속성 다마스쿠스강 망치. 기본 대미지에 화염 속성 추가 대미지 15%가 붙는다.
속마음: 검은색 강철에 다마스쿠스강 특유의 무늬가 아름답지?

[흑염왕의 도끼창]
분류: 무기
품질: 고급품
레어도: A
세부 사항: 강도 높은 불 속성 다마스쿠스강 핼버드. 기본 대미지에 화염 속성 추가 대미지 15%가 붙는다.
속마음: 아니, 제일 멋있는 건 나지!

[흑염왕의 카타나]
분류: 무기
품질: 고급품
레어도: A
세부 사항: 강도 높은 불 속성 다마스쿠스강 카타나. 기본 대

미지에 화염 속성 추가 대미지 15%가 붙는다.

속마음: 아니, 제일 아름다운 건 나잖아?

뭐가 제일 아름다운지는 됐고 일이나 제대로 해.

며칠 후, 세 종류의 무기를 전달하고자 린, 마르크, 레티아를 아틀리에로 불렀다. 린이 각자에게 '흑염왕' 무기를 건넸다.

"무척 아름다운 마검이네."

레티아가 무기를 받아들고 검집에서 도신을 뽑더니 카타나의 검은 표면에 새겨진 다마스쿠스강 특유의 무늬를 보고 미소 지었다. 레티아는 아름다운 흑발의 소유자다. 머리카락을 나부끼고 검은 마검으로 불꽃을 내뿜으며 적을 베는 모습은 분명 무척 아름다울 것이다.

린의 무기는…… 어, 아무튼 존재감이 엄청나고 꺼림칙할 만큼 무서운 거대 망치다.

마르크의 무기는 핼버드여서 그런지 더 꺼림칙하게 느껴졌다.

무기 전달이 끝나고 마르크가 다음 행선지를 설명했다.

"이번 행선지는 산을 오르면 나오는 얼음 동굴이야. 추위 대비책은 마련했어?"

그러고 보니 예전에 어쩌다 얼음 동굴(아이스 골렘의 의태)에 들어간 적이 있었는데 아무런 준비도 안 했었지.

대비책이 신경이 쓰여서 이 자리에 없는 아리엘도 불러 경위를 설명했다.

"음, 없어."

한마디로 즉답하며 고개를 끄덕이는 린에 이어 나와 아리엘도 고개를 끄덕였다.

"먼저 스파이크가 달린 부츠가 필요해. 등산할 때나 얼어 있는 곳을 이동할 때 유용해. 예전에는 리프와 레온의 발톱에 의지했지만 만에 하나 떨어졌을 때는 자기 스스로 일어나야 하니까 있는 편이 좋아."

마르크의 말에 나와 린과 아리엘이 고개를 끄덕였다.

"그리고 벌써 가을이라서 해발고도가 높으면 추워질 거야. 앞으로 더 추운 곳에 갈 계획도 있으니까 방한용 외투를 사 두는 편이 좋을걸."

아까와 마찬가지로 세 사람이 고개를 끄덕였다. 다들 가지고 있지 않기 때문이다.

이미 아틀리에 주위의 가로수는 가을 빛깔로 물들었고 어떤 건 잎이 떨어지기 시작했다. 건조하고 차가운 바람이 곧 겨울이 가까워짐을 알렸다.

뭐, 우리 나라는 비교적 온난한 기후라 겨울이 돼도 평지에서는 눈이 내리지 않는다. 그러니 해발고도가 어지간히 높은 곳까지 가지 않는 이상 설산을 오를 일은 없겠지만 방한 대책은 필요하겠지.

마르크의 충고가 타당하다고 생각하고 있는데 레티아가 여자 셋을 손짓해서 불렀다. 우리가 다가가자 레티아는 귓속말로 몰래 비밀 이야기를 했다.

"여자아이는 하반신을 차갑게 하면 안 돼. 털실로 짠 팬티도 중요한 아이템이야. 가능하면 복대를 겸할 수 있는 사이즈가 좋아."

레티아가 진지한 표정으로 그렇게 말하자, 셋은 나란히 입을 떡 벌리고 말았다.

아니, 지극히 타당한 충고긴 한데 쿨한 미녀인 레티아의 입에서 '털실로 짠 팬티'에 '복대'라니!

혼자 소외당한 마르크가 무슨 이야기를 하냐고 물었지만 레티아가 "여자들만의 비밀이야."라며 일축했다.

"아틀리에 쪽만 괜찮으면 이대로 셋이서 사러 갈래?"

린이 그렇게 제안했다. 확실히 셋이 모인 지금 가는 게 또 다른 날에 일정을 맞추는 것보다 낫겠지.

"잠깐만 기다려."

내가 잠시 양해를 구하고 마커스와 미나에게 다음 여행용 장비를 사러 가도 되겠냐고 물어보자 둘 다 흔쾌히 보내 주었다.

"자, 가자!"

나는 방으로 달려가 핸드백을 메고 모두가 있는 곳으로 돌아갔다.

우리 세 사람은 레티아와 마르크에게 인사하고 거리로 나갔다.

◆

상점이 모인 중심가를 향해 돌이 깔린 길을 걸어갔다.

인도 양쪽에는 마차용 도로가 있었다. 이곳은 북서쪽 출구 근처기도 해서 마을을 나가려는 자, 마을에 들어오려는 자들이 출구에서 검문을 받는 등 사람들이 제법 바쁘게 오갔다. 이웃한 미궁 도시로 물자를 운반하려는 상인들의 짐마차도 많았다.

그 거리의 모퉁이에 아나 씨네 가게의 몇 집 너머로 고기를 굽는 향긋한 냄새를 온 거리를 가득 채운 꼬치구이 가게가 있었다. 나는 '그러고 보니 이런 건 먹어 본 적이 없네.'라고 생각하다가 무심코 그대로 입 밖에 내고 말았다.

"포장마차! 이런 건 안 먹어 봤는데!"

"오! 아가씨들, 우리 꼬치구이는 소스가 특별해서 맛있다고!"

가게 아저씨가 우리를 발견하고 바로 권유했다.

"어느 게 좋을지 모르겠네."

고기를 굽는 향긋한 냄새와 소스의 달콤한 향기에 배고파진 나는 꼬치구이를 사는 쪽으로 마음이 움직이고 말았다.

"우리 가게에서는 오크 고기랑 매드 치킨에다가 오늘만 한정으로 난폭한 송아지 고기도 팔아. 가격은 비싸지만 송아지 고기가 제일 추천할 만해!"

가격이 기재된 메뉴판을 보니 송아지 고기 꼬치구이는 하나당 동화 다섯 닢으로 5백 릴레였다. 오크 고기가 동화 한 닢, 매드 치킨이 세 닢인 것에 비하면 확실히 비쌌다.

으음. 군것질, 그것도 걸어가면서 먹는다라…….

……하지만 맛있어 보여!

"송아지 고기로 살게요!"

결국 세 사람 모두 유혹에 져서 대금을 지불하고 꼬치구이를 샀다.

나는 꼬치구이를 위쪽부터 물어뜯으며 처음 먹어 보는 고기를 맛보았다. 그러자 기름진 고기에 달콤한 소스가 어우러져 나도 모르게 "음~!" 하고 감탄했다. 참지 못하고 두 조각 째

먹었을 때 문득 깨달았다.

"있잖아…… 이미 두 조각 먹긴 했는데 위쪽부터 먹었더니 꼬치에 목을 찔릴 것 같아."

그렇게 린에게 도움을 요청하자 폭소했다.

"그렇구나~! 데이지는 포장마차에서 꼬치구이를 먹는 게 처음이구나!"

"정말! 그렇게 웃지 마! 아리엘도 잘 모르잖……아…….."

내가 부루퉁해져서 아리엘을 보니, 그 아이는 능숙하게 옆으로 고기를 물고 꼬치에서 고기를 빼고 있었다.

"음~. 저는 마을에서 자주 나왔었거든요~."

고기를 우물거리는 아리엘에게 동료가 아니라는 선언을 듣고 말았다. 나는 토라진 채로 아리엘을 따라 하며 남은 고기를 먹었다. 나만 꼬치구이 먹는 법을 몰랐다는 게 별로 마음에 들지 않았지만 아무튼 처음 먹어 보는 꼬치구이는 맛있었다.

"역시 오늘 처음 먹어 본 소녀답네! 입가에 소스가 묻었는걸!"

린이 그렇게 말하며 손수건으로 입가를 닦아 주었다. 귀족 영애…… 아니, 이젠 내가 귀족이라는 게 부끄러워져서 볼이 빨개졌다.

"어쩔 수 없잖아. 처음이라 먹는 데 서툴렀을 뿐이야."

나는 입을 비죽였다.

쓰레기는 쓰레기통에 버렸다. 상점 주인들의 선의인지 군데군데 이렇게 군것질하다가 나온 쓰레기를 버릴 수 있는 쓰레기통이 놓여 있다. 덕분에 길에 쓰레기가 버려져 있는 경우는 거의 없었다.

잠시 걷다 보니 이번에는 모험가용 장비와 옷이 진열된 가게가 많이 나왔다. 이대로 쭉 가면 모험가 길드가 있기 때문이다.

"방한 옷과 등산용 부츠, 털실 팬티였지……."

그렇게 중얼거린 나는 각 가게를 가볍게 들여다보며 거리를 걸었다.

뭐, 털실 팬티는 같이 팔지 않겠지만.

그렇게 가게를 구경하며 찾아보았지만 남성용만 많고 여성용 상품은 괜찮은 게 별로 없었다. 역시 모험가는 남자의 비율이 더 높은 걸까?

어라, 여기…….

그런 와중에 몸집이 작은 여성용으로 보이는 상품만 파는 가게가 한 군데 보였다.

간판을 보니 '마릴린의 아틀리에' '여성, 몸집이 작은 분 전용. 귀엽게 모험하고 싶은 분들에게 추천!'이라고 쓰인 방어구 가게였다. 가게 앞에 색이 다른 리본이 달린 부츠들이 나란히 장식되어 있어서 귀여웠다. 그걸 보니 조금 마음에 들었다.

그런데 그때…… 가게 입구로 나온 여자(인가?)와 눈이 마주쳤다. 짙은 화장에 키가 크고 체격이 좋았다. 하지만 프릴이 잔뜩 달린 몸에 딱 붙는 블라우스를 입었고 번쩍거리는 검은색 가죽 바지를 입었다.

"아가씨들, 어서 와~♡"

원래는 낮지만 억지로 높인 듯한 목소리.

그곳은 '남자지만 복장은 여자(?)인 사람'이 주인인 가게였다.

"아, 안녕하세요."

나는 그만 얼굴을 떨며 미소 짓고 말았다.

시, 실례야! 이런 건 개인의 개성일 뿐이라고!

하지만 린도 아리엘도 명백히 당황한 눈치였다.

"미안, 나 같은 사람은 별로 익숙하지 않지?"

그러자 가게 주인이 갑자기 낮고 평범한 남자의 목소리로 말을 걸었다.

"저희야말로…… 이런 태도를 보여서 죄송해요."

셋이서 고개를 숙이자, 가게 주인은 괜찮다며 밝고 쾌활하게 웃더니 우리 머리를 가볍게 쓰다듬었다.

"그리고 난 그냥 단순하게 예쁜 것과 귀여운 걸 좋아할 뿐인 지극히 평범한 남자야. 부인도 있다고."

가게 주인이 그렇게 말하며 윙크했다. 가게 안쪽에서 몸집이 작고 귀여운 여자가 손을 흔들며 웃고 있었다. 부인일까?

"저, 저기……!"

실례되는 태도를 보이고 말았지만 이곳 장비는 다른 곳과 다르다. 무엇보다 가게 주인이 다정하고 좋은 사람이다.

"응?"

주인이 평범한 목소리로 대답했다. 우리는 셋이서 얼굴을 마주 보고 고개를 끄덕이며 확인했다.

"이 가게의 장비는 다른 곳과 달리 무척 귀여워요. 그래서 말인데 저희한테 필요한 장비에 관해서 상담받을 수 있을까요?"

나는 주먹을 꼭 쥐고 용기 내서 부탁했다.

그러자 주인이 기쁜 듯이 미소 지었다.

"고마워! 나는 예전에 모험가였어. 그런데 현역 시절에 부인을 필두로 여자 모험가한테 자주 푸념을 들었어. '여성용 장비는 수도 적고 귀여운 장비가 전혀 없다'고. 그래서 내가 직접 만들기로 했다 이 말씀!"

뒤이어 주인이 이 가게의 사장인 마릴린이라고 자기소개했다.

"귀여운 손님들, 어서 와."

그리고 싱긋 웃으며 가게 안으로 우리를 손짓했다.

"나는 보시다시피 남자지만 여자아이들이 귀엽게 치장하는 모습을 보는 걸 좋아해! 그래서 기성품을 손본 장비도 있고 우리 가게에서 디자인한 오리지널 장비도 있어. 꼭 너희처럼 귀여운 아이들이 입었으면 좋겠어!"

"저 그럼, 옷감이나 소재를 가지고 와서 상담하고 디자인을 정해서 제작하는 것도 가능한가요?"

마릴린 씨가 고개를 갸웃거려서 나중에 불 속성 내성이 있는 특수한 천을 제작해서 옷을 만들까 생각 중이라고 설명했다. 만약 우리 장비를 귀엽게 만들 수 있다면 그러는 편이 좋을 테니까!

"어머! 오더 말이구나! 나야 좋지~! 그때는 꼭 나한테 상담해 줘! 치수는 우리 부인이 잴 테니까 안심하렴!"

마릴린 씨가 흔쾌히 승낙했다.

"그래서 일단 오늘 필요한 건 추운 곳에서 입을 외투랑 산을 오를 때 도움이 되는 스파이크가 달린 부츠인데요……."

내가 본래의 화제로 돌아가서 묻자, 우리가 찾는 장비가 있는 코너로 안내받았다.

"있어! 여기야!"

그곳에는 디자인은 귀여우면서도 제대로 스파이크가 달린 등산 부츠와 방한용 코트가 진열되어 있었다.

"우와, 귀엽다!"

우리가 나란히 외쳤다.

그리고 우리 등 뒤에서 마릴린 씨가 "그렇지, 그렇지?" 하고 만족스럽게 말했다.

그럴 만도 한 게 부츠의 끈을 좋아하는 색으로 고를 수 있었고 끈을 묶는 부분 옆에 레이스가 달린 것과 안 달린 것으로 나뉘어서 어떤 선택을 하느냐에 따라 귀여움을 더할 수 있었다.

코트는 로브와 어울리는 긴 기장에 소매 입구가 넓고 레이스가 달린 것, 기장이 짧고 소매 바깥쪽에 리본 장식이 달린 것, 등에 커다란 리본이 달린 것도 있어!

정말, 여자아이라면 좋아하지 않고는 못 배길 만한 것으로 가득했다!

"아 참, 그렇지. 너희처럼 피부가 좋은 여자아이라면 코트 안쪽이 실크 래빗의 모피로 된 제품을 추천해! 예산에 여유만 있다면 가볍고 촉감도 좋아서 괜찮아!"

마릴린 씨가 안쪽에 달린 방한용 소재가 다른 코트들을 "비교를 위해서!"라며 이것저것 꺼내 주었다.

울프의 모피, 양털, 토끼 모피, 여우 모피 등 여러 가지가 있었지만 비교해 보니 역시 마릴린 씨가 추천한 실크 래빗의 모피가 가장 촉감이 좋았다.

우리는 디자인은 같고 리본 색이 각자 다른 부츠를 골랐다. 그리고 나는 로브에 맞춰서 기장이 긴 코트를 골랐고 린과 아리엘은 짧은 걸 사기로 했다.

그리고 마지막으로 그것…….

우리는 부끄러워서 셋이서 서로 네가 말하라고 등을 떠밀었다.

그 모습을 본 마릴린 씨가 어머 하고 고개를 갸웃거렸다.

정말, 너무해!

아리엘과 린이 합심해서 나를 한 걸음 앞으로 떠밀었다.

"저기! 방한용 털실 팬티가 있을까요?!"

나는 눈을 꼭 감고 얼굴을 새빨갛게 물들이며 물었다.

남자한테 '털실 팬티'가 있는지 묻다니!

"있어."

그런 내 모습에 마릴린 씨가 작게 웃으며 대답했다. 그리고 가게 안쪽에서 수많은 '털실 팬티'를 가져왔다.

"여자아이는 배를 차갑게 하면 안 돼~. 추운 곳에 갈 때는 특히 이 복대형을 추천해!"

아…… 마릴린 씨가 먼저 선수를 친 덕분에 '복대'라는 말까지는 안 해도 되겠다(휴우).

마릴린 씨가 내어 준 '복대형 털실 팬티'는 무척 귀여웠다.

우선 파스텔 톤을 중심으로 다양한 색이 있어서 취향에 맞게 고를 수 있었다. 그리고 배 부분에는 귀여운 동물이 그려져 있었다. 배 말고 엉덩이 쪽에 그려진 것도 있었다.

토끼, 고양이, 개, 병아리, 하트 마크에 리본 무늬 등…….

우리는 각자 마음에 드는 걸 사기로 했다.

나는 사는 김에 언니랑 릴리 것도 사 버렸지 뭐야!

참고로 속옷이니까 어떤 걸 샀는지는 비밀이야!

제8장 소녀의 고민

슬슬 새로운 상품 종류를 가게에 추가하고 싶은데.

나는 그런 생각이 들었다.

하지만 최근에 막 강력한 마나 포션을 추가한 참이니 용도가 다른 상품이 필요하다. 그러면 새로운 고객층을 개척할 수 있을 테니까.

사색에 잠겨서 턱을 괸 나는 내 볼이 약간 푸석푸석해진 것을 눈치챘다.

"아, 곧 겨울이라서 그런가 피부가 건조하네. 다른 사람들도 이런 고민을 할까?"

나는 아틀리에의 여자아이들에게 물어보기로 결심하고 그 아이들과 휴식한다는 명목으로 티타임을 가졌다.

같이 홍차를 마시고 담소를 나누며 미나와 아리엘에게 질문했다.

"추우면 피부가 건조하지 않아? 다들 어때?"

"맞아요."

"그렇죠."

둘 다 예상대로 내 질문에 긍정했다.

겨울에는 왕도 북부에 있는 산악 지대에서 차갑고 건조한 바람이 불어온다. 그래서 툭하면 피부와 입술이 건조해진다.

"추우면 피부가 쉽게 건조해져서 곤란하다니까요."

미나가 볼을 부풀리며 자신의 **뺨**을 어루만졌다.

"그러면 보습 성분이 있는 화장수를 만들까?"

나는 마침 딱 좋은 소재가 있다는 걸 떠올리고 싱긋 웃으며 미나에게 제안했다.

"정말이요?! 곤란하던 참이라 만들어 주시면 감사하죠!"

미나가 얼굴을 빛내며 기쁜 표정을 지었다.

"화장수?"

엘프 마을에는 화장수가 없나? 아리엘이 고개를 갸웃거렸다.

"그럼 바로 조리장을 빌릴게. 그 전에 꽃을 따 와야겠다. 아리엘 나 좀 도와줄래?"

미나가 조리장 사용을 허락했다. 나는 아리엘을 불러 둘이서 소쿠리를 들고 밭으로 갔다.

"와아! 고향의 진주초가 만개했네요!"

그리운 광경을 보고 아리엘은 보랏빛 눈동자를 동그랗게 뜬 채 감탄을 흘렸다.

둘이서 활짝 핀 엘프의 진주초 꽃을 소쿠리 가득 땄다.

이건 해의 엘프 마을에서 찾아서 채집한 꽃이다. 그래서 꽃이 만개한 모습을 아리엘에게 보여 주고 싶었다. 참고로 감정 스킬이 말하길 이 꽃을 증류하면 보습에 뛰어난 화장수인 일명 플로럴 워터를 만들 수 있다고 한다.

나는 아리엘과 함께 꽃을 잔뜩 따서 조리장으로 돌아갔다.

아 참. 왜 실험실이 아니라 조리장에서 만드냐고?

이유는 단순하다. 실험실의 증류기에 달린 플라스크로는 소량만 만들 수 있기 때문이다.

그리고 플라스크의 끝부분이 좁아서 증류기로 만들면 꽃을 넣고 빼기가 힘들다. 그래서 이론적으로는 증류하는 것이지만 도구는 찜통을 사용한다. 푸딩 같은 걸 만들 때 쓰는 도구다.

과거에도 여자 연금술사 중에 나처럼 미용 방면으로 많은 연구를 한 사람이 있었던 모양이다.

플로럴 워터란 약효 성분이 있는 꽃이나 허브 등을 물과 함께 증류한 것이다.

그 여자 연금술사가 고안한 화장수 제작법이다.

자세한 순서는 이런 식이다.

먼저 찜통으로 쓸 용기를 준비한다. 둥그런 뚜껑이 달린 커다란 냄비가 알맞다. 안에 넣은 물이 닿지 않게 다리가 달린 찜판도 필요하다.

찜통에 물을 넉넉히 채운다. 그런 다음 냄비 안에 찜판을 놓고 그 한가운데에 안정감이 있는 컵을 올려놓는다. 그리고 컵 주위에 갓 딴 꽃을 잔뜩 뿌린다.

참고로 찜통은 뚜껑에 반원형 손잡이가 있고 손잡이가 달린 부분이 둥글고 높은 것이 좋다. 그 뚜껑을 거꾸로 뒤집어서 덮는다.

왜 거꾸로 덮냐고?

불을 붙여서 가열하면 냄비 바닥에 있는 물이 증발하면서 그 위에 뿌려 놓은 꽃잎을 찐다. 그러면 꽃의 성분이 들어있는 증기가 발생하기 때문이다.

뚜껑 위에는 증기를 식힐 얼음을 가득 올린다. 녹으면 서둘러 얼음을 추가한다. 그러면 차가워진 뚜껑이 증기를 식혀서 액체로 만들고 뒤집어 놓은 뚜껑에 물방울이 맺히면서 손잡이를 타고 떨어진다. 그게 한가운데에 놓아둔 컵 안에 모이는 구조다.

나는 화로에 불을 붙이고 냄비에 든 물을 끓였다.

그렇게 잠시간 증발시키자 꽃에 든 성분이 포함된 플로럴 워터가 손잡이에 방울방울 모여 뚜껑을 타고 컵 안으로 떨어져서 모였다.

"그리고 여기에 벌꿀을 살짝 넣으면 살균 및 보습 효과가 추가된대."

"벌꿀……. 여기 있어요, 데이지 님."

나는 완성된 플로럴 워터에 미나가 가져다준 벌꿀을 조금 첨가했다.

이걸로 화장수는 완성이야!

플로럴 워터를 식힌 뒤 귀여운 유리병에 우리 세 명 몫에 카츄아에게 줄 것까지 합쳐서 총 네 개로 나눠 담았다.

"좋아, 완성이야!"

이제 끝! 간단하지?

"어? 미용에 좋은 화장수가 이렇게 간단히 완성되나요?"

미나의 눈이 휘둥그레졌다.

[엘프의 진주수]

분류: 화장품

품질: 고품질

레어도: A

세부 사항: 질 좋은 화장수. 보습과 피부 당김에 효과가 뛰어나다.

속마음: 볼을 탱탱하게 만들어 줄게!

나는 증류하는 과정을 지켜보던 사람들에게 화장수가 든 병을 나눠주었다.

"자, 됐어. 이걸로 모두의 몫이 완성됐어!"

"우와아! 귀여운 병이네요! 지금 바로 써도 될까요?"

미나가 딱 봐도 써 보고 싶어서 몸이 근질거리는지 눈을 반짝였다. 화장수라는 게 뭔지 모르는 아리엘도 흥미진진한 표정으로 병 안을 바라보았다.

"당연히 되지. 나도 같이 써 볼까? 병을 잘 흔들고 써야 해."

모두 마주 보고 앉아 병을 잘 흔든 뒤 뚜껑을 열고 한 번 바를 분량의 화장수를 손바닥 위에 덜었다. 그리고 양손을 가볍게 비빈 후 얼굴에 부드럽게 문질렀다.

"푸석푸석했던 볼이 매끈매끈해졌어요! 거기다 좋은 꽃향기까지 나요~."

미나의 꼬리가 기쁨을 표현하듯이 끝부분을 빙글거리며 흔들었다.

"정말이네요. 손바닥이 볼에 착착 달라붙는 것 같아요!"

아리엘도 효과에 감동했는지 온 얼굴에 화장수를 골고루 발랐다.

나도 화장수의 효과에 깜짝 놀랐다.

"이건 꼭 온 나라의 여자들이 써 봤으면 좋겠어요!"

"으음."

미나가 흥분한 기색으로 말했지만 나는 고민이 생겼다. 엘프의 진주초가 다른 밭에서도 자라던가?

"저기 아리엘. 이 꽃이 엘프 마을이나 내 밭 말고도 자랄까?"

내가 몰래 귀띔하자 아리엘은 미나에게 들리지 않게 대답했다.

"아뇨. 그 꽃은 세계수가 없는 곳에서는 자라지 않아요."

그렇다면 진주초의 꽃을 대신할 다른 꽃이 필요하다.

그러고 보니 장미에도 보습과 수렴 효과가 있었던 것 같은데.

나는 모두에게 자리에서 기다려 달라고 부탁했다. 그리고 서둘러 2층의 책장에 있는 식물도감을 조사했다. 그 결과, 역시 장미에도 미용 효과가 있다는 사실을 알아냈다.

그럼 이 부분은 카츄아에게 상담하는 게 제일 좋겠다. 대량 생산이라 하면 상인이 나설 차례니까.

카츄아 몫으로 만든 화장수를 주면서 상담해 보자.

나는 그런 생각을 하며 날을 잡고 카츄아에게 상담하러 갔다. 그리고 카츄아에게 다음에 아틀리에에 올 때 말린 장미를 잔뜩 가져와 달라고 부탁했다.

◆

그리고 며칠 후.

엘프의 진주초로 만든 화장수를 사용하고 그 가치를 확신한 카츄아는 "이 화장수는 대단해! 더 많은 여성이 쓸 수 있게 해야 해!"라며 상품화를 제안했다. 그런 카츄아의 행동은 빨랐다.

눈 깜짝할 사이에 말린 장비를 확보했다. 참고로 말린 걸 부탁한 이유는 곧 겨울이 되기 때문이다. 지금은 가을 장미가 피는 계절도 다 지났다.

나는 다시 플로럴 워터를 제작했다. 그 모습을 지켜보던 카츄아에게 완성된 장미 플로럴 워터를 사용해 보게 했다.

"데이지, 장미로 만든 것도 향기가 좋고 촉촉해! 이거라면 큰 냄비로 한 번에 많이 만들 수 있겠어……. 아니, 커다란 전용 증류기를 만드는 것도 괜찮겠다!"

"많이 만들면 아마 꽤 많은 양의 정유(精油)를 모을 수 있을 테니까 따로 채집해도 되겠네."

일반적인 찜통으로 플로럴 워터를 만들면 원료인 꽃의 정유가 표면에 아주 약간만 떠오른다.

이 정유는 용도가 다르다. 그리고 플로럴 워터보다 추출되는 양이 적고 더 희소하다. 향수의 재료가 되기도 하니 분명 화장품을 취급하는 카츄아에게 도움이 될 것이다.

"카츄아의 상회에서 대량 생산하는 편이 많은 사람에게 널리 알리기 쉬울 거야. 꼭 카츄아 상회에서 상품화했으면 좋겠어!"

"데이지, 고마워! 바로 기술자에게 정유와 화장수를 따로 채집할 증류기를 만들어 달라고 의뢰할게!"

아이디어 비용은 나중에 정산하기로 했다. 나는 본가에 있는 어머니와 언니에게도 화장수를 나눠 주려고 오늘 만든 것 중에 두 사람 몫을 따로 보관했다.

그리고 또 며칠이 지났다.

"데이지 님~. 저번에 받은 화장수를 썼더니 전체적인 피부 상태는 좋아졌는데 입술은 너무 거칠어요⋯⋯."

미나가 귀여운 꼬리를 축 늘어뜨리고서 말했다.

그러고 보니 본가에 있을 때 포션을 거른 천으로 케이트의 튼 살갗을 치료한 적이 있었지? 입술이나 살갗이 트는 것도 결과적으로 피부가 다친 거라는 점은 똑같잖아?

그런 생각이 들어 보관고에서 포션 병을 들고 온 나는 뚜껑을 열고 접시 위에 포션을 아주 살짝 담은 뒤 거기에 내 검지를 담갔다.

"잠시 입을 다물고 힘을 빼 볼래?"

나는 젖은 손끝으로 미나의 입술을 톡톡 두드리며 조금씩 포션을 발랐다.

그러자 푸석푸석하게 갈라졌던 미나의 입술이 점차 아름다운 윤기를 되찾았다.

"역시⋯⋯."

미나는 내가 만족하거나 말거나 자신 때문에 포션을 썼다는 사실에 크게 당황하며 허둥댔다.

"있잖아, 미나."

"네, 네!"

"약간의 포션으로 텄던 입술이 나았잖아? 그렇다는 건 일반

적인 화장수에 포션을 살짝 섞으면⋯⋯."

"튼 피부나 민감한 피부, 여드름으로 고민하는 아이들의 고민이 사라질지 몰라요!"

우리는 "그렇지!" 하고 양손을 치켜들고 하이파이브를 했다.

우리 가게 포션은 일반 포션보다 효과가 2배니까 화장수에는 아주 조금만 섞어도 될 것이다. 너무 많이 넣으면 상용화하기 힘들 테니까. 그래서 다시 시제품을 만들었다.

그리고 나를 포함한 아틀리에에 상주하는 여자아이 세 명과 아틀리에의 여자 단골 중에 피부에 고민이 있는 사람들에게 테스터를 부탁해 '포션이 든 화장수'의 효능을 시험했다.

결과는 모두 더할 나위 없이 좋았다. 민감한 피부나 지성 피부용의 베이스가 될 꽃에 신경 써야 해서 사람에 따라 조정해야 하겠지만.

결국 카츄아가 내 레시피를 토대로 화장수의 대량 생산에 성공했고 왕도 여자에게 스킨케어가 유행하게 되었다. 그 와중에 우리 아틀리에에서는 조용히 '포션이 든' 약용 화장수를 팔기 시작했다.

그리고 며칠이 지난 어느 날 아침.

"어라, 데이지. 이건 뭐야?"

포션을 사러 온 파티 멤버 중 여자 모험가가 신제품을 광고하는 벽보의 '포션이 든 화장수'라는 문구를 보고 시선을 멈춘 채 나에게 물었다.

"네! 최근에 카츄아 상회에서 화장수가 발매됐는데 그걸로도 피부 상태가 좋아지지 않는 분들을 위해 제 아틀리에에서 만든 포션을 섞은 화장수를 만들었어요."

"나는 모험할 때 피부를 관리할 시간이 없어서 시판 제품만
으로는 조금 부족했거든."

그 여자 모험가가 그렇게 한 병을 구매했고 며칠 뒤에 피부
상태가 아주 좋다고 보고했다. 이윽고 입소문이 퍼져 '아는
사람은 아는' 상품으로 정착했고 피부에 고민이 많은 여자들
이 가게에 찾아왔다.

그리고 어찌 된 일인지 화제가 되면서 머지않아 왕가에서도
문의가 있었다. 왕비 전하가 이 화장수를 원하신다며 은밀한
의뢰가 들어와 이 화장수도 납품 목록에 추가되었다.

제9장 사람을 육성한다는 것

　그리하여 준비를 마친 지 보름 정도가 지났다. 계절은 겨울로 접어들고 있었다.

　우리는 지금 왕도 북서쪽에 있는 현자의 탑으로 이어지는 길을 달리고 있다.

　그 도중에 옆길로 빠져 등산로를 나아가 수빙광을 채집할 수 있는 얼음 동굴에 가기로 했다.

　먼저 현자의 탑에 갈 때와 마찬가지로 도로를 따라 나아갔다. 그리고 등산로에 있는 갈라진 길을 오르기 전에 모험가들의 휴식용으로 만든 작은 역참 마을이 있다고 해서, 오늘의 목표는 그 마을에 도착하는 것으로 정했다.

　예전에 왔을 때는 산이 선명한 초록색이었는데 지금은 이미 잎이 떨어져서 가지가 시들거나 노란색과 빨간색으로 물들어 있었다. 불어오는 바람은 건조하고 쌀쌀해서 볼이 차가웠다.

　옅은 푸른색 하늘 위에는 조개구름이 떠다녔다.

　"뭔가 쓸쓸하네."

　내가 중얼거리자 란이 "이제 곧 겨울이니까." 하고 대답했다.

　"그러고 보니 아리엘."

　"네? 왜요?"

"남은 두 세계수의 병을 치료하는 건 어떻게 됐어?"

나는 한동안 소식이 없었지만 부탁받았던 안건을 물어보았다.

그러자 예상치 못한 대답이 돌아왔다.

달의 엘프들은 현재 왕이 승하한 지 얼마 되지 않아서 지도자가 부재중인 상태. 그렇다 보니 인간을 마을에 들일지 말지 판단할 자가 없다고 한다.

별의 엘프들은 성가신 마수가 마을을 엉망으로 만드는 바람에 그 마수를 어떻게 퇴치할지 고심하는 중이라 오히려 해의 엘프에게 지원을 부탁했다는 모양이다.

아무튼 '지금은 시들어 가는 세계수를 신경 쓸 상황이 아니다!' 라나 뭐라나.

어라…… . 세계수가 시들면 세계가 멸망하는 거 아니었나?

"뭐, 엘프도 세계수도 수명이 기니까요. 정말 느긋하네요~."

아리엘도 어머니로부터 전해 들은 결과에 어처구니없다는 듯이 어깨를 움츠렸다.

"뭐, 세계수를 관리하는 엘프들이 아직 괜찮다고 판단했으니까 됐으려나?"

내가 고개를 갸웃거리며 물었다.

"엘프는 수명이 천 년 이상인 분도 있으니까요. 다음에는 차기 정령왕님이 총애하는 아이가 맡을지도 모르겠네요."

그거 농담이야, 진심이야?

엘프들의 느긋함에 어이없어진 나는 대답을 들을 기회를 놓치고 말았다.

여행길은 안전했다.

티리온을 타고 우리 위를 날아간 아리엘이 궁술사의 뛰어난 시력으로 적을 발견하고 어느 정도 마수가 있어도 바로 활로 쏴서 제거했다.

마침 우리와 스쳐 지나가던 사람들도 덕분에 쓸데없는 힘을 소모하지 않아도 돼서 고맙다고 말하며 지나갔다.

이윽고 저녁이 되기 전에 목적지인 역참 마을이 보이기 시작했다.

입구에 있는 청년에게 신분증을 보여 주고 말을 맡길 만한 여관이 있는지 물었다.

마르크와 레티아는 말을 매어 두러 갔다.

리프와 레온과 티리온은 작은 모습으로 변했다. 티리온도 아리엘의 머리 위에 올라갈 만큼 작게 변할 수 있는 듯했다.

간소한 목조 여관의 접수처에서 다섯 개의 개인실을 확보했다.

그런데 그때, 여관 접수처의 안쪽에서 몇 번이나 기침하는 소리가 난 것을 깨달았다.

"감기예요?"

나는 안쪽에서 기침하는 사람에게 살짝 큰 목소리로 물어보았다.

그러자 호흡이 힘든 듯한 그 사람 대신에 접수를 맡고 있던 아저씨가 대답했다.

"갑자기 쌀쌀해져서 그런지 이 마을에 감기가 유행하고 있거든. 증상이 가벼운 사람은 나중으로 미룬다 쳐도 폐병이 생긴 사람이나 어린아이, 노인들은 빨리 치료하고 싶은데 포션이 떨어졌어. 행상인이 오려면 아직 멀었고."

마을에 있는 건강한 사람이 큰 마을에 사러 가면 되지 않냐고 생각할지 모른다. 하지만 모험가에게 호위를 의뢰하지 않으면 아무리 길이 있어도 긴 여행을 떠나는 건 위험하다. 그래서 그들은 행상인이 포션을 가지고 오길 기다릴 수밖에 없다고 했다.

우리 다섯 명은 얼굴을 마주 보았다.

"데이지가 가진 로드에는 포션이 어느 정도 들어 있어?"

마르크가 물었다.

"아마 이렇게 작은 마을이라면 모두에게 나눠 줘도 여유롭게 남을걸?"

내가 그렇게 대답하자 그 말을 들은 여관 아저씨가 내 팔을 덥석 붙잡았다.

"대금은 어떻게든 낼게! 마을 사람들을 치료해 주지 않겠어?"

결국 여관 아저씨가 촌장님에게 이야기했고 나는 몸이 좋지 않은 사람이 있는 집을 순서대로 돌았다.

"자, 아~ 해."

마을의 환자들은 로드를 들고 한순간 이해할 수 없는 요구를 하는 소녀(나)를 보며 고개를 갸웃거렸다. 하지만 내 옆에 있는 촌장님이 재촉하자 순순히 입을 열었다.

나는 로드 끄트머리로 포션 거품을 만들었다.

그리고 환자가 입을 열면 안에 그걸 집어넣었다.

"그냥 포션이니까 괜찮아요. 삼키세요."

물론 효과는 그냥 포션의 두 배지만.

환자들은 포션을 꿀꺽 삼켰다.

"어라…… 전보다 상태가 좋아졌네."

환자들은 포션의 효과가 나오자 한결같이 고개를 갸웃거렸다.

그런 식으로 촌장님의 안내를 따라 마을의 환자들을 치료하고 다녔다.

포션은 보통 대동화 한 닢, 천 릴레로 팔고 있다. 행상인이 팔 때는 수고비가 붙어 가격이 오른다고 한다. 물론 내 포션은 품질이 두 배라 원래 가격이 그것보다 다섯 배라는 건 비밀로 했다. 곤란에 빠진 사람에게 바가지를 씌우긴 싫었다.

이 여관은 방 하나에 아침과 저녁 식사가 포함된 가격이 대동화 세 닢이다.

포션비를 한 명당 천 릴레로 계산하면 여관비와 포션비가 비슷해진다. 그래서 포션비는 우리가 오늘 묵을 대금을 촌장님이 부담하는 걸로 상쇄하기로 했다.

마을 사람들은 '우리 마을의 성녀님이야!' 하고 호들갑 떨며 감사해했다.

하지만 뭐랄까, 마음이 개운치 않았다. 사람들을 치료해서 만족스럽다기보다는 이 나라에는 '간단한 치료도 못 받는 사람이 있다'는 사실을 알고, 왕도의 축복받은 환경에서 자라 무지했던 스스로가 부끄러워져서 복잡한 기분이 들었다.

마음이 싱숭생숭해서 그날 밤은 리프의 온기를 느끼며 잠이 들었다.

어떻게 할 수 없을까…….

◆

다음 날 아침, 마을 여관에서 아침 식사를 마쳤다.

레티아와 마르크의 말은 그대로 여관에 맡겼다.

우리는 등산용 부츠로 바꿔 신고 등산로 입구로 향했다.

아리엘은 걸어가지 않고 티리온을 타고 날아갔다. 그 대신 우리가 걸어가는 곳 주변을 경계했다. 좁은 산길에서 마수와 전투가 벌어지면 위험하기에 먼저 마수를 공격해 준다면 고마울 따름이다.

나와 린은 걸어서 갔다. 리프와 레온을 탔다가 만에 하나라도 산길에서 떨어지면 위험하니 걸어서 간 것이다. 물론 체력을 기르려는 이유도 있다.

길은 그렇게까지 급경사는 아니었지만 제법 울퉁불퉁하고 자갈이나 바위가 드러나기도 했다. 정돈되지 않은 길이라 피로가 쌓이지 않게 정기적으로 휴식하며 산을 올랐다.

"우와, 뭐야 이거!"

그렇게 산을 오르다가 내가 무심코 소리를 질렀다. 눈앞에 거대한 바위가 절묘하게 쌓여서 균형을 이루는 커다란 터널 같은 것이 길을 가로막았기 때문이다.

"이걸 올라가야 하나? 아니면 구멍을 지나가야 하나?"

나와 린은 멈춰 서서 바위의 구멍을 들여다보았다. 구멍은 사람이 충분히 지나갈 만큼 컸다. 하지만 위를 올라서 지나가는 건 몸집이 작은 우리에게는 힘들 듯했다.

이 모습을 본 마르크가 웃었다.

"그래, 처음 오면 다들 고민한다니까. 그래서 '초심자가 당황하는 바위'라고 불러. 이 등산로의 명소야."

마르크가 그렇게 말하며 나를 안아 들고 바위 위에 올렸다.

"구멍을 지나가도 위로 올라가도 괜찮아! 하지만 바위 위에서 내려다보면 절경이 펼쳐지니까 한 번쯤 올라가 보는 편이 가치 있을 거야."

그 말을 듣고 나는 조심스레 바위 위에서 밑을 내려다보았다.

그러자 눈앞에 지금까지 걸어온 산길이 보였고 그보다 더 아래에는 어제 묵었던 역참 마을이, 그 너머로 드넓은 농촌 지대와 숲과 나무가 펼쳐졌다.

"나도!"

마르크가 조르는 린을 바위 위에 올려 주었다. 나와 린은 충분히 경치를 감상하고, 구멍을 지나 반대편으로 넘어온 마르크의 도움을 받아 바위 위에서 내려왔다.

그런 명소가 있는 산을 무리하지 않는 선에서 걸어가다 보니 이윽고 커다랗게 구멍이 뚫렸고 그 아래로 내려가야 하는 동굴에 도착했다.

"여기는 아래로 내려가야 하니까 내가 로프를 내릴게. 그걸 타고 부츠에 달린 스파이크를 지면에 꽂으면서 조심해서 내려와."

마르크가 바위에 말뚝을 박고 그곳에 단단히 로프를 묶었다. 그리고 로프 반대편을 아래로 이어지는 동굴 안으로 던졌다.

그 모습을 보며 아리엘이 고개를 갸웃거렸다.

"티리온을 타고 한 명씩 내려가면 되지 않나요?"

"에엑! 빨리 좀 말하지!"

이미 만반의 준비를 마친 마르크가 어깨를 떨궜다. 그 옆에서 티리온은 아리엘의 제안에 알았다는 듯이 날개를 퍼덕거리며 응답했다.

어깨를 축 늘어뜨리고서 말뚝과 로프를 회수하는 마르크.

음…… 확실히 좀 불쌍하네.

뭐, 그래서 한 명씩 티리온을 타고 내려갔다.

리프와 레온은 능숙하게 바위를 타고 스스로 내려왔다.

"이 얼음 동굴에 고드름 같은 건 없겠지?"

나는 주위를 둘러보며 동굴 안을 확인했다.

발밑이 얼었을 뿐이고 벽면에는 바위 표면이 드러나 있었다. 저번 채집 때는 의태한 아이스 골렘과 마주친 적이 있어서 살짝 안도했다.

"계절에 따라 다르긴 해. 아, 여기는 물 속성의 얼음 계열 몬스터가 나오니까 무기를 바꿔 들어."

그 말에 따라 세 사람이 흑염왕 무기로 교체했다.

그때, 얼음 동굴 안쪽에서 뭔가가 땅에 끌리는 소리가 들렸다.

아이스 리저드였다. 등에 얼음 가시가 돋아난 성인 남자만한 거대한 도마뱀이다.

"록 바일!"

내가 마수의 발을 묶으려고 땅에서 말뚝을 만들어 도마뱀의 입을 꿰뚫었다.

그러자 도마뱀이 뒷발로 지면을 박차고 몸을 비틀어 얼음 가시가 돋아난 등을 내 쪽으로 돌렸다.

도마뱀이 등에서 가시를 발사하려는 것을 눈치챈 아리엘이 내 쪽으로 달려왔다.

"파이어 월!"

그리고 나를 감싸듯이 화염 벽으로 얼음 가시를 녹였다.

"고마워!"

"맡겨 주세요!"

아리엘은 믿음직스럽게 말한 대로 발사된 얼음을 전부 녹였다.

"이번에는 제 차례예요! 화염 화살 맛 좀 보시죠!"

그렇게 외친 아리엘이 활에 화염 화살 세 개를 메겨 도마뱀의 양어깨와 몸통을 꿰뚫었다.

"좋아, 지금이다!"

도마뱀의 신경이 아리엘에게 향한 틈을 타서 옆에서 달려온 린이 차례로 망치를 내리쳤다. 머리통이 납작해진 마수들은 뒤이어 흑염왕의 화염의 힘으로 머리가 새까맣게 불타 숨이 끊어졌다.

"좋아, 계속해서 가자."

선두에는 마르크, 후미에는 레티아가 서서 얼음 동굴 안쪽으로 나아갔다.

"멈추세요! 함정입니다!"

나와 나란히 걷던 리프가 자갈을 물고 마르크 옆을 달려가더니 그 자갈을 발치에 굴렸다. 그러자 슉, 하는 소리가 나며 발밑에서 함정에 걸린 사람을 꼬치로 만들 얼음 말뚝이 튀어나왔다. 마르크는 아슬아슬하게 몸을 뒤로 젖혀 피했다.

"함정까지 있는 거냐고……. 던져서 확인해 볼 만한 나뭇가지도 없는데 어떡하지……."

마르크가 한 걸음 후퇴해서 균형을 잡으며 식은땀을 흘렸다.

"제가 선두에서 트랩을 찾으며 걸어가겠습니다."

리프의 제안에 우리는 계속해서 안쪽으로 나아갔다. 리프가 여러 개의 트랩을 발견한 덕분에 우리는 무사히 얼음 동굴 최심부에 도착했다.

"이거다!"

찾던 것을 발견한 나는 환성을 질렀다.

"이거 장관인데!"

마르크도 그 광경을 목격하고 소리 질렀다.

그곳에는 커다란 나뭇가지 모양을 한 순도 100%의 '수빙광' 덩어리가 있었다. 그것은 동굴의 천장 틈새로 들어오는 햇빛을 반사해 은색으로 빛났다. 마치 반짝이는 예술품 같았다.

수빙광의 커다란 가지를 채집한 우리는 얼음 동굴을 나와 산을 내려갔다. 무리하지 않는 선으로 이동하면서도 마르크는 해가 지기 전에 어제 묵었던 마을에 도착했으면 좋겠다고 설명했다. 마을에 하룻밤 더 머문 뒤 왕도로 돌아갈 계획이라고 했다.

그리하여 역참 마을을 향한 귀로에 든 우리는 태양이 오렌지색으로 변해 낮게 우리를 비출 즈음에 길 너머로 멀리 보이는 마을을 포착했다.

◆

그때, 나보다 살짝 어려 보이는 빨간 머리 소년이 역참 마을

쪽에서 달려오는 걸 발견했다. 크게 손을 흔드는 걸 보니 우리 중 누군가에게 용무가 있는 듯했다.

"……나!"

서로의 거리가 가까워지면서 그 소년의 외침이 점차 확실하게 들렸다.

"포션 누나!"

아마 나를 말하는 거겠지?

드디어 내 모습이 시야에 들어오자 그 소년은 빨리 달려온 나머지 헉헉대며 숨을 가다듬었다.

우리는 걸음을 멈추고 그 아이가 진정하기를 기다렸다.

"후우."

그 아이는 마르크가 준 물을 마시고 겨우 한숨 돌린 듯했다. 호흡도 안정됐다.

"나를 열심히 찾은 모양인데 대체 무슨 일이니?"

나는 그제야 본론을 물었다.

"그게, 우리 집은 대대로 이 마을의 연금술사였어. 그리고 나도 연금술사 직업을 하사받았어. 하지만 아빠가 죽는 바람에……. 나도 이 마을의 연금술사가 돼서 마을 사람을 치료해야 하는데 내게 연금술을 가르쳐 줄 사람이 없어."

그 소년의 설명에 따르면 이 마을은 원래 연금술사가 있는 마을이었다고 한다. 그러나 그 아이의 아버지가 돌아가시면서 포션을 다른 곳에서 사 올 수밖에 없다는 듯하다.

"저기, 나를 제자로 받아 줘! 훌륭한 연금술사가 돼서 마을 사람이 안심하고 지내게 포션을 만들고 싶어!"

그 아이는 매달리듯이 내 소맷자락을 붙잡았다.

곤란해진 나는 도움을 요청하듯이 모두에게 시선을 보냈다. 나도 절박한 눈동자의 호소를 받아들여 이 아이를 맡아 연금술을 가르치고 싶다. 하지만 이럴 때는 어떻게 해야 할지 잘 모르겠다. 늘 상담해 주셨던 아버지도 안 계시고…….

"지금 네 보호자는 누구야? 네가 결의한 건 멋지지만 우선 보호자가 허락해야 하잖아?"

내 마음을 눈치챈 마르크가 그 소년에게 물었다.

"촌장님네에서 신세 지고 있어……."

"그럼 같이 가자."

마르크가 소년의 등을 두드리고 걸어갔다. 다른 일행도 그 아이를 따라 역참 마을의 촌장님 댁으로 걸어가기 시작했다.

그리고 가는 도중에 소년의 이름이 루크임을 알게 된 걸 계기로 서로 자기소개를 했다.

루크는 촌장님의 손녀와 소꿉친구라 사이가 좋은데 저번 감기 소동 때 그 손녀도 병에 걸렸다. 루크는 자신이 연금술사인데 치료해 줄 수 없어서 무척 분했다고 한다.

그때 우연히 나타난 게 나였다.

그때 지팡이를 써서 치료하던 나는 마치 마법사 같았지만 포션을 사용했다. 루크는 마을 사람을 치료하며 돌아다니는 나를 보고 감동한 듯했다.

그럼 루크는 그 손녀를 좋아하고 내가 그 아이의 목숨의 은인이라는 건가?

뭐, 억측은 이쯤 하고…….

아무튼 그렇다면 루크가 배워야 하는 건 포션과 하이 포션, 해독 포션 조제법……. 아, 맞다. 약초밭 만드는 법도 가르쳐야지. 그리고 내가 가진 씨앗을 나눠 주고서 마을로 돌려보내면 안전하고 안정적으로 소재를 얻을 수 있겠지.

그런 생각을 하는 사이에 역참 마을의 촌장님 댁인 간결한 목조 주택에 도착했다.

루크는 그 집의 문을 두드렸다.

"루크입니다. 촌장님과 하고 싶은 이야기가 있는데 손님을 들여도 될까요?"

그러자 안에서 문이 열리며 촌장님이 모습을 드러냈다.

"루크! 자기 집이라고 생각하고 편히 지내라고 했는데 왜 그렇게…… 아니, 손님이라는 게 데이지 님 일행이셨군요!"

마을 사람의 병을 함께 치료하고 다녀서 촌장님과는 완전히 안면을 텄다. 촌장님이 표정을 풀고 미소 지으며 우리를 집 안으로 들였다.

아무래도 촌장이라 집에 다른 사람을 자주 들이는 듯했다. 손때가 묻긴 했지만 커다란 응접세트가 있는 객실로 안내받아 각자 편한 곳에 앉았다.

"그래서 루크. 할 이야기라는 게 뭐냐?"

촌장님이 말을 꺼냈다. 그 사이에 손녀로 보이는 여자아이가 객실로 차를 가져다주었다. 촌장님에게 물어보니 역시 손녀가 맞는 듯했다.

"저는 이 마을의 연금술사가 되어야 하는데 아빠가 돌아가셔서 연금술을 배울 사람이 없어요. 그래서 데이지 님의 제자가

되고 싶다고 부탁했더니 마르크 씨가 보호자와 대화해 봐야 하지 않겠냐고 하셔서……."

"그래서 보호자인 나한테 상담하러 온 거로구나."

촌장님의 말에 루크가 고개를 끄덕였다.

"그날 데이지 님이 마을을 구해 주셨지만 사실 그건 제가 해야 할 일이었어요……! 하지만 저에게는 그럴 지식이 없어요. 연금술을 공부하고 연금술사가 돼서 아빠처럼 마을 사람을 도울 남자가 되고 싶어요!"

루크가 주먹을 쥐고 무릎을 세게 내리쳤다. 무력한 자신이 분한 거겠지.

"네 마음은 알겠다. 데이지 님의 대답에 달렸겠지만 네 의향은 염두에 두마."

촌장님이 루크의 호소에 고개를 끄덕이고 몸을 돌려 나를 보았다.

"루크는 저렇게 말하는데 데이지 님은 어떠실는지요. 그리고 가르침을 구하려면 그만한 대가가 있어야……."

나는 그 말에 고개를 저었다.

"대가는 필요 없어요. 저는 열 살이지만 이미 연금술 실력을 인정받아 폐하로부터 준 남작위를 수여받은 몸입니다. 이렇게 곤란에 빠진 마을의 연금술사를 육성하는 건 귀족의 의무예요. 그리고 그 의무를 수행함에 따라 발생하는 비용은 제가 부담하겠습니다. 그게 귀족이니까요."

열 살 나이에 작위를 받았다는 말을 들은 촌장님은 놀라서 눈이 휘둥그레졌다.

내가 지금 하는 말은 이른바 '노블레스 오블리주'라는 사고 방식이다.

해석하자면 '귀족은 의무를 진다'. 귀족으로 태어나면 제일 먼저 배우는 기본적인 표현이다.

신분이 높은 자는 그에 따라 져야 할 사회적 책임과 의무가 있다는 도덕적 가르침이다.

귀족은 평민보다 생활이 풍족한 경우가 많다. 그렇게 풍족할 수 있는 근원이 국민의 세금이다. 나는 그것을 제대로 이해하고 국민이 나를 필요로 한다면 그들을 위해야 한다.

하지만 겨우 열 살인 내가 노블레스 오블리주를 주장하며 무상으로 마을의 연금술사가 될 아이를 육성하겠다고 선언했음에도 촌장님은 깊이 고개를 숙였다.

"하지만 저는 열 살의 어린 소녀에 지나지 않습니다. 그런 점에서 미숙하기도 해요. 그런 저에게 마을의 소중한 연금술사의 싹을 맡길 수 있으시겠어요? 그러실 수 있다면 루크를 맡아 이 마을에 필요한 능력을 가르치고 돌려보내겠습니다."

나는 루크에게 필요한 지식을 알려줄 수 있다. 하지만 내가 아직 어린아이에 지나지 않는다는 점도 잘 알고 있다.

"데이지 님. 데이지 님이셔서 루크에게 가르침을 내려 달라고 부탁드린 겁니다."

촌장님은 그렇게 말하며 루크와 함께 고개를 숙였다.

이리하여 루크는 내 제자가 되었고 우리는 그 아이를 데리고 왕도로 돌아가기로 했다.

하지만 데리고 돌아가기 전에 루크가 살던 아틀리에의 상태를 확인해 두고 싶었다. 그 상태가 어떤지에 따라서 마을에 돌려보낼 때 필요한 기재도 지원해야 하기 때문이다.

아, 그렇지. 루크가 돌아올 때까지 약초밭을 만들 토지도 확보해야 한다.

아까까지 대화했던 흐름을 타서 촌장님에게 부탁하자.

"촌장님. 루크를 맡는 대신 촌장님에게 한 가지 부탁할 것이 있어요."

"네, 제가 할 수 있는 거라면 뭐든 받들겠습니다!"

아무리 귀족에게 기피 직업이라 불리며 소외됐던 연금술사지만 이런 마을에서는 오히려 귀중한 인재다. 내가 그런 인재를 무상으로 육성하겠다고 제안해서 촌장님은 내게 협력을 아끼지 않겠다는 자세를 보였다.

"저는 먼저 약초밭을 만드는 방법을 가르치고 실제로 그걸 만들게 할 생각이에요. 그렇게 하면 질 좋은 약초를 안정적으로 입수할 수 있거든요."

"약초밭 말입니까?"

촌장님은 익숙하지 않은 말을 듣고 처음에는 고개를 갸웃거렸지만 내가 필요성을 설명하자 고개를 끄덕였다.

"사실 루크의 아버지와 어머니는 약초를 채집하러 나갔다가 행방불명이 돼서…… 목숨을 잃었습니다. 약초밭이 있다면 그런 불행도 사라지겠군요."

"아빠와 엄마도 그런 발상을 할 수 있었다면……."

촌장님도 루크도 그 당시의 일을 떠올렸는지 절절한 말투로 중얼거렸다.

"그래서 루크가 연금술사가 돼서 마을로 돌아올 때까지 약초밭을 만들 토지를 확보해 주셨으면 해요."

촌장님은 내 제안을 흔쾌히 승낙했다.

그럼 다음으로 아틀리에의 현재 상황을 확인해야겠지.

"그럼 아틀리에를 보러 가 볼까요……."

내가 말을 꺼내고 모두가 자리에서 일어났을 때, 아까 차를 준비했던 여자아이가 루크에게 달려왔다.

"루크!"

"리나!"

루크가 놀랐는지 여자아이의 어깨를 붙잡았다.

"루크…… 돌아와. 꼭 돌아올 거지? 약속한 거 잊지 마!"

음. 역시 그렇고 그런 관계인가? 어라, 근데 나보다 어린 거 맞지?

"나는 리나가 있는 이 마을이 좋아. 그러니까 꼭 리나 곁으로 돌아올게."

둘은 그렇게 말하며 서로를 바라보았다.

할아버지인 촌장님도 공인한 건지 아무 말 없이 지켜보고 있었다.

"뜨거운걸~ ♪"

린이 놀리듯이 말하자, 둘만의 세계에 있던 두 사람이 퍼뜩 정신을 차렸다. 사랑에 빠진 소년 소녀는 나란히 얼굴이 새빨개졌다.

그리고 드디어 목적인 루크의 집으로 향했다.

폐점된 지 오래된 듯한 '연금 공방'이라고 쓰인 간판은 먼지를 뒤집어쓰고 있었다. 우리는 그 아래에 있는 문을 열고 안으로 들어갔다.

그리고 가재를 덮은 천을 치웠다. 그러자 뿌옇게 먼지가 일어남과 동시에 천에 가려져 먼지로부터 보호받았던 연금술 기재가 모습을 드러냈다.

"증류기에 비커, 막자사발, 가열기…… 좋아, 괜찮아 보이네."

감정으로 쓱 훑어본 결과 망가진 것은 없었다. 이대로 지금까지처럼 소중히 보관하면 루크가 돌아왔을 때 도움이 될 것이다.

"루크, 우리는 오늘 이 마을 여관에서 하루 묵고 갈 거야. 내일 아침에 출발할 수 있게 필요한 준비를 마쳐 주겠니?"

나는 결국 촌장님 댁에서부터 계속 따라오고 있는 리나 쪽을 힐끔 쳐다보았다. 그리고 루크에게로 시선을 돌려 넌지시 소중한 사람과의 이별도 포함해서 준비하라는 뜻을 전했다.

"알겠어……."

루크는 리나의 손을 꽉 잡으며 숙연한 표정으로 고개를 끄덕였다.

그리고 하룻밤이 지났다.

출발할 시간이 다가왔다.

루크가 배낭에 정리한 짐은 적었다. 루크는 레티아 앞에 타고 가기로 했고 짐은 통째로 레티아의 매직 백 안에 집어넣었다.

그때, 리나와 촌장님이 작별 인사를 하러 왔다.

루크와 리나가 서로에게 다가갔다.

리나는 목에 건 은색 펜던트를 풀었다. 그리고 아직 자신의 온기가 남아 있을 펜던트를 직접 루크의 목에 걸었다.

"이건 부적이니까 갖고 가. 무사히 돌아와서 나한테 돌려줘!"

리나가 그렇게 말하며 당장에라도 울음을 터뜨릴 듯한 표정으로 웃었다. 그리고는 제대로 공부하고 오라며 루크의 가슴을 가볍게 두드렸다.

"고마워. 갔다 올게……."

루크는 리나가 걸어 준 펜던트를 꼭 쥐었다.

그리고 발걸음을 돌려 레티아 옆으로 온 루크를 레티아가 직접 안아서 말 위에 태웠다.

루크는 마을 사람들에게 손을 흔들며 이별을 고했다. 우리 일행은 왕도로 향하는 도로를 따라 달리기 시작했다.

길은 한동안 똑바로 이어졌고 뒤를 돌아볼 때마다 마을이 점점 멀어지며 작아졌다.

배웅하는 사람들이 하나둘씩 줄어 가는 동안, 리나는 마지막까지 계속 마을 입구에 서 있었다.

루크와 리나는 서로가 보이지 않을 때까지 손을 흔들었다.

말을 탄 사람이 몇 번이나 뒤를 돌아보면 말을 모는 레티아 입장에서는 불안했을 것이다. 하지만 소년과 소녀가 잠시 이별하는 동안 주의를 주지는 않았다.

◆

나는 루크를 데리고 왕도로 돌아왔다.

"다녀왔어!"

그리고 미나와 마커스에게 귀가 인사를 하며 돌아다녔다.

"안녕히 다녀오셨어요!"

"어라, 손님인가요?"

마커스가 루크를 발견하고 말을 걸었다.

"처음 뵙겠습니다! 데이지 님의 제자가 된 아쿠츠 산 역참 마을의 루크라고 합니다! 일곱 살입니다! 잘 부탁드립니다!"

기운차게 고개를 숙이는 루크. 나는 루크에게 조수인 마커스와 빵 공방을 담당하는 미나를 소개했다.

"제자……요?"

갑작스러운 상황에 고개를 갸웃거리는 마커스와 미나. 소재를 채집하러 여행을 떠났는데 갑자기 제자를 데리고 돌아오면 놀랄 만도 하지.

그래서 루크의 사정과 만나게 된 경위를 두 사람에게 설명했다. 연금술을 알려 줘야 할 아버지가 돌아가시는 바람에 가르침을 구할 사람이 필요했던 차에 나와 만났다고.

"그건…… 힘들었겠네요. 아마 남자가 머무는 2층의 제 방 맞은편이 비어 있었죠? 거기에 들어가면 되지 않을까요?"

마커스가 바로 루크가 지낼 곳을 떠올렸다.

"응, 그러려고. 미나, 잠깐 그 방 청소를 부탁해도 될까?"

"네. 아직 오전이니 아리엘이 도와주면 오늘 밤부터 쓸 수 있을 거예요!"

미나가 아리엘 쪽을 보았다. 아리엘은 알겠다는 듯이 고개를 끄덕였다.

"방을 환기하고 이불도 말려야겠다! 새로운 시트도……."

미나는 곧장 인사를 한 뒤 계단 쪽으로 달려갔다.

"루크는 평민……. 일단 글자를 읽고 쓸 수 있는지, 계산을 할 수 있는지 궁금한데……."

"이름은 읽고 쓸 수 있지만 그 이상은 못 하고 계산은……."

마커스의 질문에 루크는 고개를 숙였다.

"매번 본가에 의지할 수도 없고. 어떡하지?"

릴리는 우리 가문에 양녀로 들어온 것이니까 상관없었지만 이번에는 이야기가 다르다고 생각한 나는 고민에 잠겼다. 루크 본인도 내 본가에서 신세를 지기에는 아마 눈치가 보일 것이다.

"그렇다면 교회의 고아원에서 평민 중에 희망하는 사람에게 여는 사숙은 어떨까요? 저희 동생들도 신세를 졌거든요. 각 가정마다 수고비나 시주를 받고 교육하고 있어요."

역시 마커스는 평민의 생활에 관해 잘 안다.

게다가 동생들이 있어서 쉬는 날마다 꾸준히 본가에 얼굴을 비친다. 아버지가 없는 가정에서 어머니를 지탱하며 동생들도 돌보는 모양인지 평민이 받는 교육에 관해서도 잘 알았다.

"그럼 이곳에 좀 적응하면 교회에 인사할 겸 상담하러 가요. 그러려면 일단 몸가짐부터 단정히 하고…… 아, 지금 입은 옷은 왕도에서 지내기에는 조금 낡았네요. 루크가 부끄럽지 않도록 중고 옷 가게에서 적당한 옷을 사 오죠!"

마커스는 루크가 앞으로 어떻게 해야 할지 척척 결정했다.

루크는 그 옆에서 어쩔 줄 몰라 했다.

"하나부터 열까지 다 신경 써 주시고 죄송합니다……."

마커스는 그런 루크의 등을 툭 두드리며 격려했다.

"신경 쓰지 마! 아 참, 데이지 님. 옷을 사러 가려면 같은 남자인 제가 따라가는 편이 좋을 것 같아요. 그리고 옷값을 부탁드려도…… 괜찮을까요?"

남을 돌보길 좋아하는 마커스가 바로 그렇게 제안했다.

나는 그 제안을 고맙게 받아들이고 루크가 왕도에서 지내기 위해 우선적으로 필요한 물건을 갖추는 일은 마커스에게 맡기기로 했다.

◆

그리고 며칠 뒤.

나와 마커스, 루크는 교회로 향했다.

연금 공방은 아리엘에게 봐 달라고 부탁했다.

지금은 겨울이다. 가로수의 잎이 완전히 다 떨어져서 살풍경했다. 볼을 스치는 차갑게 얼어붙은 바람이 겨울임을 알렸다.

그것과는 대조적으로 루크는 처음 보는 왕도의 거리에 놀라며 아주 기운차게 돌아다녔다.

루크가 '저건 뭐야?' '이건 뭐야?' 하고 이것저것 질문해서 대답하면서 가느라, 원래는 20분이면 가는 곳이 30분 정도 걸렸다.

참고로 어제 옷을 사러 나갔을 때는 마커스가 '인도'가 뭔지 모르고 마차용 도로로 나가서 치일 뻔해서 마커스가 황급히 인도로 데리고 와서 주의를 줬다고 한다.

이윽고 교회에 도착했다.

언제 봐도 훌륭하고 장엄한 분위기가 난다.

가을 세례식을 장식했던 알록달록한 잎들도 시들어서 쓸쓸한 풍경이었다.

"교회의 고아원으로 가면 되나?"

나는 릴리 일로 얼굴을 익힌 수녀가 있음을 떠올렸다. 마커스는 고아원이 사숙을 연다고 했다.

"네, 이쪽이에요."

마커스가 익숙하게 안내했다.

그 건물은 교회 옆에 있었다. 낡고 간결하긴 하지만 상당히 큰 석조 건물이었고 그 안에서 많은 어린아이들의 목소리가 들려왔다.

"여기가 입구예요. 실례합니다. 고아원을 담당하시는 수녀님, 계세요?"

마커스가 안에 말을 걸며 나무로 된 문을 두드렸다.

그러자 끽 소리를 내며 문이 열렸다. 그곳에는 예전에 릴리 일로 신세를 졌던 수녀가 서 있었다.

"어머, 데이지 님! 거기다 마커스 군까지. 어서 오세요."

오랜만에 재회해서 기쁜지 수녀가 웃었다. 마커스가 루크의 사숙 입학 건으로 왔다고 용건을 알리자 고아원 안으로 우리를 들였다.

응접실로 안내받은 우리가 루크의 사정과 맡게 된 경위를 설명하자, 수녀는 마음 아파함과 동시에 내 행실에 무척 감동한 듯했다. 그리고 루크의 사숙 입학에 관해 상담하자 "좋습니다. 준비가 완료되기만 하면 당장 내일부터 다녀도 상관없어요."라고 대답했다.

그러나…….

"저, 데이지 님. 데이지 님은 앞으로 루크 군을 제자로 삼고 기초부터 연금술을 가르칠 생각이신가요?"

수녀는 볼 위에 손을 올리고서 뭔가 고민하는 눈치였다.

"그럴 생각인데…… 왜 그러세요?"

응? 뭐 문제라도 있나?

"저희 고아원에 있는 연금술사 직업을 하사받은 아이들도 같이 가르쳐 달라고 하면…… 무리한 부탁일까요?"

오히려 수녀에게서 제자를 늘릴 수 있겠냐는 부탁을 받았다.

수녀의 말에 따르면 왕도의 고아원에만 두 명이 있고 그 외에도 국내에 몇 명 정도 있다는 듯했다.

"우리 아틀리에에서 맡을 만한 규모가 아니지……?"

"네……."

곤란한걸.

가르치고 싶다. 하지만 내가 맡기는 힘들다.

나와 마커스는 얼굴을 마주 보았다.

연금술사 직업을 하사받은 아이들이 고아원에서 제대로 교육받지 못하고 있다. 포션조차 입수하기 힘든 마을도 있다.

뭔가 모순되지 않나?

일반 포션은 병이나 상처를 치료할 때 필요한 생활필수품이라 할 수 있다. 그래서 직업신님께서도 그걸 제작할 연금술사라는 직업을 하사하신 거라고 생각한다.

하지만 인간 세계에서는 그 직업을 하사받은 아이들이 제대로 육성되지 않았고 포션이 충분히 보급되지 않았다. 이 나라 구석구석에 필요한 물건임에도 불구하고.

새로운 방법을 고려해야만 한다.

뭔가 좋은 방법이······.

나는 실례가 될지도 모르지만 고아원의 경영 상황에 관해서 자세히 물어보았다.

릴리와 처음 만난 날에도 '힘들다'고 듣긴 했지만 이 응접실로 오는 도중에 본 고아들은 너무나 가냘프고 입은 옷도 변변찮은 경우가 많았다. 그리고 겨울인데도 방한복을 입지 않아서 더 신경이 쓰였다.

그러자 수녀에게서 역시 무척 힘든 상황이라는 대답이 돌아왔다.

이 나라의 교회는 주된 수입이 시주나 기부뿐인 모양이었다.

그러고 보니 세례식 때 교회의 사제님이 '아무리 작은 시골 마을이라도' 간다고 했지.

그리고 고아원에는 사숙이 있고······.

좋아, 뭔가가 떠올랐어!

"교회의 사숙 제도를 이용해서 연금술사를 육성하면 어떨까요? 물론 설립 초기에는 저희가 교사를 담당할게요. 하지만 나중에는 육성한 연금술사가 포션을 만들게 될 거예요. 서로를 가르치는 것도 가능할 거고요."

"사숙 제도······ 말인가요?"

내 제안이 잘 이해되지 않는지 수녀가 고개를 갸웃거렸다.

"네. 그 제도를 토대로 연금술사를 교육하는 거예요. 그리고 그 아이들이 만든 포션을 시골 마을에 가져가서 파는 거죠. 그러면 교회의 고아원과 사숙을 운영할 재원이 될 거예요."

"하지만 언제, 누가 포션을 시골 마을로 가져가죠?"

수녀가 질문했다.

"세례식이요. 1년에 두 번, 사제님들이 아무리 작은 시골 마을이라도 반드시 가시잖아요!"

""그렇네요!""

수녀와 마커스가 크게 고개를 끄덕였다.

다른 나라 소설에서 읽은 적이 있다. 다른 나라의 교회는 '장원'이라는 사유지가 있는데 그곳에서 포도와 젖소를 길러서 와인과 치즈를 만든다고 한다.

교회잖아? 일부 사람들만 얻을 수 있는 사치품 말고 많은 사람을 도울 만한 것들을 만들면 돼! 교회가 그런 걸 생산하면 안 된다는 법도 없잖아?

국왕 폐하께서는 연금술을 발전시키는 데 토지가 필요하다면 상담하라고 말씀하셨다.

그리고 나는 교회와 협력해서 국민을 위한 사업을 새로 시작하고 싶다. 그렇다면 교섭할 여지가 있지 않을까? 토지를 하사받는 게 내가 아니라 교회라 해도.

나는 수녀에게 내 생각을 전했다.

분명 내 자선 사업을 통해 포션을 얻은 사람들이 교회에 감사할 것이다. 그건 곧 신앙으로 이어지고 신께서도 기뻐하시겠지.

또, 그 사업의 수입으로 운영이 힘든 고아원의 상황도 좋아지겠지.

아직 어린 고아원의 아이들이 배를 곯거나 추운 겨울 동안 손발이 꽁꽁 언 채 지낼 필요도 없어진다.

"멋진 생각이세요……! 하지만 저 정도의 수녀는 그런 큰 규모의 제안에 결정권이 없어서…… 잠시만 기다려 주세요!"

그리하여 수녀가 데리고 온 사람은 놀랍게도 추기경님과 달리아 언니였다.

"수녀한테 들었어! 터무니없는 이야기를 제안한 게 너였구나!"

달리아 언니는 내 얼굴을 보자마자 어처구니없다는 표정을 지었다.

분명 수녀는 우리가 자매인 걸 알고 있었을 텐데 전달하는 걸 깜빡한 모양이다.

달리아 언니로 말하자면 올해 가을에 학원의 입학시험을 치르고 조기 졸업으로 인정받을 수 있는 자격을 손에 넣었다.

그리고 내년 봄부터는 궁정 마도사 견습과 성녀 연수를 하기로 되어 있다. 그러기 위해 이 교회에서 공부한다고 한다.

그것에 관해 의논하려고 때마침 추기경님을 방문한 듯했다.

추기경님에게 소파의 상석을 양보하고 앉은 자리를 바꾼 뒤 이야기를 시작했다.

"데이지 양. 이야기는 들었습니다. 역시 연금술사로서 저명하고 폐하께 총애를 받으며 열 살이라는 나이에 준 남작위를 수여받은 분답군요. 혼자서는 이룰 수 없는 사업을 어디서 시행하면 효율적일지, 어떻게 하면 기존의 여러 문제를 해결할 수 있을지도 판단해서 결론에 다다르다니."

추기경님은 내 제안에 만족한 듯했다. 얼굴에 미소를 띠고 나를 향해 훌륭하다고 칭찬한 후 자기 가슴 위에 손을 얹고 살며시 눈을 내리깔았다.

"무엇보다 자신만이 이익을 얻으려 하거나 우리를 이용하려는 부정한 마음이 없습니다. 오히려 어떻게 하면 곤경에 빠진 국민과 고아원의 아이를 빠짐없이 구할 수 있을지 고민했지요. 오로지 다정한 자애의 마음에서 비롯된 생각입니다. 저는 그런 데이지 양의 고상한 마음씨에 감복했습니다. 왜 신께서 사랑하시는지 납득이 되는군요."

추기경님은 다른 사람들이 모르게 넌지시 내가 '정령왕이 총애하는 아이'라는 사실을 암시하는 말을 내뱉었다.

어라. 추기경님께 내가 정령왕님이 총애하는 아이라는 걸 알린 적이 없는데…….

역시 교회의 수장이시니까 국왕 폐하께서 직접 알려주신 걸까? 아니면 뭔가 '느껴지신' 걸까?

뭐…… 지금은 나에 관한 건 됐어.

"추기경님, 이번 일을 시행하려면 나중에 대규모 약초 동산을 경영하기 위한 장원이 필요할 것입니다. 또, 유행병처럼 시급하게 처리할 사안이 생기면 기사단에 협력을 의뢰해야 할 수도 있습니다. 폐하께 진언해서 국가사업으로 고려해 주실 수 있는지 상담하는 게 어떠신지요?"

언니가 추기경님께 제안했다.

"그 말대로일세. 성녀 달리아, 좋은 지혜를 공유해 주어 고맙네. 바로 폐하께 아뢰도록 하지."

성녀인 달리아 언니의 제안으로 국왕 폐하와 추기경 전하가 교섭하는 게 결정됐다.

그때까지 루크는 우리 아틀리에에서 고아원의 사숙을 다니며 읽고 쓰기를 배우게 되었다. 연금술보다 먼저 배우는 편이 좋을 거라고 판단했기 때문이다.

◆

교회를 방문하고 돌아가는 길이다.

루크가 신세를 지니까 답례로 시주하고 싶은데 돈을 내는 건 조금 아닌 듯해서 생각을 바꿨다. 뭐, 돈은 무엇으로든 바꿀 수 있으니 제일 편리할지도 모르지만……

이왕이면 고아원에 맡겨진 아이들의 생활환경이 향상될 만한 물품을 현물로 기부하고 싶었다.

실제로 고아원에 있는 아이들을 내 눈으로 직접 봐서 그런 것도 있다.

그래서 우선은 고아원의 아이들을 위해 중고 옷 가게에서 대량으로 옷을 사서 기부했다. 우리 나라에서 옷은 비싼 물건이라 평민은 대부분 중고 옷 가게에서 옷을 산다. 귀족인 나도 언니가 옛날에 입었던 옷을 물려 입으며 자랐다.

수녀와 고아원에 가서 이야기를 나눴을 때, 고아들은 몹시 낡고 해져서 여기저기 기운 옷을 입고 있었다. 지금은 겨울이다. 춥지 않게 니트로 만든 방한용 옷을 입히고 싶었다.

게다가 수녀에게 듣자 하니 아이들은 따뜻한 목욕물이 아니라 차가운 물로 물놀이를 하며 몸을 씻는 듯했다. 아무리 그래도 겨울에 물놀이는 힘들겠지. 그래서 마도구식 가열 기능이 달린 욕조도 보냈다. 아이들은 따뜻한 물로 목욕할 수 있어서 기뻐할 것이다.

남은 것은 음식이다. 한창 먹을 나이인 아이들이 만족할 만큼 먹게 고아원에 정기적으로 고기와 콩을 보내 달라고 식료품점에 부탁했다. 물론 비용은 내가 낸다.

역시 귀족답게 현금을 주는 게 나았을까?

다 결정하고 나서 그런 생각이 머릿속을 스쳤지만 수녀는 아이들의 생활과 직결된 선물을 받고 무척 기뻐했다. 나중에 수녀에게서 감사 편지를 받은 나는 가슴을 쓸어내렸다.

◆

그리고 국왕 폐하와 추기경 전하의 교섭 날이 찾아왔다.

관계자로서 나와 달리아 언니, 사숙에서 아이들을 돌본다는 이유로 수녀도 동석했다.

그 외에 재상 각하와 재무경, 시종장이 동석했다.

"그래서 이번 이야기는 교회 고아원의 사숙을 확대해서 연금술을 가르치고 싶다는 이야기였지요. 그리고 나중에는 교회에 연금 공방을 세워 병과 상처를 치료할 체제가 갖춰지지 않은 시골 마을에 포션을 나눠 주고 싶다고 했던가요."

재상 각하가 오늘의 의제를 확인했다.

추기경 전하가 고개를 끄덕였다.

"연금술을 배운 자들은 진로를 자유롭게 선택하겠지?"

국왕 폐하가 확인했다.

"예. 예를 들어 부모가 죽어 배울 스승을 잃은 아이는 본가로 돌아가 부모가 남긴 아틀리에를 경영하면 되겠지요. 자신만의 아틀리에가 없고 교회의 연금술사가 된 아이는 교회에 남아 저희의 사업에 협력해 달라고 할 생각입니다. 물론 급료를 지급합니다. 장래에 독립하는 것도 말리지 않을 겁니다."

추기경 전하의 대답에 폐하가 만족스럽게 고개를 끄덕였다.

"데이지. 교회의 새로운 사업에서 무엇을 가르칠 생각인가?"

폐하가 나에게 질문했다.

"네. 우선은 밭을 만드는 법부터 가르치고 싶습니다. 그리고 밭에 영양을 주는 영양제와 비옥한 흙을 만드는 법을 가르치려 합니다. 연금술사가 스스로 약초밭을 일구면 약초를 채집하러 갔다가 마수와 마주쳐서 생각지도 못한 사고를 당할 일도 없어질 겁니다."

폐하가 고개를 끄덕이며 뒷말을 재촉했고 나는 계속해서 내가 구상한 것을 이야기했다.

"그리고 지방의 시골 마을에서도 필요한 일반 포션과 해독 포션, 마나 포션, 하이 포션이라는 네 종류의 포션을 만드는 법을 습득시키려 합니다. 수료할 때 지방으로 돌아가는 아이에게는 약초 씨앗을 지급할 예정입니다."

내 말에 폐하도 추기경 전하도 만족스럽게 고개를 끄덕였다.

"전하, 당신의 제안을 거절하려는 건 아니지만 평민도 입학할 수 있는 '학교'를 세우려고 생각 중이었습니다."

나는 폐하의 의도를 이해하지 못해 고개를 갸웃거렸다. 그 모습을 본 폐하가 웃으며 알려 주셨다.

"데이지, 이 나라는 추기경 전하가 말씀을 전하시는 갤리어스교를 국교로 삼았다. 모두 겉으로는 그걸 따르지. 하지만 사람이 진정하게 마음으로 섬기는 종교는 그것만이 아니다. 예를 들면 어쩔 수 없이 고향을 버린 이주민들도 있을 테고 작은 집락에서는 토착신을 믿는 자도 있지."

"과연…… 그래서 교회를 토대로 학교를 만드는 것만으로는 부족하다는 말씀이시군요."

폐하가 고개를 끄덕였다.

나는 세상일을 또 하나 배웠다.

"나는 국민의 문맹률을 낮추고 싶다. 그러기 위해서는 종교와 교육 기관을 분리하여 모든 국민이 교육을 받게 해야 한다. 나는 그렇게 생각한다. 전하께서는 어떻게 생각하시는지요?"

"폐하가 말씀하신 대로입니다. 저희에게는 신의 가르침과 함께 읽고 쓰기와 계산을 가르치는 사숙이 있습니다. 그렇다고 폐하께서 새로 설립하시려는 학교와 충돌하는 일은 없을 겁니다. 배우는 자가 자유롭게 학교를 선택할 테니까요."

그 뒤로 폐하가 추기경님에게 '국민을 위한 학교'에 관한 희망 사항을 전달했다.

"나라가 만든 학교에서도 연금술을 가르치고 그 외에도 다른 과목을 선택해서 배우거나 그 과목만 수강하는 것도 허용하고 싶습니다."

"호오."

"다만 연금술사가 없는 지방에서 개업하려는 자, 혹은 교회의 지도하에 지방에 약제를 보급하고자 일하려는 자에게는 무상으로 교육을 받게끔 장학 제도를 마련할까 합니다. 교회의 고아원에 있는 아이들도 일정 기간 교회에서 일하면 무상으로 취직할 수 있도록 하고 싶습니다."

"그거 좋군요. 아주 좋은 생각이십니다."

폐하의 제안에 추기경님이 미소 지었다.

이리하여 '연금술과'가 있는 '국민 학교'가 설립되었다.

"그건 그렇고 데이지, 그대는 아틀리에를 그만두고 교사를 하고 싶은 건가?"

폐하께서 갑자기 나에게 질문을 던졌다.

학교를 설립하자고 제안한 건 나다. 하지만……

"제가 먼저 제안하고서 제멋대로라는 건 잘 압니다. 하지만 제 바람은 자유롭게 아틀리에를 경영하는 것입니다. 저는 제 아틀리에 역시 사랑합니다. 그리고 저는 아직 열 살입니다. 그러니 부모가 자기 아이를 제게 맡겨도 괜찮겠다고 판단할지는…… 자신이 없습니다."

면목이 없어진 나는 무심코 고개를 숙이고 말았다.

정령과 요정이 지켜 주는 밭, 직원들과 함께 경영하는 아틀리에. 그것들을 떠올리면 그 시간을 포기하고 싶지 않다는 생각이 드는 것도 사실이었다.

그런 나를 본 폐하는 뜻밖에도 쿡쿡거리며 웃으셨다.

"알고 있다. 괜찮으니 고개를 들거라. 그대는 다섯 살 때부터 알고 있으니 말이지."

그리고 싱긋 미소 지었다.

나는 얼굴을 들긴 했으나 영문을 몰라서 고개를 갸웃거렸다.

폐하는 재상 각하에게 시선을 보내며 설명을 재촉했다.

"연금술과의 교사는 나라에서 적임자를 선정하지요. 데이지 양은 재능이 있다고는 해도 아직 열 살밖에 안 된 소녀이니 다른 이가 업신여기거나 원치 않는 경험을 할 수도 있습니다. 또한 폐하께서도 데이지 양이 교사라는 역할에 얽매이지 않고 자유롭게 연구하길 원하십니다. 다만 한 가지 부탁이 있습니다."

부탁이라니 뭘까……?

"'교과서'의 원안을 만들어 주셨으면 합니다."

어음. '교과서'가 뭐지?

그러고 보니 나는 우리 집의 가정교사에게서 공부를 배우며 실력을 갈고닦았기 때문에 학교에 가 본 적이 없다. '학교'라는 제도 자체가 구체적으로 어떤 건지 잘 모른다.

"'학교'에서 쓸 교재, 즉 교본을 말하는 겁니다."

그런 나에게 재상 각하가 알기 쉽게 설명하셨다.

아하, 그걸 '교과서'라고 하는구나.

"그거라면 과거 선조들이 쓰신 연금술 초급 책이 있지 않습니까? 아……아닙니다. 그건 어디에 뭐가 쓰여 있는지 찾기도 힘들고 소재의 사용량부터 시작해서 구체적인 설명이 부족한

게 많죠. 책에 따라서 제각각입니다."

그래. 그래서 내가 잔뜩 고생했었지.

영양제 부분은 설명이 얼마나 대충이었는지!

"그렇다. 그래서 이걸 그대에게 주겠다. 이건 '윗접시 저울' 이라는 무게를 측정하는 기구다. 그리고 무게의 단위를 '에이트'로 정할 생각이다."

재상 각하 옆에서 대기하던 시종이 나에게 그 저울을 건넸다.

저울이라고 하면 줄에 매달린 형태밖에 몰랐던 나는 이 저울에 흥미가 생겼다.

"이 평평한 접시 한쪽에 무게를 재고 싶은 물건을 올립니다. 이렇게……."

내가 받아 든 저울을 책상 위에 올려놓자, 시종장이 준비하고 있었다는 듯이 금화 한 닢을 올렸다.

"그리고 반대쪽 접시에는 폐하께서 기술자에게 새롭게 제작을 명령하신 '추'라는 무게의 기준이 되는 것을 올립니다. 추는 손으로 만지지 마십시오. 녹슬어서 무게가 변할 수도 있습니다. 이렇게 핀셋 혹은 장갑을 사용하십시오."

시종장이 나무 상자를 꺼내 와 열었는데 그 안에는 원통형 금속이 들어 있었다. 시종장은 그중에서 하나를 핀셋으로 집어 접시 위에 올렸다. 그 '추'에는 30이라는 숫자가 쓰여 있었다.

언젠가 어릴 적에 물건을 집을 때 쓰는 저 소도구가 필요해서 '족집게!'라고 외쳤었는데 핀셋이라는 이름이 있었던 모양이다(옛날 일을 떠올리니까 조금 부끄럽다).

"미사용 금화 한 닢이 30에이트. 이게 기준입니다. 또한 각

금속마다 제작할 때 미세한 오차가 생기기 때문에 기준이 되는 금화 한 닢을 정했고 그걸 엄중히 보관하고 있습니다."

설명을 마친 시종이 금화와 추를 집어넣고 재상 각하 뒤쪽으로 돌아갔다.

"대단해요! 이러면 '교과서'에 필요한 재료의 양을 기록해서 누구든 같은 분량의 소재를 사용해 약제를 만들 수 있겠군요!"

정말 혁신적이야! 감동한 나는 무심코 가슴 위에 손을 올렸다.

폐하는 감동해서 여러 각도에서 '추'를 바라보는 나를 흐뭇하게 지켜보았다.

"데이지, 놀라기에는 아직 이르다. 그대를 깜짝 놀라게 할 물건이 하나 더 있다."

폐하가 아까 그 시종장에게 눈짓을 하자, 그 사람이 책 한 권을 '저울' 옆에 놓았다.

"책……인가요?"

"펼쳐서 안을 잘 보거라."

폐하의 재촉에 책을 펼치자, 내가 아는 필사본이 아닌 잉크인지 뭔지로 가지런히 인쇄된 글자가 눈에 들어왔다.

"폐하, 이건……."

"장인에게 '활판 인쇄'라는 걸 개발시켰지. 이 나라의 모든 글자를 양각으로 새긴 조각을 만든다. 그리고 인쇄하고 싶은 문장의 글자 조각을 순서대로 늘어놓고 인쇄한다……. 그런 새로운 제본 기술이다. 이제 필사본에 의지하던 때와는 달리 대량 생산이 가능해서 책을 값싸게 공급할 수 있을 것이다."

"혹시…… 서민도 '교과서'를 비롯해 책을 구입할 수 있을까요……?"

"그렇게 되길 바라고 있다."

폐하는 그렇게 말하며 미소 지었다.

대단해…… 정말 대단해! 서민은 물론이고 귀족도 책을 새로 사는 건 망설였는데, 이제 모두가 쉽게 책을 사는 날이 올지도 몰라! 이렇게 멋질 수가!

"아 그렇지, 데이지. 교과서에 들어가는 내용으로 일반 제품 만드는 법을 다뤄 다오."

응……? 무슨 소리지? 왜 굳이 일반 제품과 관련된 내용으로 만들라는 거지?

폐하가 갑작스럽게 말씀하셔서 나는 고개를 갸웃거렸다.

"품질이 두 배인 그대의 포션은 훌륭하다. 허나 그건 서민이 사기에 너무 비싸다. 사람마다 원하는 게 다름을 알고 있겠지?"

"앗! 듣고 보니 그렇군요……! 포션을 안정적으로 얻을 수 없는 지방 주민을 위한 정책이었죠. 애초에 감기나 일반적인 상처는 일반 포션으로도 치료할 수 있으니까요."

그렇구나. 나는 어지간하면 일반 제품을 웃도는 포션을 만들고 마니까. 하지만 그래서는 서민이 구입하기 힘들다.

이리하여 나는 '연금술과'의 '교과서'를 만들게 되었다.

◆

교섭을 마친 나는 아틀리에로 돌아왔다.

선물 받은 저울과 추가 든 상자를 실험실의 기재를 보관하는 곳에 놓았다.

그리고 교과서의 원안을 쓰려 했는데…….

"있잖아, 마커스. 폐하께 앞으로 생길 '국민 학교'의 '연금술과' 교과서 만들기를 의뢰받았어. 그래서 교과서에 보통 품질 포션을 만드는 법을 넣고 싶은데 그건 어떻게 만들어?"

"그러고 보니 데이지 님의 포션은 사실상 품질이 좋은 게 전제라서 만든 적이 없네요."

내 질문에 마커스도 방금 깨달았는지 같이 갸웃거렸다.

"그리고 아까부터 궁금했는데요. 이것과 이 나무상자에 쓰인 '에이트'라는 글자는…….'

"'윗접시 저울'이라는 무게를 재는 기재래. '에이트'는 나라에서 정한 무게의 단위라나 봐."

나는 접시 한쪽에 새 금화와 다른 한쪽에 핀셋으로 추를 올리고 30이라는 숫자가 쓰인 추를 가리켰다.

"미사용 금화 한 닢의 무게를 기준으로 해서 30에이트야."

"이게 있으면 다른 사람에게 물건의 양을 정확히 알려줄 수 있겠네요."

마커스는 흥미진진한 표정으로 정면에서 저울의 구조를 확인하고 옆으로도 들여다보았다.

"추는 맨손으로 만지면 녹슬어서 무게가 달라질 수 있으니까 이 '핀셋'을 사용해."

나는 자신만만하게 핀셋을 보여 주었다.

"아가씨, 예전에 그거 '족집게'라고 부르지 않으셨나요?"

윽. 여기서 내 흑역사를 들추다니.

나는 시치미를 뗐다.

마커스는 그런 나에게 가볍게 쓴웃음을 짓고 화제를 돌렸다.

"그런데 데이지 님. 교과서에는 어디부터 어디까지 쓰실 생각이세요?"

아, 그렇구나. 제대로 설명을 안 했네.

"비옥한 흙으로 약초밭을 만드는 법이랑 그 소재로 포션, 해독 포션, 마나 포션, 하이 포션을 만드는 법까지일까. 뒷마당의 밭에서 소재를 채집하고 정확히 어느 정도 양이 필요한지 실험해야겠어."

내 대답에 마커스가 팔짱을 끼고 신음했다.

뭐지? 내가 이상한 말이라도 했나?

"데이지 님. 잠시 같이 뒷마당으로 가시죠. 아직 상황을 모르신다면 현실을 보시는 편이 좋을 거예요."

그 말에 나는 마커스와 함께 밭을 보러 갔다.

그곳에는 평범한 사람이라면 눈을 의심할 법한 비현실적인 공간이 펼쳐졌다.

요정들이 날아다니며 열심히 약초를 돌보았다.

정령들이 약초에 마력을 주입하자 시들었던 약초 잎이 점차 색을 되찾았다.

만드라고라가 발랄하게 노래를 부르고 그 노래에 맞춰 세계수가 기분 좋은 듯이 몸을 흔들었다.

지금은 이미 겨울인데 밭은 마치 사시사철 봄 같았다.

"우와아."

"이제 아시겠죠, 데이지 님? 이곳 약초는 교과서를 만들 때 기준으로 삼을 만한 소재가 아니에요."

나는 상황을 파악하고 고개를 푹 숙였다.

흙 만들기부터 재현해야 한다니…….

그 흙으로 최소한 한 번은 씨앗을 거둬서 뿌려야 하고…….

뭐, 학교를 지으려면 꽤 걸릴 테니 시간은 넉넉, 하려나……?

그때, 본가의 마차가 아틀리에 앞에 멈춘 것을 발견했다.

마차 문이 열리고 나를 찾는 릴리의 목소리가 들려왔다.

"데이지 언니!"

무슨 일이지?

최근에는 릴리의 마음도 안정되고 있다. 나는 별채 오두막을 내가 본가에 있던 때처럼 실험실로 꾸며 릴리에게 주었다. 아마 단과 함께 작업 방법을 배우며 밭도 만들었던 걸로 기억한다.

릴리는 자기가 하고 싶을 때 직접 시행착오를 겪으며 연금술을 연습하고 있다. 물론 나와 마찬가지로 실험할 때는 케이트가 감독해야 하지만.

그래서 릴리가 갑작스럽게 아틀리에에 방문하는 일도 줄었다.

장래에 자립하려면 나한테만 의지하고 배워서는 안 된다. 시행착오를 겪는 것도 훗날 릴리를 위한 밑거름이 될 것이다.

그런데도 릴리가 아틀리에에 왔다면 이유가 있을 것이다.

무슨 일이라도 있었나……?

결국 릴리가 밭에 나온 나와 마커스를 찾아내고 모습을 드러냈다.

"어서 와, 릴리. 뭔가 곤란한 일이라도 있었어?"

"어서 오세요, 릴리 님."

릴리는 우리의 인사를 들으며 핸드백에서 포션 병을 꺼냈다.

어라……?

그 보통 포션은 일반 품질의 1.3배였다. 즉, 거의 일반적인 것이나 다름없었다.

"내가 준 씨앗으로 소재를 키워서 포션을 만든 거지?"

나는 릴리에게 물으며 고개를 갸웃거렸다.

"네, 한 번, 씨앗을 거둬서, 뿌렸어요. 그런데, 왠지 잎사귀가, 여기랑 좀 달라요. 왠지, 일반적으로, 건강하다고 할지……."

"그걸로 만드니까 이 품질이었다는 거구나……."

릴리가 고개를 끄덕였다.

그때, 정령 여자아이가 다가왔다.

"그야 당연하지. 릴리에게는 식물의 정령왕님의 가호가 없잖아. 릴리의 밭을 한 번 구경했는데 거기에는 요정도 세계수도 만드라고라도 없는걸! 자라는 소재의 질이 달라."

그 말을 들은 나와 마커스가 얼굴을 마주 보았다.

"그거야!"

"그거예요!"

아마 릴리의 밭은 비옥한 흙을 토대로 한 일반적인 밭이겠지. 그 밭에서 난 소재라면 분명 교과서의 기준으로 삼을 수 있을 거야!

"어라, 저, 언니한테, 도움이 됐나요?"

나와 같은 품질의 제품을 만들지 못해서 상담하러 왔는데 어째선지 나와 마커스가 기뻐했다. 그러자 릴리는 의아한 표정을 지었다.

"응, 릴리는 제대로 '일반적인' 약초를 키웠어. 저, 부탁이 있는데, 릴리가 키운 약초와 실험실을 가끔 빌릴 수 있을까?"

나는 릴리의 눈높이에 맞춰 쪼그려 앉아 그 아이의 머리를 쓰다듬었다.

"물론이에요, 언니!"

이리하여 우리는 릴리의 밭이라는 상식적인 밭을 찾아내는 데에 성공했다.

"시험 삼아 만들어 볼까……?"

나는 릴리와 마커스와 함께 본가로 돌아가 약초밭을 거쳐 실험실로 들어갔다.

일반 제품에 가깝게 만들어야 하니 소재의 양은 1.3으로 나눠서 계산했다.

그리고 윗접시 저울로 치유초와 마력초의 양을 쟀다.

증류수와 치유초와 마력초의 무게는 '교과서'에 기재하기 위해 메모했다.

쓴맛이 나오지 않게 밑 작업을 하고…… 평소와 같은 순서대로 포션을 만들었다.

[포션]
분류: 약품
품질: 보통(-1)

레어도: D

세부 사항: 품질이 약간 떨어지는 일반 제품. 옅은 단맛이 느껴진다.

속마음: 일반적인 가격을 주고 나를 사면 실망할걸.

"그다지 좋지 않은 게 완성됐네요."

"단순히 품질에 비례해서 소재의 양을 나누면 안 되나 보네."

나는 마커스와 둘이서 완성된 포션을 확인했다.

"으음. 그리고 아틀리에의 밭과 달리 계절에 따른 소재의 상태도 고려해야 할지 몰라요."

"그러게. 오늘 사용한 잎은 시들지는 않았지만 기운이 많이 없어 보였어."

"그러면 감정은 뭘 보고 아까 걸 일반 제품이라고 했을까요?"

마커스가 문득 뭔가 떠올랐는지 말했다.

"뭔가 기준이라도 있나?"

설마 국내 통계를 찾아보거나 하지는 않았겠지?

하지만 그런 식이면 흔히 들에 나 있는 풀은 그 해의 기후와 계절에 따라 품질이 확 바뀔 것이다. 뭔가 감정만의 기준이 있으리라고 생각하는 게 타당하다.

뭐, 그래 봤자 감정이 대답해 주지는 않지만.

"으음, 어쩌지. 그래…… 납품처에 따라서는 감정으로 확인받을 때도 있으니까 감정 결과를 기준으로 삼는 편이 좋겠다."

그리고 계절에 따른 소재의 품질 차이가 있다는 건, 그 차이도 교과서에 제대로 설명해 놓아야 한다는 뜻이다. 그렇게 생각하면 이 작업에 1년은 족히 걸릴 듯했다.

써야 할 분량 자체는 별로 많지 않다. 그러나 수치를 꼼꼼히 기록할 필요가 있을 듯했다.

참고로 나는 이 교과서에 내 바람을 살짝 담기로 했다.

교과서의 마지막에 이 방법으로 약제를 만들 때, 성분을 짙게 하면 더 좋은 것이 완성된다는 사실을 슬그머니 적어 둘 생각이다.

많은 사람이 이 교과서를 읽게 될 즈음에는 분명 품질이 더 좋은 것을 다루는 사람이 등장하겠지. 그렇다면 언젠가는 일반 제품의 기준 자체가 올라갈지도 모른다.

물론 이 교과서가 기존 업자의 손에 들어갈 만큼 널리 퍼졌을 때의 이야기지만. 그러면 온 나라 사람들이 지금보다 좋은 물건을 일반적인 가격에 살 수 있을지도 모른다.

조금은 먼 미래를 꿈꿔도 괜찮겠지.

왜냐하면 나는 아직 꿈꾸는 게 일인 어린아이니까.

제10장 아틀리에의 새로운 일상

그리하여 내 일상에 '교과서 만들기'라는 업무가 추가됐다.

아틀리에 경영, 드레이크 토벌 계획을 위한 소재 채집, 마검과 마법 장비 만들기, 국민 학교 설립 대비 교과서 집필. 그것을 위한 1년에 걸친 데이터 수집까지.

꽤 바쁘겠네…….

하지만 내 기력은 충분히 흘러넘치고 있다.

"다녀왔습니다!"

루크의 기운찬 목소리가 들려왔다.

루크는 국민 학교가 완성될 때까지 교회의 사숙에 다니기로 했다.

아틀리에 사람들과 미나가 만든 아침 식사를 먹고 교회의 사숙으로 향한다.

내가 지원해서인지 사숙은 통학하는 아이에게도 점심을 제공했다. 그래서 루크는 사숙 학우들과 함께 점심을 먹고 아직 해가 쨍쨍한 오후 시간에 아틀리에로 돌아온다.

"루크, 어서 와. 이제부터 포션을 만들 건데 한번 볼래?"

마커스가 그런 생활을 보내는 루크를 맞으며 말을 걸었다.

"네!"

앞으로 루크가 연금술사가 되는 것을 지원해야 하기 때문에 감정 스킬로 그 아이를 살펴보았다. 하지만 특별한 스킬이나 가호가 없었다. 그래서 마커스와 상담한 결과, 지금은 읽고 쓰기와 계산 같은 기초 학습에 전념시키기로 결정했다.

하지만 직접 실험하지 않더라도 견학하는 것은 적극적으로 권하기로 했다. 나나 마커스의 실험을 견학하거나 돕다 보면 훗날 루크에게도 도움이 될 것이다.

"마커스 씨. 포션을 만드실 거면 기재를 준비할게요!"

루크가 바로 필요한 기재 준비를 돕겠다고 제안했다.

빵 공방으로 가니, 마침 포장하는 손님과 가게에서 먹는 손님이 둘 다 내점한 모양이었다.

"이렇게 두 개 맞으세요?"

아리엘이 미소 지으며 포장하는 손님을 응대했다.

"딸기잼 데니쉬랑 빙글빙글 소시지 빵 하나씩에 따뜻한 홍차 두 잔 맞으세요?"

"그래, 그걸로 부탁해."

"알겠습니다."

미나는 시식용 자리에 앉아 있는 손님 두 명에게 주문을 받고 있었다. 손님에게 인사한 미나는 가볍게 치맛자락을 펄럭이며 가게 안쪽으로 사라졌다.

밭의 상황도 확인하고 싶은데 가는 김에 물도 주고 올까. 나는 아틀리에 밖으로 나와 뒷마당에 있는 밭으로 발걸음을 옮겼다.

"데이지!"

정령이 환하게 웃으며 맞아 주었다.

"저녁에 물을 주러 왔어."

나는 물뿌리개가 놓인 선반으로 향했다. 그리고 물 마법을 써서 안을 물로 채우고 물뿌리개를 들었다.

"세계수야, 네 상태는 어때?"

"이 밭은 정말 살기 좋아!"

그러자 겨울인데도 불구하고 따뜻한 바람이 불어오며 세계수 잎을 가볍게 흔들었다.

다음으로 만드라고라를 확인할까. 밭을 이동하는 내 주위로 요정들이 춤추며 함께 이동했다.

"만드라고라야, 건강히 지내니?"

"세계수가 오고 나서 더 기분 좋은 밭이 됐어. 라라라~♪"

"라라라~♪"

빨간색과 파란색 만드라고라가 발랄하게 합창했다.

그 뒤로도 나는 밭의 모든 곳에 물을 뿌리며 돌아다녔다.

"데이지, 고마워!"

요정들과 함께 지켜보던 정령이 내 볼에 입 맞췄다.

"나야말로 항상 밭을 지켜봐 줘서 고마워."

나도 답례로 요정의 볼에 입을 맞췄다.

물을 다 뿌렸을 즈음에는 해가 많이 저물어 오렌지색 햇빛이 밭을 비췄다. 나는 눈을 가늘게 뜨고 해님을 바라보다가 물뿌리개를 정리하러 갔다.

"데이지, 내일 또 봐."

"응, 내일 또 봐."

정령과 요정이 손을 흔들었다. 슬슬 폐점 준비를 할 시간이다.

모두와 함께 폐점 준비를 해야지!

"데이지, 내일 또 봐!"

밭에서 나와 바깥쪽으로 돌아서 아틀리에로 돌아가기 위해 거리로 나가자, 4층을 증축하러 온 장인들이 귀로에 들며 나에게 인사했다.

나는 그 사람들의 뒷모습을 배웅했다.

"내일도 좋은 날이 되게 해 주세요!"

그렇게 생각하며 아틀리에로 돌아갔다.

도망자의 후일담 속죄와 구원의 길

데이지의 오빠 레무스와 언니 달리아에게 반쯤 빼앗기듯이 현자와 성녀 직업을 박탈당하고 그것을 납득하지 못해 결투를 신청했다가 패배한 아돌프와 피데스. 그들은 자르텐부르크의 왕도에서 아돌프의 전이 마법으로 도망친 뒤 계속해서 도망치고 있었다.

그들은 자르텐부르크 왕국과 인접한 동맹국인 하임슈타트 공화국을 경유해 슈바르츠리터 제국이라는 신천지를 찾아 매일 이동했다.

그러나 세상 물정을 모르는 그들의 도피 생활은 쉽지 않았다.

거의 맨몸으로 왕도에서 탈출한 둘은 가진 것이 별로 없었다.

그들이 입은 귀족의 옷은 점차 낡고 더러워졌다.

게다가 하필이면 도망친 시기가 가을로 접어들 무렵이었고 날이 갈수록 겨울의 기척이 다가왔다.

그들은 세상 물정 모르는 귀족 어린아이에 지나지 않았다.

방한 도구마저 제대로 얻지 못해서 이윽고 찾아올 겨울을 무사히 넘길지도 의심스러웠다. 그들에게 주어진 유일한 온기는 아돌프가 불 마법으로 만든 모닥불뿐이었다.

짐승을 죽여 아돌프의 불 마법으로 구우면 어떻게든 먹을 수는 있었지만 소금조차 없는 탓에 비린내가 나서 그 냄새 때문에 얼굴을 찌푸리고 싶어졌다.

그전에 고기를 손질하는 법 자체를 몰라서 내장을 빼지 않고 그대로 구운 생선이나 닭고기는 먹을 만한 것이 못 됐다.

왕도의 본가에서 테이블 앞에 앉으면 당연하다는 듯이 제공되던 일상적인 식사는 뭘 어떻게 해야 완성되는지 상상조차 할 수 없었다.

아직 도망자 신세라 모험가 길드나 상업 길드에 사냥한 짐승을 해체해 달라고 맡기거나 파는 것도 불가능했다.

누가 봐도 사정 있어 보이는 그들이 상대할 수 있는 건 비합법적으로 거래하는 암상인뿐이었다. 그들은 수고비니 거래비니 하는 핑계를 대며 제대로 된 가격을 쳐주지 않았다. 바가지를 쓴 아돌프와 피데스의 수중에는 얼마 안 되는 돈과 최소한의 식량만이 남았다.

그렇게 도피 생활을 계속하던 중, 견디다 못한 피데스가 아돌프에게 불만을 토로했다.

"이젠 지긋지긋해!"

피데스는 더 이상 도망치는 것을 거부했다.

"있잖아, 아돌프. 이제 도망치는 건 그만두자. 도망쳐 봤자 아무것도 해결되지 않아. 제대로 신과 나라에 사죄하고 죄를 뉘우쳐야 해."

"피데스!"

이제 조금만 더 가면 목표한 나라인 슈바르츠리터 제국의 국경이 나오지만 피데스가 국경을 넘는 것을 반대했다.

그러자 아돌프가 피데스의 어깨를 세게 밀쳐서 그녀는 그 자리에 넘어지고 말았다.

이미 너덜너덜해진 옷도 땅을 짚은 손도 흙투성이였다.

"무슨 짓……."

피데스는 아돌프의 행동에 눈살을 찌푸리며 비난했다.

그들이 말다툼을 벌이기 조금 전에 있었던 일이다.

두 사람은 아까 자르텐부르크 왕국과 인접한 동맹국인 하임슈타트 공화국과 슈바르츠리터 제국의 국경에서 노예를 목격했다.

노예는 짐을 운반하는 낡은 마차에 타서 이리저리 흔들렸다. 뼈가 훤히 드러날 정도로 말랐고 모두의 팔다리가 쇠사슬로 이어져 있었다. 도망치지 못하게 구속하기 위해서였다. 그들의 눈은 공허했다.

노예는 자르텐부르크 왕국과 마찬가지로 하임슈타트 공화국에서도 비합법적인 존재다.

그러나 노예가 합법인 나라와 인접한 하임슈타트 공화국은 암암리에 이뤄지는 노예 매매를 완전히 근절시키지 못했다. 사채업, 어린아이 유기 등을 저지르다가 노예 신세로 전락한 자들이 노예 제도가 합법인 슈바르츠리터 제국으로 암암리에 운반되고 있다.

아돌프와 피데스는 처음으로 그 광경을 목격했다.

그들이 태어난 나라인 자르텐부르크에서는 허락되지 않았던 비합법적인 존재. 그것이 외부에 존재한다는 사실을 난생처음 깨달았다.

힘든 도피 생활을 계속한 피데스가 그 모습을 보고 원래 나라로 돌아가고 싶다는 말을 꺼냈다.

"나는 세상을 너무 몰랐어. 다정한 아버지와 어머니 밑에서 태어나 우리 가문을 섬기는 사람들 손에 오냐오냐 자랐어. 원하는 건 뭐든 얻을 수 있었어. 그런데 먹을 것도 입을 옷도 없이 살아가는 사람이 있다는 걸 그런 상황에 처하기 전까진 몰랐어. 세상에는 이렇게 잔혹한 현실이 있다는 걸 몰랐어. 아니, 알려고 하지도 않았어!"

"피데스, 갑자기 무슨 소리를……."

아돌프는 피데스의 갑작스러운 호소에 당황했다.

"나는…… 나는 신에게 기적적인 힘을 받았으면서 그걸 남을 위해 유용하게 쓴 적이 한 번도 없어. 아니, 애초에 그럴 생각조차 안 했어! 그런 내가 지금껏 저질렀던 짓을 돌아보지 않고 이대로 살아가도 될 리가 없잖아! 이제 와서 무슨 소리인가 싶지? 하지만 나는 지금부터라도 저런 사람들을 위해 조금이나마 도움이 되고 싶어!"

피데스는 어떻게든 아돌프의 마음을 움직이려고 호소했다.

"아돌프. 너에게도 멋진 힘이 있잖아. 같이 원래 나라로 돌아가서 사죄하자!"

피데스가 아돌프를 재촉했으나, 그는 이미 마음을 굳힌 상태였다.

"피데스, 넌 그나마 괜찮아. 넌 새로운 성녀에게 싸움을 걸었을 뿐이잖아. 하지만 난 달라……. 국왕과 추기경 앞에서 금기된 악마를 소환하는 마법을 썼다고! 슈바르츠리터 제국

말고 도망칠 곳이 어디 있겠어?!"

아돌프의 악에 받친 외침을 듣고 피데스는 숨을 삼켰다.

"너는 아직 용서받을 길이 있어. 가고 싶으면 혼자 가."

아돌프가 그렇게 말하며 또 한 번 피데스의 어깨를 밀쳤다.

"아돌프……."

그녀가 아돌프의 이름을 불렀지만 거절과 함께 발길질만이 돌아왔다.

"아돌프! 나도 같이 사죄할게……!"

다시 호소해도 돌아오는 건 고통뿐이었다.

아돌프는 고국에서 구제받을 길이 없다. 그 역시 그 사실을 잘 알았다.

"넌 아직…… 평온한 나라에서 살아갈 수 있잖아."

아돌프는 생각을 고쳐먹었다. 여기까지 끌어들이긴 했지만 그녀는 구제받을 길이 없을 지경까지 타락할 필요가 없는 소녀라고.

그리고 그녀를 해방하는 것이 자신이 마지막으로 할 수 있는 인간다운 행위라고.

"아돌프!"

이미 아돌프에게 피데스의 외침은 거슬리는 잡음에 지나지 않았다.

"너를 해방시키겠다고 했잖아, 빨리 도망쳐!"

이것이 자신의 양심으로 지킬 수 있는 마지막 행위일 것이다.

목표로 하는 방향에는 시커먼 먹구름이 자욱했고 그 안에서는 천둥이 울부짖고 번개가 번쩍였다.

마치 그의 앞길을 알리는 듯했다.

그 나라를 향하는 그는 입술을 깨물며 각오했다.

어차피 피데스는 필요 없어. 아돌프는 그렇게 자신을 타이르며 고개를 가로저었다.

"가! 거슬려! 내 앞에서 사라져!"

그것이 남에게 연민을 갖고 할 수 있는 마지막 말이었다.

나는 이제 타락할 길만 남았어…….

아돌프는 그렇게 각오했다.

하지만 최소한 눈앞에 있는 피데스만은 제대로 된 인생을 보내길 바랐다.

그래서 그녀를 매도하고 자리를 떠날 때까지 계속해서 걷어찼다.

"아파!"

피데스가 거듭되는 아돌프의 공격을 받고 결국 땅 위로 넘어진 그때.

"넌, 살아……."

아돌프는 그렇게 말하며 전이 마법을 사용해 피데스의 앞에서 모습을 감추고 말았다.

"아돌프 바보……! 이 바보야——!"

땅바닥에 엎어진 피데스는 쓰러진 채 울음을 터뜨렸다. 휘몰아치는 겨울바람 속에서 메마른 대지에 떨어진 눈물이 무수한 얼룩을 만들었다.

피데스는 아돌프의 앞날을 걱정하며 울고 또 울었다.

그 눈물마저 말랐을 즈음, 그녀는 멍하게 느릿느릿 일어섰다.

가까이서 짐승이 으르렁거리는 소리가 들렸기 때문이다.

그곳에는 워울프가 있었다. 일반적인 늑대보다 두 배 정도 큰 마수다. 그런 마수 한 마리가 피데스를 사냥하기 위해 노려보고 있었다. 피데스는 자신을 노리는 기척을 감지했다.

"아돌프가 구한 내 목숨을 너 따위한테 줄 순 없어! 라이트닝 애로우!"

그래, 그 아이. 나에게 완승했던 그 아이처럼 하는 거야.

쓸데없는 짓 하지 말고 최대한 많이 초급 마법을 발사해서 상대를 압도한다.

"난 살아갈 거야……!"

그러나 워울프가 쉴 새 없이 발사된 마법 화살을 빠져나가 피데스를 향해 돌진했다.

그녀는 고작 열네 살 된 소녀라 회피 능력은 그다지 뛰어나지 않았다.

공격을 피하기 위해 옆으로 움직였으나 완벽히 피하지 못했다.

"윽! 아파……."

워울프의 송곳니에 원피스의 치맛자락이 찢어졌고 드러난 허벅지에서 붉은 피가 흘러 천에 빨간 얼룩을 만들었다.

그래도 아직 움직일 수 있어. 회복보다 무찌르는 걸 우선하자!

그렇게 판단한 피데스가 다시 워울프를 향해 손을 내밀었다.

"라이트닝 애로우! 라이트닝 애로우! 라이트닝 애로우!"

무수하게 쏜 화살 중 몇 개가 워울프의 앞다리를 갈랐다. 워울프는 땅 위로 쓰러졌다.

"하……. 어떻게든 됐네……. 싸우는 데도 방법이 있구나."

피데스는 워울프에게 다가가서 경동맥이 있는 부분에 마법을 발사해 겨우 숨통을 끊었다.

피데스는 지금까지 어떻게 하면 화려한 상위 마법을 쓸 수 있을까 하는 데에만 정신이 팔려 있었다.

하지만 그래서는 살아갈 수 없어…….

피데스는 생각을 고쳤다.

그러나 이젠 믿을 구석이었던 아돌프도 없다. 피데스 혼자서는 불도 못 피운다. 그 맛없던 식사조차 하기 힘들어진다.

"힐."

피데스는 우선 허벅지에 난 상처를 치료했다.

일단은 사람들이 있는 곳으로 가서 이걸로 물물 교환할 수 있을지, 팔 수 있을지 교섭하자. 그녀는 워울프의 사체를 양손으로 들어 올렸다.

계속 여기에 있다가는 밤이 되고 만다. 피데스는 눈을 가늘게 뜨고 지평선을 향해 저물어 가는 태양을 바라보았다. 인기척이 없는 이곳은 머지않아 마수의 사냥터가 될 것이다.

피데스는 울프의 사체를 질질 끌며 걸어갔다.

그녀는 휘몰아치는 차가운 바람 속을 한없이 걸었다.

그러다가 문득 앞쪽에 낡은 교회가 있는 것을 발견했다.

저지른 잘못을 후회하고 있다고 신에게 기도를 올리고 싶다. 심지어 해는 이미 저물었다. 만약 가능하다면 하룻밤만이라도 재워 달라고 부탁하고 싶다…….

그렇게 생각한 피데스는 그 교회로 향했다.

교회 입구에 도착해 그곳에 워울프의 사체를 내려놓았다.

그녀는 낡고 무거운 문을 열었다.

"누구 안 계세요?"

작고 쓸쓸한 교회의 예배당에 피데스의 목소리가 울려 퍼졌다.

그러자 안쪽에서 나무 바닥을 걸어오는 발소리가 들렸다.

"이런 시간에 무슨 일이신지요? 많이 피곤해 보이시는군요."

낡은 신부복을 입은 20대 후반으로 보이는 남자가 모습을 드러냈다. 그는 온화한 목소리로 피데스에게 용건을 물었다.

"신께 기도를 드리고 싶어요. 그리고 바깥에 워울프의 사체가 있는데 먹을 것과 교환할 수 있을까요? 또, 구석이라도 좋으니 하룻밤만 밤이슬을 피할 수 있으면 좋겠어요……."

피데스는 신부로 보이는 인물에게 고개를 숙였다.

피데스는 아무리 살기 위해서라지만 세상 물정 모르던 내가 남에게 고개를 숙이다니, 하고 자조적으로 쓴웃음을 지었다.

"여성분 혼자시군요. 게다가 그 복장을 보아하니 사정이 있는 듯하군요. 아 참, 여기는 제 교회가 아니니까 예의를 차릴 필요는 없습니다. 이 교회는 아무래도 버려진 모양입니다."

그 남자의 지적에 피데스는 그제야 자신의 옷이 찢어져 허벅지가 훤히 드러났다는 것을 깨닫고 얼굴을 붉혔다. 그리고 그의 '자신의 교회가 아니다'라는 발언에 당황했다.

처음 보는 남자한테 경계심을 풀어도 괜찮을까 하는 불안감에 그녀의 얼굴이 흐려졌다.

"괜찮아. 위해를 가할 생각은 없어. 여자아이가 이런 시간에 그런 모습으로 있어서는 안 돼. 여자 옷을 찾아올 테니 앉아 있으렴."

그렇게 말하며 예배당 안쪽으로 내려간 남자는 평민 여자가 입을 법한 간결한 원피스를 들고 돌아왔다. 피데스는 별실에서 옷을 갈아입었다.

그 후, 피데스는 예배당 중앙에 놓인 작은 창조신의 석상 앞에서 양손을 맞잡고 묵묵히 기도를 올렸다. 신을 향한 사죄와 기도, 자신의 방황, 자기 자신과 마주 보는 대화가 담긴 길고 긴 기도였다.

겨우 기도를 마친 피데스가 뒤에서 지켜보던 남자를 돌아보았다.

"죄, 죄를 지울 수 있다고 생각하세요……?"

그러자 그 남자는 피데스를 동정하고 불쌍히 여기는 듯한 표정을 지었다. 그러다가 곧 고개를 저었다.

그 모습을 본 피데스는 고개를 숙였다. 둘 사이에는 그저 침묵만이 자리했다. 작은 창조신만이 두 사람을 지켜보았다.

"속죄라는 말을 아니……?"

그 남자가 입을 열었다.

"몰라……요…….."

피데스는 바닥에 시선을 고정한 채 고개를 저었다.

"저지른 죄는 사라지지 않아. 죄뿐만 아니라 자신의 모든 행동에는 책임이 따르지. 그리고 죄를 저질렀다는 사실이 남아."

"책임……."

귀족의 딸로서 오냐오냐 자란 피데스에게 그런 걸 알려 주는 사람은 없었다. 아니, 그저 어린 그녀가 관심이 없었을 뿐이지 있었을지도 모른다.

"이야기를 돌리자꾸나. 속죄란 죄나 잘못을 갚는다는 뜻의 옛말이야. 죄는 지울 수 없어. 하지만 갚을 수는 있지……. 나는 그렇게 생각해. 물론 죽음으로 죄를 갚는다는 마지막 선택지도 있지만 말이야."

"갚는다……."

이 남자는 내가 몰랐던 걸 가르쳐 주네. 피데스는 그렇게 생각했다.

피데스가 고개를 들고 그 남자와 눈을 마주치자, 그는 쓴웃음을 지었다. 그리고 다시 입을 열었다.

"잘난 척 말해 놓고서 미안하구나. 아까 말한 대로 여기는 내 교회가 아니고 나는 신부도 아니야. 그저 속죄 중인 남자일 뿐이지.

그의 고백에 적잖게 놀란 피데스는 가슴 위에 손을 올렸다.

"나는 조금이지만 회복 마법을 쓸 수 있거든. 그래서 이렇게 변경이고 제대로 치료를 받기 힘든 지역을 돌아다니며 살아가는 죄인일 뿐이야."

이어지는 남자의 말에 피데스가 눈을 커다랗게 뜨고 되물었다.

"널 속일 생각은 없었어. 나도 마수에게 습격당해 옷이 망가졌거든. 이곳에 버려져 있던 신부복을 빌린 거야."

그는 그렇게 말하며 어깨를 움츠렸다.

"나는 빵 하나를 훔쳤어. 집이 무척 가난해서 말이야. 가족들이, 어린 자식이 굶고 있어서 도저히 겨울을 못 넘길 것 같았어. 하지만 형기를 마치고 돌아온 집에는 아무도 없었지. 그리고 형기는 마쳤어도 죄인이었다는 꼬리표가 붙은 나를 세상은 차갑게 대했어. 일자리도 얻을 수 없었지."

그 남자는 조용히 한숨을 내쉬고 입을 열었다.

"그런 와중에 우연히 흘러든 작은 변경 마을에 감기가 유행해서 회복 마법으로 치료하고 다녔어. 마을 사람들은 내게 감사해했지. 그때 나는 구원받은 기분이 들었어. 그래서 그러는 걸 삶의 목표로 정하고 변경을 돌아다니는 남자일 뿐이야."

남자가 자조적인 말투로 이야기했다.

"그런 나에 비하면 너는 말투와 몸짓에서 귀티가 나. 도시의 좋은 가문 출신이니?"

그렇게 질문한 남자는 피데스에게 자신의 신상과 변경에 사는 사람들의 실정을 알려 주었다.

포션도 마음대로 살 수 없고 광산 사고나 마수의 습격으로 사지가 결손되기라도 하면 그걸 회복할 방법조차 없다는 사실을.

"그러면 일도 못 하잖아요? 그 사람들은 어떻게…… 되죠?"

피데스가 조심스레 물었다. 사지 결손이라니, 일할 수단을 잃는 거나 마찬가지 아닌가.

"도시라면 빈민가에서 살아갈 수밖에 없겠지. 시골 마을이면 친족이 부양할지도 몰라. 하지만 이런 변경에서는 겨울을 넘기지 못하고 목숨을 잃는 사람도 있어. 분하지만 나는 거기까지 도울 능력이 없어서 그 사람들은 구할 수 없어."

"저는 할 수 있어요! 퍼펙트 힐을 쓸 수 있어요!"

피데스가 무심코 외쳤다. 그녀가 고개 숙이려던 남자의 손을 양손으로 붙잡자, 그는 눈이 휘둥그레져서 피데스를 보았다.

"뭐? 퍼펙트 힐이라니, 너는 대체……."

피데스는 그 남자에게 자기 사정을 설명했다.

원래는 자르텐부르크의 왕도에서 성녀를 목표로 자란 것. 주변 사람들의 아부와 아첨에 취한 나머지 신에게 성녀 직업을 박탈당한 것.

심지어 그 일에 원망을 품고 새로 성녀가 된 아이에게 결투를 신청했다가 패배한 것. 그 결투는 국왕 폐하와 추기경 전하 앞에서 진행됐고 더는 돌아갈 곳이 없다는 것.

그런 사정을 천천히 이야기했다.

"화려하게도 저질렀구나……."

남자는 온화하게 웃을 뿐 피데스가 고백한 내용을 나무라지는 않았다.

그래서일까. 피데스는 큰맘 먹고 자기 생각을 말했다.

"저기, 저도 같이 데려가 주세요. 그, 당신의 속죄 여행에! 함께 죄를 갚고 싶어요. 지금부터라도 다른 사람들을 위해 제 힘을 쓰고 싶어요!"

피데스의 제안에 남자가 눈을 크게 뜨며 놀란 표정을 지었다.

"아무런 보상도 없는 행위야. 가난한 여행이 될 텐데? 아무도 용서하겠다고 말하지 않을 거고 그저 자기 마음의 위안을 얻기 위한 여행일 뿐이야. 하룻밤 머물 곳조차 없을 때도 있어. 게다가 방금 만난 남자와 여행을 하겠다니…… 날 믿는 거니?"

피데스의 말에 당황한 남자는 그녀를 말리려 했다. 그의 여행길은 결코 편하지 않다. 그리고 피데스가 세상 물정을 너무 모른다는 생각도 들었다.

"신께서는 제 힘까지 빼앗지는 않으셨어요. 그렇다면 저는 구제의 손길이 미치지 않는 사람들에게 희망이 되어 죄를 갚고 싶어요. 그러라고 신께서 제 힘을 빼앗지 않으신 거라고……
아직 저를 버리신 게 아니라고 생각하고 싶어요. 그리고…….”

피데스는 다시 말을 이었다.

“저는 원래 성녀였어요. 치한을 격퇴할 정도로는 강하다고요!”

“치한이라니 너무하네.”

그녀의 스스럼없는 말에 그는 어쩔 수 없다는 표정으로 태도를 누그러뜨리고 웃었다. 그리고 피데스에게 손을 내밀었다.

“그럼 같이 끝없는 속죄의 여행을 떠나자…….”

피데스는 그 남자의 손을 잡았다.

교회의 지붕. 그곳에 검은 옷을 입은 여자가 숨어 있었다.

스스로 길을 발견했나…….

마음속으로 그렇게 중얼거린 여자의 이름은 ‘새’. 그녀는 자르텐부르크 국왕의 명을 받고 아돌프와 피데스를 정기적으로 감시하고 있었다.

피데스 건은 폐하에게 보고해야겠군.

그리고 남은 한 명은…….

그때, 새 한 마리가 날아왔다.

그 새와 교대하듯이 그녀의 모습이 사라졌다.

◆

아돌프는 아직 하임슈타트 공화국에 머물렀다.

지금은 밤이다.

검은 하늘에는 별도 없고 달도 보이지 않았다. 두꺼운 구름이 천장처럼 하늘을 뒤덮고 별과 달을 가렸다. 하늘에서 아돌프를 비추는 것은 무엇 하나 없었다.

그는 그런 차가운 밤을 피하고 짐승이 다가오지 못하게 하려고 모닥불을 피웠다.

아돌프는 자기가 차갑게 떼어 놓고 온 피데스를 떠올리며 그 녀석이 살아남을 수 있을까 하고 생각했다.

자신이 저지른 죄에 비하면 그녀는 아직 구제받을 길이 있다.

왕국에 발견된다 해도 자신이 저지른 죄만큼 벌을 받지는 않을 것이다.

아돌프는 그렇게 생각해서 피데스를 놓아주었다.

내가 변한 걸까……. 아니면 그냥 마음이 흔들리거나 변덕이 난 걸까.

전 성녀였던 피데스는 교회에 소속되어 있어서인지 아돌프와 함께 돌아다니는 동안 "너도 회개하면 분명 신께서 용서하실 거야."라고 자주 말했다.

아돌프는 모닥불 앞에서 생선을 구워 먹고 그대로 주저앉아 불을 쬈다.

차디찬 겨울바람에 불꽃이 흔들렸다. 이따금 장작 대신 넣은 잔가지들이 파직거리며 불똥을 튀겼다.

그 외에는 간혹 멀리서 짐승의 울음소리만이 들려올 뿐이었다.

"피데스는 제대로 먹고 있을까."

그러고 보니 함께 있을 때에는 아돌프만 불 마법을 쓸 수 있어서 자신이 불을 피워 2인분의 식사를 준비했던가.

하지만 피데스는 불 마법을 쓰지 못한다.

짐승을 사냥해도 불을 써서 구울 수 없다면 치명적이다.

자기가 내팽개쳐 놓고서는 배는 곯지 않을지, 살아남을 수 있을지 걱정됐다.

"그녀가 걱정되나요?"

그때, 갑자기 아돌프 옆에서 목소리가 들려왔다. 놀란 그는 옆을 돌아보았다.

여자 같은 목소리가 들린 곳에는 온몸을 검은 옷으로 감싸고 얼굴에 가면을 써서 표정을 읽을 수 없는 자가 있었다.

그런 몹시 수상한 자가 기척도 내지 않고 어느새 아돌프 옆에 나란히 앉아 있었다.

그녀의 정체는 자르텐부르크 국왕 직속으로 행동하는 이름 없는 '새'.

아돌프는 피부로 힘의 차이를 어렴풋이 느끼고 몸을 살짝 떨었다.

수상한 여자였다.

하지만 피데스와 자신의 관계를 파악했다.

그녀의 질문에 답하는 게 현명하리라 판단한 아돌프는 입을 열었다.

"그야, 그 녀석은 불도 못 피우고 애초에 여자 혼자 버리고 왔으니 괜찮을까 하는 걱정은 들어."

아돌프는 무겁게 마음을 짓누르던 피데스에 대한 죄책감을 토로했다.

"변했군요, 당신. 어린아이 같은 오만함과 불손함에 취해 그렇게나 힘을 과시하고 타인을 짓뭉개고 살았으면서."

그 여자가 한 말에 아돌프는 숨이 막힐 뻔했다.

그 말이 왕도에서 오냐오냐 자라며 장래를 약속받았을 무렵의 어리석은 자신의 실체를 너무나도 정확하게 표현했으니까.

"자신의 경솔한 행동이 어떤 결말로 이어질지 몰랐으니까. 뭐…… 이제 와서 후회해도 이미 늦었지만."

아돌프가 자조하며 웃었다.

이 여자는 뭘까.

여기까지 아는 걸 보니 이 사람은 자객이고 나는 드디어 자객한테 붙잡힌 걸까.

아돌프는 자신의 구제할 길 없는 인생을 조소했다.

그리고 다시 두 사람 사이를 침묵이 지배했다.

"당신에게 선택지를 드리겠습니다. 속죄하는 방법입니다."

"속죄……?"

아돌프는 이 여자가 갑자기 무슨 말을 꺼내나 싶어 몸을 긴장시켰다.

"네. 죄나 잘못을 갚는 걸 가리키는 옛말입니다. 폐하께서 당신에게 주신 선택지는 단 두 가지. 하나는 죽음으로 죄를 갚는다. 즉, 사형입니다. 당신이 그것을 바란다면 원하는 대로 제가 죽여 드리겠습니다."

'새'는 아돌프에게 담담히 전했다.

그 선택지를 듣고 아돌프는 고개를 숙인 채 당연히 그렇겠지, 하고 웃었다. 그날부터 벌써 몇 번이나 했는지 모를 자조였다.

"남은 하나는 자르텐부르크 국왕 폐하 직속 암부로 평생을 일하는 것. 바로 저처럼 말이죠……. 당신의 경우에는 사법을 사용하면 자동으로 감지해서 저지하는 마도구를 평생 다는 것이 조건입니다."

생각지도 못한 선택지에 아돌프는 조용히 숨을 삼켰다.

"단, 주어지는 일은 더럽고 깨끗한 것을 가릴 수 없습니다. 나라의 은밀한 청소부 같은 일을 명령받겠지요. 지금의 저처럼 나라를 위해 남몰래 움직이며 속죄하는 겁니다. 그게 또 한 가지 길입니다."

'새'가 한 말에 아돌프의 눈이 휘둥그레졌다.

"나한테 죽음 이외의 선택지를 주겠다는 거야……?"

나한테 죽음 이외의 방법으로 죄를 갚는다는 선택지가 주어진다고?

아돌프는 자신의 어깨를 끌어안았다.

자기도 모르는 사이에 볼 위로 따뜻한 액체가 흘렀다.

그것은 그의 눈동자에서 흘러나온 눈물이었다. 눈물의 온기가 차가워진 아돌프의 볼을 어루만졌다.

살아가는 것. 아돌프는 무슨 짓을 해도 그것이 자신에게 허락되지 않으리라 각오하고 스스로를 구석에 몰아넣었다.

그녀가 알려 준 삶의 방식은 결코 편한 인생이 아니겠지. 오히려 다른 선택지가 차라리 나았다고 후회하는 날이 올지도 모른다.

그래도 속죄하고 타인을 위해 살아갈 수 있다.

그런 선택지를 자신에게 준 국왕 폐하의 온정에 자신도 모르게 눈물이 흘러나왔다.

바람이 하늘을 뒤덮던 구름을 몰아냈다. 그 틈새로 엿보인 달이 그의 볼을 비췄다. 볼을 타고 흐르는 눈물이 은빛으로 반짝였다.

"아돌프. 죽음을 택하겠습니까? 아니면 저처럼 암부로 살아가겠습니까? 이건 결코 쉬운 삶이 아닙니다. 보답받지 못하는 길일 수도 있습니다."

"나, 는······."

그렇게 중얼거린 아돌프가 '새'에게 손을 내밀었다. '새'가 그 손을 움켜쥐었다.

그리고 반대쪽 손으로 가면을 아주 살짝 내려 눈을 보여 주었다.

아돌프가 결의에 찬 눈빛으로 고개를 끄덕였다. '새'의 눈동자가 그것을 받아들였다.

그러자 그 순간, '새'의 능력으로 두 사람은 전이되었다.

이동한 곳은 커튼이 단단히 닫힌 작은 방 안이었다. 그곳에 남자 두 명이 있었다.

그러나 그 외에도 무수히 많은 사람의 기척이 느껴졌다. 무슨 짓을 저지르려 했다가는 그 순간 자기 목숨이 날아가리라는 걸 눈치채고 아돌프는 침을 삼켰다.

그곳에 있던 건 자르텐부르크의 국왕과 추기경이었다.

아돌프의 대죄를 그 자리에서 목격한, 이 나라를 다스리는 자와 신의 말을 전달하는 자였다.

"암부로서 속죄의 길을 걷는 것을 선택한 모양이로군."

국왕이 멍하니 서 있는 아돌프에게 말을 걸었다.

자신이 우두커니 서 있었다는 걸 깨달은 아돌프가 황급히 무릎을 꿇고 고개를 숙였다.

"제가 그 길을 걷는 걸 인정해 주신다면…… 이번에야말로 잘못된 길을 가지 않고 나라를 위해 일하겠다고 맹세하겠습니다."

그 말을 들은 추기경이 만족스럽게 고개를 끄덕이며 품속에서 탁한 은색 반지를 꺼냈다.

"당신은 사법을 행사하는 능력을 터득하고 말았지요. 그 힘은 이 마도구로 봉인하겠습니다. 당신이 반의를 보이며 그 기술을 사용하려 한다면 이 방을 지키는 자들의 손에 순식간에 제거될 겁니다. 그래도 결의하겠다면 이걸 끼세요."

그 말과 함께 건네받은 차가운 반지는 아돌프에게 무엇보다도 무거운 족쇄처럼 느껴졌다.

그러나 그는 이미 아무것도 모르는 어리석은 소년이 아니었다. 결의를 다진 아돌프는 스스로 그 반지를 손가락에 끼웠다.

그 모습을 지켜본 국왕이 만족스러운 듯이 표정을 풀었다.

"이름은 무엇이 좋을까?"

국왕이 잠시 고민에 잠겼다. 그때, 추기경이 제안했다.

"'까마귀'는 어떻습니까. 신들의 사자라 불리는 새의 일종입니다. 앞으로 속죄하고자 나라에 충성할 이 아이에게 좋은 이름이지 않습니까?"

"음, 그렇군요. 아돌프, 이제 네가 그 이름을 쓸 일은 없다. '까마귀', 그게 네 이름이다."

국왕이 아돌프에게 그렇게 선고했다.

'까마귀'.

속죄하기 위해 나라에 충성하는 자. 그것이 새로운 자신의 이름이다. 아돌프는 잠시 눈을 감았다 뜨고서 고개를 들었다.

"이 '까마귀'. 제 모든 힘을 폐하와 전하와 나라를 위해 바치겠습니다."

그렇게 말하며 아돌프—— '까마귀'는 고개를 숙였다.

◆

"피데스는 어디에 있을까……."

검은 옷을 입은 소년이 높은 나뭇가지 위에서 변경에 있는 작은 마을을 둘러보고 있었다.

초기 훈련을 받던 도중에 그에게 주어진 첫 임무, 그것은 새로운 길을 걷기 시작한 피데스의 감시와 감독이었다.

"성녀님~!"

목소리가 들리는 쪽으로 시선을 돌리자, 어린아이 두 명이 피데스에게 찰싹 달라붙어 있었다.

"나 같은 게 성녀일 리가 없잖아. 진짜 성녀님한테 실례야!"

그 옆에서는 그녀를 이 길로 이끈 청년이 웃으며 그들을 지켜보고 있었다.

피데스가 혼내자 아이들은 불만스럽게 볼을 부풀렸다.

"하지만 성녀님이 아빠의 없어진 다리를 원래대로 돌렸잖아! 아빠가 어제 산토끼를 잡아서 오랜만에 고기를 먹었는걸!"

피데스가 잘됐다며 아이들의 머리를 쓰다듬었다. 이윽고 그들은 '까마귀'의 시야에서 멀어졌다.

저 녀석, 머지않아 '변경의 성녀'라고 불리는 거 아닌지 몰라.

'까마귀'는 햇빛이 비치는 밝은 광경에 눈을 가늘게 떴다.

길은 다르지만 두 사람은 속죄의 길을 선택했다.

그들의 새벽도 그리 멀지는 않을 것이다.

그들은 젊음의 치기 때문에 잘못된 길을 들었으나 덕분에 그 유연한 마음으로 자신의 잘못을 깨닫고 새로운 인생을 걷기 시작했다.

아리엘의 빵 공방 데뷔

이건 아리엘이 아틀리에로 이사한 지 얼마 안 됐을 무렵의 이야기다.

"미나 씨! 저도 빵 공방을 돕고 싶어요!"

나와 만난 여행길에서 미나가 구운 빵을 처음 먹은 아리엘은 미나가 만든 빵의 매력에 완전히 매료되었다. 그래서 아틀리에에 있을 때 빵 공방을 돕고 싶다고 직접 제안했다.

연금 공방에는 나와 마커스가 있다. 하지만 미나는 빵 굽기와 접객을 혼자서 하고 있었던지라 모두가 그 제안을 기쁘게 받아들였다.

그리하여 아리엘은 본인의 희망대로 빵 공방 보조를 주된 업무로 맡았다.

"네? 제 전용 앞치마요?"

아직 아침 식사를 하기 전인 이른 시간, 미나에게서 앞치마를 건네받은 아리엘이 어리둥절한 표정을 지었다. 그리고 고개를 갸웃거리며 건네받은 앞치마를 펼치고 바라보았다.

"빵 공방에서 일하려면 위생에 신경 써야 하거든요. 아리엘 씨가 데이지 님의 본가에 계신 동안 준비했어요."

아리엘과 짝을 맞춘 하얀 프릴이 달린 앞치마를 두르고 미나가 미소 지었다.

"귀엽다……! 게다가 내 전용 앞치마라니!"

아리엘의 표정이 해님처럼 환해졌다.

"자, 바로 착용하세요. 오늘은 절 따라서 일의 흐름을 배울 거예요!"

미나가 하얀색 새 앞치마만 바라보는 아리엘을 재촉하고 그 녀의 뒤로 갔다. 그리고 등 뒤에서 앞치마 끈을 리본 모양으로 묶었다.

"일단 어젯밤에 준비해 둔 빵을 아침 일찍 오븐으로 구울 거 예요. 다 구워지면 그 빵을 트레이째 꺼내서 식힐 거예요. 자, 이쪽이에요."

미나가 짝을 맞춘 앞치마를 입은 아리엘의 손을 잡고 오븐 앞으로 데리고 갔다.

"좋은 냄새가 나요!"

아리엘은 코를 쿵쿵거린 뒤 눈을 반짝이며 오븐 안을 들여다 보았다. 미나도 그런 아리엘 옆에서 나란히 오븐 안을 들여다 보며 빵이 구워진 정도를 확인했다.

"아, 슬슬 다 구워지겠네요! 아리엘 씨의 장갑을 준비했으니 오븐에서 빵 꺼내는 걸 도와주세요!"

"네!"

미나와 아리엘은 색은 다르지만 디자인이 같은 장갑을 양손 에 끼고서 번갈아 가며 부지런히 빵이 놓인 철제 트레이를 꺼 내 열을 식히는 선반으로 옮겼다.

"어라? 이 주름이 잡힌 빵은 뭐예요?"

트레이를 꺼내는 작업을 마무리한 뒤, 아리엘이 데니쉬를 가리키며 미나에게 물었다.

"저희 빵 공방에서는 크게 폭신폭신 빵이랑 데니쉬라는 두 종류의 빵을 취급해요. 아리엘 씨가 지금 가리킨 게 데니쉬예요."

"맛있어 보인다……. 맛있는 향기가 진하게 풍기네요!"

아리엘은 빵을 만지지는 않았다. 하지만 갓 구운 데니쉬 안에 든 버터의 향기에 무심코 얼굴을 가까이 대고 뚫어져라 바라보았다.

"아리엘 씨는 데니쉬를 처음 보세요?"

"네!"

대화를 계속하면서도 아리엘의 시선은 데니쉬에 고정된 채였다. 너무나도 천진난만해 보이는 그 모습에 미나가 쿡쿡거리며 웃었다.

"그러세요? 그럼 오늘 아침에 먹을 빵은 호화롭게 데니쉬로 할까요?"

"어, 그래도 돼요?!"

아리엘이 그 말에 환하게 미소 지으며 양 주먹을 쥐었다.

"이건 버터가 잔뜩 들어간 비싼 빵이에요. 하지만 한 번쯤 차분히 맛을 보는 것도 업무 중 하나죠. 왜냐하면 손님이 빵에 관해 물었을 때 한 번도 안 먹어 봤으면 설명할 수 없잖아요."

"신난다! 미나 씨, 고마워요!"

아리엘은 생각지도 못했는지 미나의 품에 달려들었다.

"으아아앗! 지금은 아침 식사용 데니쉬를 나누는 중이니까 달려들면 안 돼요~!"

아리엘은 미나의 꾸지람을 듣고서도 너무 기쁜 나머지 꽉 끌어안은 팔의 힘을 풀지 못했다.

그리하여 그날 아침 식사는 데니쉬와 스크램블드에그, 얇게 썬 햄에 토마토를 곁들였다.

데니쉬는 생지 표면이 손에 잘 달라붙기 때문에 각자의 트레이 위에 젖은 손수건이 함께 놓여 있었다.

""""잘 먹겠습니다!""""

나와 마커스, 미나와 아리엘은 먹기 전 감사 인사를 한 뒤 식사를 시작했다.

"우와아, 바삭바삭해요! 그런데 안은 무척 촉촉하네요. 그리고 생지가 쫄깃하게 늘어나요!"

아리엘이 입안에서 데니쉬를 우물거리다가 삼키더니 아직 입안에 남은 버터 향을 느끼고 한숨을 내쉬었다.

"이제 아리엘 씨도 손님에게 상품을 안내하겠네요."

나와 미나는 쿡쿡거리며 서로를 마주 보았다.

"어라? 새로운 점원이야?"

짝을 맞춘 앞치마를 입고 가게에 선 미나와 아리엘을 발견한 남녀 모험가 단골이 미나에게 물었다.

그 목소리를 들은 아리엘이 미나 옆에 나란히 서서 고개를 숙이며 인사했다.

"네! 아리엘이라고 합니다. 잘 부탁드립니다!"

아직 얼굴에 앳된 느낌이 남아 있는 아리엘을 보고 두 모험가와 미나가 얼굴을 마주 보며 미소 지었다.

"그럼 오늘은 아리엘한테 빵을 추천받을까?"

모험가들의 말에 아리엘이 미나에게 '어떡하죠?'라는 눈빛을 보냈다. 미나는 '괜찮아요.'라고 말하듯이 싱긋 눈웃음을 지었다. 아리엘은 앞치마를 꼭 쥐고서 결의를 다졌는지 밝게 웃어 보였다.

"그럼 안내해 드리겠습니다! 오늘의 빵은 네 종류인데……."

아리엘이 두 모험가를 데리고 빵이 늘어선 선반으로 안내하기 시작했다.

미나는 신참 종업원의 뒷모습을 지켜보며 미소 지었다.

후기

'왕도 변두리의 연금술사' 3권을 구입해 주셔서 감사합니다. 여러분의 응원 덕에 여기까지 올 수 있었습니다. 뭐라 감사를 드려야 할지 모르겠습니다.

3권에서는 릴리가 의붓 여동생이 되면서 가족들까지 끌어들인 큰 소동이 벌어지기도 하고, 지방의 새싹 연금술사인 루크가 아틀리에의 일원으로 합류하는 등 아틀리에가 더욱 시끌벅적해졌습니다.

또, 3권의 서두 시점에서 아틀리에를 개점한 지 약 1년이 지난 상태입니다. 데이지 스스로 아틀리에의 손님과 접하며 자신이 만든 것이 남에게 도움이 된다는 보람을 느끼기도 하고, 화장수 같은 새로운 상품을 고안하기도 하며 경영자로서 노력하는 장면이 많아졌습니다.

그뿐만 아니라 2권에서 패배했던 드레이크와의 재대결을 위해 마검 제작을 시작하고, 모험에서 얻은 식물의 씨앗을 교배하기도 합니다. (과학의 전신이 되는 학문인) 연금술을 수양하는 자로서 첫 단계인 포션 만들기로 만족하지 않고 다양한 일에 도전해 나갑니다.

또한 자기 나라를 위해 할 수 있는 일을 고민하며 학교 창설에 관여하고, 고아원 아이들의 생활을 생각하는 등 귀족의 면모도 보여 주고 있습니다.

앞으로도 열심히 성장해 나가는 데이지를 응원해 주세요.

그리고 만화판 이야기입니다.

소설 단행본과 만화책 1권이 동시에 발매됩니다! 만화책을 담당하시는 분은 아사나야 선생님입니다. 아사나야 선생님이 그리시는 데이지 일행이 무척 생생하고 귀여우니 기대해 주세요.

소설판과 만화판은 전달할 수 있는 정보가 다르죠. 독자분들에 따라 취향도 다르고요. 각자 다른 매력을 느껴 주시면 좋겠습니다.

어느 쪽도 고르기 힘드신 분은 세트 구입을 검토해 주시면 기쁘겠습니다(웃음).

부디 잘 부탁드립니다.

여기서부터는 감사 인사입니다.

카도카와 북스 관계자분들께는 2권에 이어 이루 다 말할 수 없을 만큼 많은 신세를 졌습니다. 정말로 감사합니다. 평소에도 상담에 응해 주시기에 아무리 감사해도 부족할 지경입니다.

그리고 준스이 선생님. 데이지와 새로 등장한 릴리에 이르기까지 등장인물에게 멋진 표정을 부여해 주셔서 감사합니다. 표지도 그렇지만 권두에 들어간 여자아이들이 옷을 구경하는 일러스트가 귀여워서 몹시 감격했습니다.

끝으로 다 적지 못할 만큼 많은 분의 도움 덕에 이 책이 탄생

했다고 생각합니다. 이 책에 관련되신 모든 분께 진심으로 감
사드립니다.

(※ 2021년 일본 현지 기준 정보입니다.)

왕도 변두리의 연금술사
~망한 직업에 당첨됐으니 느긋하게 가게나 경영하겠습니다~ 3

2023년 09월 15일 제1판 인쇄
2023년 09월 25일 제1판 발행

지음 yocco
일러스트 쥰스이

발행 영상출판미디어(주)
등록번호 제 2002-000003호
주소 07551 서울특별시 강서구 양천로 570 NH서울타워 19층
대표전화 02-2013-5665

ISBN 979-11-380-3291-9
ISBN 979-11-380-2193-7 (세트)

OTO NO HAZURE NO RENKINJUTSUSHI Vol.3
~HAZURE SHOKUGYO DATTA NODE, NOMBIRI OMISEKEIEI SHIMASU~
©yocco, Junsui 2021
First published in Japan in 2021 by KADOKAWA CORPORATION, Tokyo.
Korean translation rights arranged with KADOKAWA CORPORATION, Tokyo.

구매 시 파손된 도서는 구매처에서 교환하실 수 있습니다.
기타 불편사항, 문의사항이 있으신 독자님께서는 노블엔진 홈페이지
[http://novelengine.com] 에서 Q&A 게시판을 이용해 주시기 바랍니다.

국민들을 위해 최선을 다하고픈 (미래의) 최강 악역&최종 보스,
그 화끈한 국정 운영기 개막! 2023년 7월 애니메이션 방영 예정!

비극의 원흉이 되는 최강악역
최종보스 여왕은 국민을 위해 헌신합니다
1~6

"이런 최악의 쓰레기 악역인 최종보스로 환생하다니!!"
평화롭게 고등학교 3학년 방학을 즐기던 나.
그러던 어느 날 교통사고로 정신을 잃은 내 앞에 펼쳐진 것은 좋아하던 게임 시리즈
'너와 한줄기 빛을' 속 세계! 그런데 하필이면 나라를 파멸로 이끌 비극의 원흉으로 전생했다?!
남은 시간은 10년. 그 안에 내 치트인 예지 능력과 지력, 권력을 이용해 그 미래에서 벗어나겠어!
──라며 고군분투하는 사이, 어느새 주위 사람들에게 사랑받고 있습니다(?)

텐이치 지음 / 스즈노스케 일러스트

마력 포인트를 쌓아 레벨업하고 새 스킬을 얻어 주인님을 지켜라!
왕자와 방패가 봄을 찾아 떠나는 에픽 판타지, 개막!

녹왕의 방패와 한겨울의 나라

1~2

방패로 환생한 내가 눈을 뜬 곳은
일 년 내내 눈이 내리는 어느 왕국의 보물 창고.
하지만 휘황찬란한 보물이 즐비한 가운데,
나는 '지저분한 방패' 소리만 듣고 아무도 거들떠보지 않았다.
그러한 나에게 손을 내밀어 준 사람은 나처럼 고독했던 마음씨 착한 어린 왕자.
'나와 함께 살아가 줘.' 라는 부탁에 나는 응했다. ──"내가 평생 지켜줄게!"
하지만 내게는 어떤 비밀이 숨겨져 있는 것 같은데──?!

푸니짱 지음 / 히하라 요우 일러스트

ROSY